按需
知密

NEED
TO
KNOW

[美] 卡伦·克利夫兰(Karen Cleveland)——著

宋伟——译

湖南文艺出版社
HUNAN LITERATURE AND ART PUBLISHING HOUSE

博集天卷
CS-BOOKY

图书在版编目（CIP）数据

按需知密 /（美）卡伦·克利夫兰（Karen Cleveland）著；宋伟译 . — 长沙：湖南文艺
出版社，2018.5
书名原文：Need to Know
ISBN 978-7-5404-8557-3

I.①按… II.①卡… ②宋… III.①长篇小说—美国—现代 IV.①I712.45

中国版本图书馆 CIP 数据核字（2018）第 026633 号

著作权合同登记号：图字 18-2017-244

上架建议：外国文学·悬疑惊悚

AN XU ZHI MI
按需知密

作　者：[美]卡伦·克利夫兰
译　者：宋伟
出版人：曾赛丰
责任编辑：薛健　刘诗哲
监　制：吴文娟
策划编辑：王巨吜
特约编辑：蒲少平
版权支持：辛艳
营销编辑：徐燧
封面设计：潘雪琴
版式设计：李洁
出版发行：湖南文艺出版社
　　　　　　（长沙市雨花区东二环一段 508 号　邮编：410014）
网　址：www.hnwy.net
印　刷：北京京都六环印刷厂
经　销：新华书店
开　本：875mm × 1270mm　1/32
字　数：212 千字
印　张：9
版　次：2018 年 5 月第 1 版
印　次：2018 年 5 月第 1 次印刷
书　号：ISBN 978-7-5404-8557-3
定　价：45.00 元

若有质量问题，请致电质量监督电话：010-59096394
团购电话：010-59320018

爱始于自我欺骗，终于欺骗他人。世人将之称作浪漫。

——奥斯卡·王尔德

　　我站在双胞胎的房间门口，看着他们睡着，安详而天真，但是婴儿床的木板条使我想到了监狱的铁窗。

　　夜光温柔橙黄，洒满屋子。家具太多，挤满了小小的房间。两张婴儿床，一旧，一新。可调桌上成垛地摆着还没开封的尿布。多年前马特和我一起组装的书架，如今因为摆了太多的书，已经有些松垮。那些书，我给两个大些的孩子读过，几乎都能背下来，我还多次发誓要多给双胞胎读，可惜却一直没有时间。

　　我听到马特上楼梯的脚步声，不由得紧紧握住 U 盘，就好像足够用力，它就会消失一样。一切就可以回到过去，过去的两天都将像噩梦一样被抹掉。但 U 盘还在那儿，坚硬、硌手、真实。走廊的门还如以前一般吱呀作响。我没有转身。马特来到我身后，靠得很近，我能闻到他身上肥皂和洗发水的味道，那味道过去总能让人莫名舒心，此刻却有说不出的陌生感。我能感觉到他有一丝犹豫。

　　"我们聊一聊，好吗？"他说。

　　他声音轻柔，但还是吵到了蔡斯。蔡斯在睡梦中哼了一声，又安静下来，身子蜷成一团，好似要保护自己。我一直觉得他非常像他的父亲，深邃的双眼，能洞悉一切。现在我却犹疑了，不知到底还有没有机会真正了解他，如果他一直这样神秘下去，任何亲近他的人都会崩溃。

　　"有什么好说的？"

　　马特又走近一步，一只手搭到我的胳膊上。我躲了一下，不让他碰我。他的手在空中僵了一会儿，而后落到身侧。

　　"你打算怎么办？"他问。

　　我看了看另一张婴儿床，床上的凯莱布穿着包脚睡裤，仰面躺着，有着可爱的金色鬈发，四仰八叉像个海星。他双手摊开，粉色的嘴唇张着。他不知道自己有多脆弱，也不知道世界有多残酷。我一直都说会保护他。我会给他缺少的力量，保证他享受各种机会，尽可能使他过上正常的生活。可是如果我不在他身边，又怎能做到这些呢？

　　为孩子做任何事情我都愿意。任何事情。我张开手，看了看 U 盘，小小的长方体，普普通通。那么小，却有那么强的力量。修复的力量，破坏的力量。

　　想想整件事情，好似一个谎言。

　　"你知道我别无选择。"我说道，迫使自己看向他，我的丈夫，这个我了解得如此深却又如此陌生的男人。

第1章

"坏消息，薇薇。"

我听到马特的声音，这些话任何人听到都会不安，但他的语气却让人安心——轻柔中带着歉意。发生的当然并非好事，但仍然可控。如果发生了真正糟糕的事情，他的语气会更重一些。他会用完整的句子，并且会叫我的全名。我有一个坏消息，薇薇安。

我抬高一侧的肩膀，把电话夹在耳边，转动座椅来到L形办公桌的另一侧，来到灰色头顶柜正下方的电脑前。我把光标移动到屏幕上一个猫头鹰形状的图标上，双击。如果恰如我所料——我知道一定是的——那么我在办公桌前的时间就没多久了。

"埃拉？"我问道，同时瞥向隔间壁上用图钉固定的一幅蜡笔画，在一片灰色的大海中迸射出一丝亮色。

"38.2度。"

我闭上眼，深吸了一口气。我们早有准备，半个班的孩子都生病了，好似多米诺骨牌，一个接一个倒下，所以轮到她也只是时间问题。四岁的孩子都不怎么讲卫生。可是今天？为什么偏偏是今天？

"还有别的吗？"

"就是体温。"他顿了顿，"抱歉，薇薇。早晨下车的时候她还好好的。"

我咽了一口唾沫，舒缓了一下收紧的喉咙，点了点头，虽然他看不见我。换作其他任何一天，马特都会去接她——他可以在家里工作，至少理论上可以。我不能，双胞胎出生时，我已经用光了所有的假期。但是他带着凯莱布去了城里，做最新一轮预约检查。我已经因为要错过这次检查而愧疚了好几周。现在我既错过了这次检查，还要用上根本不存在的假期。

"我一小时后到。"我说。按学校规定我们接到电话后一小时内必须赶到。算上车程和走到停车位的时间——在兰利庞乱无章的停车场外圈——我只剩下大约十五分钟来完成今天的工作。我的赤字假期又减少了十五分钟。

我瞥了一眼屏幕一角的时钟——十点过七分——而后眼神转向右肘旁的星巴克杯子，塑料盖子上的孔里飘出了蒸汽。这是我犒劳自己的，为庆祝这盼望已久的日子而放纵了一把，为接下来沉闷枯燥的几个小时加油。浪费在排队上的宝贵时间本可以用来搜查电子档案。我应该像平时一样，用那个噼啪作响的咖啡机，咖啡渣随之会漂浮在马克杯上。

"我也是这么和学校讲的。"马特说。"学校"其实是我们的托儿所，我们三个较小的孩子白天都在那里度过。但是自从卢克三个月大起，我们就开始叫它学校。我读过文章说这样有助于缓解过渡期的焦虑，减轻因每天离弃孩子八小时、十小时而产生的内疚感。其实并没有减轻，但是可能是老习惯难改了吧。

电话另一边的马特又顿了一会儿，我听到凯莱布咿咿呀呀的声音。我听着，知道马特也在听。每当这个时候我们都条件反射般地倾听。但依然只能听到一些元音，没有辅音。

"我知道今天本该是个大日子……"马特终于说话了，声音却越来越弱。我已经习惯了他的声音这样渐渐变弱，他在开放线路电话里经常闪烁其词。因而我总假想有人在窃听。俄罗斯人？或是中国人？出现问题时，学校首先给马特打电话也有一些这方面的原因。我宁愿让他先过滤一些孩子的个人信息，以免被"敌人"听到。

可以说我是有些妄想症，或许也正是中情局（CIA）反情报分析员的职业病。

但是其实，马特了解的大概也就这么多。他不知道我一直都在尝试查获一个俄罗斯潜伏特工网络，但尚未取得任何成果，也不知道我设计了一种算法，来识别机密项目组成员。他只知道为这一天我已经等了好几个月了。他知道我就要揭晓最近两年的辛苦工作能否得到回报，还有我到底有没有机会得到晋升，我们一家人都迫切需要这次晋升。

"是的，唉。"我说着，前后挪动着鼠标，盯着"雅典娜"加载，光标变成了计时器的形状。"今天凯莱布的预约检查才是重要的事情。"

我的目光又落到工位隔间墙上的那幅明亮的蜡笔画上。埃拉画的我们一家人，火柴棍一样的胳膊和腿直直地戳在六张圆圆的笑脸上。卢克的画稍微复杂一些，画的是一个人，头发、衣服和鞋子上都胡乱地涂着厚厚的颜色。上面还有加粗的大写字母，**妈咪**。在他还处于迷恋超级英雄的阶段，画里的我，穿着披风，双手扶在臀部，衬衫上有个"S"（super）。

超级妈咪。

我的胸中翻腾起一种熟悉的感觉，那种压迫感，极度想哭的冲动。深呼吸，薇薇。深呼吸。

"马尔代夫？"马特说道，我能感觉到自己的嘴角微微上扬，露出一丝微笑。他总能这样，在我最需要的时候想办法逗我笑。我瞥了一眼桌角上我们的合照，这是我最喜欢的一张婚礼照片。已经过去快十年了。那时我们两个都那么开心，那么年轻。我们一直商量着结婚十周年纪念日要去个有异域风情的地方。显然，现在已经不可能了。虽然梦想一番还是很有趣的，但它既有趣又令人沮丧。

"博拉博拉岛 ①。"我说。

"我可以凑合一下。"他犹豫了一下，在这当口我又听到了凯莱布的声音。又是一些元音，啊——啊——啊。我默默地计算着蔡斯发出辅音声的时间。我知道不应该这样——医生都说我不应该——但我还是忍不住。

"博拉博拉岛？"我背后传来一个声音，刻意透出不可置信的语气。我一手挡住电话话筒，转过头。原来说话的是奥马尔，我在联邦调查局的联络人，此时他一脸愉快的表情。"这就很难解释了，中情局也难。"他咧嘴一笑，极具感染力，我脸上也不禁露出笑容。

"你在这里做什么？"我说，手还捂着话筒。我能听到凯莱布又咿呀起来。这一次发的"O"音。哦——哦——哦。

"和彼得有个会。"他又走近了一步，坐到我的桌沿上。透过衬衫，

---

① 南太平洋中部岛屿，被称为"离天堂最近的地方"。

我能看到他臀部挂着的枪套的形状。"不知道是不是刻意安排在这个时间。"他瞥了一眼我的电脑屏幕，略微严肃了一点儿。"就是今天，对吧？上午十点？"

我看了看屏幕，一片黑，光标还是计时器的形状。"是今天。"我耳边的咿呀声已经消失了。我轻轻地推了推椅子，转回身，躲开奥马尔，把手从话筒上挪开。"亲爱的，我得挂了。奥马尔来了。"

"向他问好。"马特说。

"好的。"

"爱你。"

"我也爱你。"我放下电话，又转向奥马尔，他还坐在我的桌子上，穿着牛仔裤的双腿伸出去，交叉着双脚。"马特问你好。"我对他说。

"啊，这么说来他就是博拉博拉岛的线人了。准备度假？"他又露出了满满的笑脸。

"理论上是吧。"我无奈地笑了笑。心中凄然，突然脸也红了。

他又盯着我看了一会儿，终于低下头看腕表了。谢天谢地。"好吧，已经十点十分了。"他换了个方向叉起了脚。而后身子前倾，脸色明显兴奋了起来。"你发现了什么？"

奥马尔做这一行比我时间长。至少有十年。他是真的在寻找潜伏在美国的间谍，而我则负责寻找那些管理潜伏间谍的人。我们都收效甚微。我很好奇他为什么一直能保持如此的热情。

"暂时什么都没有发现。我还没来得及看呢。"我冲着屏幕扬了扬头，程序还在加载，又瞥了一眼工位隔间墙上钉着的一张黑白照片，孩子的画作在它旁边。那是尤里·雅科夫——肥胖的脸，凶狠的表情。再点击几次鼠标，我就能黑进他的电脑了，就能看到他看到的一切，掌握他的动态，研究他的文件。如果运气好，就能证明他是俄罗斯间谍。

"说吧，你到底是谁，你把我的朋友薇薇安怎么着了？"奥马尔笑着问我。

他说得没错。要不是在星巴克排队买咖啡，我在十点整就会登录上程序，而且至少已经浏览了几分钟。我耸了耸肩，指了指屏幕。"我正在努力。"之后我又点头指了指电话。"但是不管怎样，都得等等了。埃拉生病了，我得去接她。"

他夸张地呼了一口气。"孩子。总是最会找时候。"

电脑屏幕上的变化吸引了我的注意力，我滑动椅子靠近了些。"雅典娜"终于加载好了。满屏都是红旗和长串的字符，每一个都象征不同的控件和不同的隔层。文本字符越长，情报就越机密。这次这个相当长。

我点击翻过一屏，又翻过一屏。每一次点击就是一次确认。是的，我知道自己在访问机密隔离情报。是的，我知道自己不能披露这些信息，否则就要遭受长久的牢狱之灾。好，好，好。赶紧把情报给我吧。

"就在这里了。"奥马尔说。我记得他在旁边，我用眼角余光扫了他一眼。他有意看向别处，躲开屏幕，不看我的隐私。"我能感觉到。"

"希望吧。"我嘟哝着。我确实是这样希望的，但是内心很紧张。这种方法是一场赌博。一场豪赌。我建立了一个间谍管理者档案：受教育机构、专业和学历、银行信息以及在俄罗斯国内外的旅行记录。根据这些总结出一种算法，找出五个最接近这种模型的个体，即潜在的嫌疑人。

　　结果前四个都是错的，现在这个程序已成砧板上的鱼肉了。一切都押在尤里身上。他的电脑，五号，是最难潜入的，也是我认为最有机会的一个。

　　"即使不是，"奥马尔说，"你所做的也是谁都没做过的。你接近真相了。"

　　将潜伏间谍管理者作为目标是一种新做法。多年来，中情局一直试图直接搜寻潜伏间谍，但是这些间谍潜伏得很好，几乎不可能找到。这个组织的设计就是要避免潜伏间谍与其管理者之外的人联络，即便是与管理者的联络也极少。中情局一直将关注点放在间谍首脑身上，他们负责监管间谍管理者，他们身在莫斯科，直接与俄罗斯情报部门对外情报局对接。

　　"光接近是没用的。"我轻声说，"这你比谁都清楚。"

　　大概在我启动这个项目的时候，奥马尔还是个很有干劲儿的新探员。他提出一项新倡议，邀请盘踞已久的潜伏间谍"摆脱孤苦的境况"来自首，换取赦免的机会。他的理由呢？至少会有一些潜伏间谍希望将做掩护的身份变成现实，这样我们就有可能从被策反的潜伏间谍那里了解足够多的情报，进而渗透整个情报网。

　　这项计划在暗中展开，不到一周就有一个叫德米特雷的男人不期而至。他说自己是中层间谍管理者，并提供了一些关于组织的情报，这恰好印证了我们已经了解的信息——像他这样的间谍管理者每人负责管理五名潜伏间谍；每个首脑手下有五名间谍管理者，他归一名间谍首脑领导。这是一个自成体系的组织。这一点当然引起了我们的注意。之后他又给了一些惊人的情报——与我们已知的信息大相径庭——然后人就消失了。这之后我们将他称作双面间谍德米特雷。

这个项目自此结束。要公开承认美国本土有潜伏间谍，而我们却找不出他们，单这一点联邦调查局领导就不爱听。鉴于上述原因，又考虑到存在俄罗斯人故意为之的可能——摇摆不定的双面间谍提供误导情报——奥马尔的计划遭到全方位的批判，之后就被否决了。他们说："我们要被各种德米特雷淹没了。"这件事过后，奥马尔原本前途无量的事业就止步不前了。他只能默默无闻地埋头苦干，一天又一天地做着一项吃力不讨好、令人挫败的、不可能完成的任务。

电脑屏幕画面切换了，一个有尤里名字的小图标出现在屏幕上。每次看到目标人的名字这样出现，我都会一阵激动，因为我知道打开了一扇窗子，可以看到他们的数字生活，窥视他们认为保密的信息。恰好在这个时候，奥马尔站起了身。他知道我们以尤里为目标的行动。他是联邦调查局里少数几个深入了解过这个项目的探员之一——而且是最坚定的支持者，他比任何人都更相信这个算法，相信我。即便如此，他还是不能直接接触这个项目。

"明天给我电话，好吗？"他说。

"没问题。"我应道。他刚准备转过身走开，我就把注意力集中到了屏幕上。我双击图标，出现了一个红边的内页，显示出尤里笔记本电脑里的内容，可供我梳理的镜像。虽然我只剩几分钟就要走了，但已经足够窥视一番。

背景是深蓝色的，点缀着大小不同的蓝色阴影气泡。屏幕一侧有整齐的四排图标，一半是文件夹。文件名都是斯拉夫字母，我认识这些字母但是不会读——至少读得不好。几年前我上过一点儿俄文课；之后卢克出生，我就再也没去上过课。我知道一些基本的词组，认识一些单词，但也就这么多了。其余的我都要靠语言学家或翻译软件帮忙。

我打开几个文件夹，浏览了里面的文档。一页又一页密密麻麻的斯拉夫文字。我感到一阵失望，但心里本来也有这样的预测。俄罗斯人又不会在莫斯科的电脑前用英语敲字，用英语记录潜伏在美国的特工人员清单。我知道自己寻找的内容是加密的，只是希望找到某种线索，某种受保护的文档，某种明显加密过的东西。

通过多年的高层渗透工作，我们了解到只有间谍管理者知道潜伏间谍的身份，间谍名字会在潜伏地以电子文档的形式保存，不会存在莫斯科，因为SVR——俄罗斯强大的对外情报局，害怕组织里有内鬼。他们极为恐惧，所以宁愿冒着潜伏间谍失联的风险，也不会将他们的名字保存在俄罗斯。我们还知道如果间谍管理者出了问题，间谍首脑就会获取这些电子档案，然后联系莫斯科申请解密密钥，这也是多层加密程序的一部分。我们从莫斯科拿到了密钥，但从来没有找到任何东西来解密。

这项计划几乎无懈可击，没法破解。我们甚至都不知道其真实目的，连是否有这样的计划都不确定。或许他们只是为了被动搜集信息，或许有其他更阴险的意图。但是我们知道这项计划的头目直接向普金汇报，所以更倾向于后者——因此我才会熬夜加班。

我继续浏览着，扫过每一个文档，虽然并不能完全理解看到的内容。这时突然出现一个我认识的斯拉夫单词。друзья。朋友。最后一行最后一个图标，一个马尼拉文件夹。我双击了文件夹，里面有五张JPEG格式的图片，别的什么都没有。我的心跳加快了。五个。每个间谍管理者负责五个潜伏间谍，我们从各个渠道都得到过这样的情报。而且文件夹的名字。朋友。

我点开第一张图，是一个戴圆框眼镜的普通中年男子的大头照。一阵兴奋之意涌起。这说明潜伏间谍很好地融入了当地社会。很不起眼。这个人显然符合这样的特征。

我心里理性的一面告诫自己不要太过兴奋；我们的情报人员都说潜伏间谍的文档是加密的。但是直觉告诉我这可能是个大发现。

我打开第二张图。是一个女人，红色的头发，明亮的蓝眼睛，大大的微笑。又是一张大头照，又是一个潜伏间谍。我盯着她。脑中有个想法挥之不去。这里只有照片，没有任何可供间谍管理者联系的身份信息。

尽管如此。朋友。照片。或许尤里不是我希望揪出来的绝密间谍管理者，不是中情局投入大量资源寻找的人，但是他有没有可能是负责招募间谍的？而这五个人：一定是重要的人。或许是招募目标。

我双击第三张照片，一张脸出现在屏幕上。这是一张头部特写照。它如此熟悉，完全在意料之中——但又完全在意料之外，因为它出现在不该出现的地方。我眨了眨眼，一次、两次，惊愕地看着这张照片，大脑拼命地想将眼前看到的与现实联系起来，这到底意味着什么。我感觉时间都停止了，好像冰冷的手指抓住我的心脏在揉捏。我头晕耳鸣。

第三张照片上是我丈夫的脸。

第 2 章

脚步声越来越近。虽然耳中有轰鸣声,但我还是听到了脚步声。我那混乱的头脑突然间清醒过来,发出一条明确的指令:把它藏起来。我把光标挪到照片右上角的 × 符号上,点了下去,马特的脸就这样从我的眼前消失了。

我循着声音转过身,背对着自己的工位隔间。向我走来的是彼得。他看到了吗?我又回头瞥了一眼电脑屏幕。没有照片,只有打开的文件夹,有五个文件。我关得及时吗?

我脑中有个细微的声音质问这有什么关系。为什么我要把它藏起来。这是马特。我的丈夫。难道我不应该跑到安保部门,质问为什么俄罗斯人会有他的照片吗?我的胃里一阵翻腾恶心。

"开会?"彼得说,一侧的眉毛透过厚厚的眼镜框翘起。他站在我面前,穿着休闲鞋,紧身卡其裤,纽扣衬衫系到最顶部的一个扣子。彼得是团队中的高级分析员,苏联时期就开始干这一行,过去八年一直是我的导师。没有人比他更了解俄罗斯的反情报工作。他沉稳老练，很难让人不尊敬。

此时他的脸上没有异色。只有一点疑问——我要不要参加晨会？我觉得他没有看到。

"不能。"我说，声音尖锐，很不自然。我使劲儿压低音调，尽量不颤音。"埃拉病了。我得去接她。"

他点了点头，只是稍微歪了一下脑袋，没有任何别的动作。他的表情正常，没有疑惑。"希望她好起来。"他说着转身走向会议室——一个有玻璃墙的房间，看起来不应该是中央情报局总部的会议室，反而更像个创业公司的。我盯了他很久，确信他没有回头看我。

我转过椅子来到电脑前，看着已经空白的屏幕。我的腿已经酸软，呼吸急促。马特的脸。在尤里的电脑里。我的第一反应是把它藏起来。为什么？

我听到团队其他成员慢步走向会议室。我的工位离会议室最近，去会议室的人都要经过。这里在一片小隔间的最远端，平时都很安静，除非有人去会议室或再往里走的限制区域——分析员可以躲到这里，调阅最机密敏感的档案，这些信息极具价值，很难获取，如果俄罗斯人知道我们得到了这些情报，一定会追踪泄露情报的人，并干掉他。

我颤抖着吸了一口气，又吸了一口。听到他们的脚步声越来越近，我转过了身。最先过来的是玛尔塔。特雷和海伦并肩走过，轻声聊着。然后是拉斐尔和伯特，伯特是我们的团队主管，他的工作无非是编辑一下文件。彼得是真正的头儿，所有人都知道。

我们的潜伏间谍组共有七个人。其实这是一个很奇怪的团队，因为我们与俄罗斯反情报中心的其他团队没有任何相似之处。他们的情报很多，多到不知该如何处理。而我们几乎什么情报都没有。

"你来开会吗？"玛尔塔在我的工位前停了下来，一手搭在一面高高的隔墙上。她说话时嘴里飘出一股薄荷和漱口水的味道。她有很重的眼袋，涂了非常厚的眼影，一看就是昨晚喝得太多。玛尔塔以前是一线探员，喜欢威士忌，也喜欢回味在前线工作时的荣光。她以前教我用信用卡和深藏在公文包底部的波比大头针开门锁，那个大头针还是上芭蕾舞课的埃拉落在我包里的。

我摇了摇头。"孩子病了。"

"好吧，你去吧，去吧。"

她拿开手，继续向会议室走去。其他人走过的时候，我都微微一笑——这里一切都很正常。他们都走进玻璃屋子，伯特关上了门，我又转身面向屏幕。那些文档，那些混乱的斯拉夫文字，让我的身子颤抖。我低头看了看屏幕一角的时钟。还有三分钟就得离开。

我的胃绞成一团。我现在不能离开吧？但是又别无选择。如果没有按时接埃拉，就是二振了。三振我们就出局了。学校里每个班都有长长的候补名单，根本就不会犹豫。而且，我留在这里又该做什么呢？

有一种方法肯定能找到马特的照片在这里的原因，而浏览更多的文档肯定是不行的。我咽了一口唾沫，感觉有些恶心，挪动光标关上了"雅典娜"，然后关上电脑，抓起提包和外套，向门外走去。

他被设为目标。

我来到车旁时，手指已经冻成了冰柱，在寒冷中急促地呼吸着，现在我敢断定了。

他不是第一个。在过去一年里，俄罗斯比以往更活跃。最开始是玛尔塔。一个东欧口音的女人在健身房里和她搭上了朋友，陪她在奥尼尔酒吧喝了些酒。接触过几次之后，那个女人就直截了当地问玛尔塔要不要聊聊工作，以此保持"友谊"。玛尔塔拒绝了她，之后就再也没有见过她。

随后是特雷。当时他还住在一间小屋里，"室友"塞巴斯蒂安经常陪他上班。有一天我看到他脸色惨白，浑身颤抖，走向安保部门。后来听小道消息说他收到一封勒索邮件——两人行不轨之事的照片，有人以此威胁他。如果他不出来会面就把照片发给他的父母。

所以不用想，俄罗斯人肯定知道我的身份。如果他们知道我的身份，那么弄清马特的身份就易如反掌了。找出我们的弱点也同样简单。

我扭动钥匙发动汽车，卡罗拉汽车像平常一样发出哽咽般的声音。"快点儿。"我嘟哝着又转动了一次钥匙，听到引擎喘息着发动起来。几秒钟之后，通风口喷出一阵冰冷的空气。我转动按钮盘把空调温度调到最高，又搓了搓双手，挂倒挡从车位里开了出来。我应该先热一下车，但是没时间了。时间总是不够。

这辆卡罗拉是马特的车，在我们相遇之前他就已经有这辆车了。毫不夸张地说，这辆车快报废了。我怀上双胞胎的时候换掉了我那部旧车，换了一辆商务车，二手的。马特开那辆家用车，因为大多数时候都是他接送孩子。

我机械地开着车，精神有些恍惚。开得越久，胃里绞得就越厉害。我并不担心他们把马特设为目标，真正令我担忧的反倒是那个词。朋友。

是不是说明马特在某种程度上是共谋?

马特是软件工程师。他根本不知道俄罗斯人有多狡猾,不知道他们有多冷酷,不知道他们会以最小的点为突破口。即使只有一丝与他们合作的意愿,他们也会加以利用,不断开发,扭曲初衷,迫使他做更多的事情。

我到学校时只剩下两分钟。走进教学楼,迎面一阵暖流袭来。教导主任是个女人,特点鲜明,总是皱着眉头,她下意识地瞥了一眼钟,冲我瞪了一眼。我也不敢肯定她这一瞪是什么意思,是"怎么花了这么长时间?"还是"你这么早就下班过来了,显然早上送孩子来的时候她就已经病了。"我从她身旁走过,敷衍地露出歉意的微笑,内心却在嘶吼——老天啊,不知道埃拉得了什么病,但肯定是在这里染上的。

我走过教学楼走廊,两边挂着孩子的艺术作品——手印北极熊、亮闪闪的雪花和水彩棒球手套——思绪却飞到了别处。朋友。是不是马特做了什么,让他们认为愿意合作?他们只需要一点点迹象。某个迹象,任何迹象都可加以利用。

我找到了埃拉的教室,小椅子、小房子和玩具箱,红黄蓝色彩斑斓。她在教室的一个小角落里,独自一人坐在亮红色的儿童沙发上,腿上打开着一本硬皮的图画书。看来是和其他孩子隔离了。她穿了一件我毫无印象的紫色打底裤。我隐约记得马特说过要带她去购物,一定是他带着她买的。她长得很快,衣服都不合身了。

我走过去,伸开双臂,露出夸张的笑容。她抬起头,警惕地看着我:"爸爸呢?"

我有些难堪,但还是硬挤出笑容:"爸爸带凯莱布去看医生。今天我来接你。"

她合上书，放回书架，说："好吧。"

"我能抱抱你吗？"我的胳膊张开着，虽然耷拉了下来。她盯着我的胳膊看了一会儿，然后走过来抱住我。我紧紧地抱着她，脸埋进她那柔软的头发里。"亲爱的，抱歉让你觉得不舒服了。"

"我还好，妈妈。"

妈妈？我如鲠在喉。今天早上还叫我妈咪呢。千万别再也不叫我妈咪啊，我还没准备好。尤其是今天。

我正对着她，又挤出一丝笑容。"我们去接弟弟。"

埃拉坐到了婴儿房外的长凳上，我则走进房里接蔡斯。这个房间很压抑，就像它七年前给我的感受一样——换尿布台，成排的婴儿床和成排的高脚椅。那是我第一次来这里——为了生卢克。

我走进婴儿房的时候，蔡斯坐在地上。没等我来到蔡斯身边其中一位年轻的老师就抱起了他，将他抱得紧紧的，还在他脸颊上亲了亲。"真是个乖巧的孩子。"她说着朝我笑了笑。我看着他们，突然有些嫉妒。这个女人能看到他迈出第一步，能在他蹒跚学步的时候伸出双臂扶住他，而我却只能待在办公室。她和蔡斯在一起的时候那么自然，那么惬意。这也难怪，她整天都和蔡斯在一起。

"是啊，可不是嘛。"我说，声音却有些奇怪。

我给两个孩子都穿上宽大的外套，戴上了帽子——已经是三月，天却冷得出奇——然后将他们放进安全座椅，那种坚硬、狭小的安全座椅在卡罗拉的车子后排勉强能放下三个。它们质量好且能安全地放在商务车里。

"亲爱的，早上过得怎么样？"我从停车位里倒车出来，从后视镜里看了一眼埃拉。

她开始没出声，过了一会儿才说："我是唯一一个没去做瑜伽的女孩。"

"真抱歉。"我说，但话一出口我就知道说错了，我本该说些别的。接下来的沉默使人压抑。我按下音响键，放了儿童音乐。

我朝后视镜瞥了一眼，埃拉正安静地看着窗外。我应该再问一个问题，吸引她讲讲今天过得怎么样，但是我什么都没有说。那张照片在我脑中挥之不去。马特的脸。我想这应该是最近的照片，大概一年内照的。他们监视他、监视我们到底多久了？

从学校开回家的路程并不长，车蜿蜒地穿过一个差异显著的社区：新建的麦氏豪宅旁边是我们家的老房子。六个人住这样的房子实在太挤，而且房子很老，老到了说我的父母是在这里长大的都有人相信。谁都知道华盛顿郊区的房子很贵，而贝塞斯达是其中最贵的区域。但这里有全国最好的学校。

我把车停进家里的车库，齐整的车库像个箱子，能停两辆车。车库前有一小块前廊，是原来的房主加建的，与房子的整体风格并不搭。我们开始以为会常用，但其实却并没有。我怀卢克的时候，我们买下了这座房子，这里学校很好，所以当时我们觉得这笔巨额房款很值。

我看了看正门旁悬挂的美国国旗。这面旗子是马特挂的，他换掉了褪色的那面旗。他不会与我们的国家为敌的，我知道他不会。但是他是不是做过某些事，使那些俄罗斯人觉得他会背叛美国？

有一件事可以确定。他是因为我才被设为目标的。因为我的工作。

正是因为这个原因我才藏起了照片，是吧？如果他陷入麻烦，那就是我的错。我要尽全力帮他摆脱麻烦。

我让埃拉坐在沙发上看卡通片，一集又一集。通常我们只准她看一集，算是饭后奖励，但是今天她生病了，而且我一直想着那张照片的事，无暇顾及其他。蔡斯打盹了，埃拉在电视前有些迷糊，我则开始清理厨房，擦干净蓝色操作台，如果有钱我们早就换掉了。我用力擦掉灶台上的污迹，只剩下三个灶头还能用。然后收拾装满各种塑料容器的碗柜，盖子对号盖到容器上，将盖好的瓶子堆起来。

下午我给孩子穿上暖和的衣服，走路到公共汽车站接卢克。他打招呼的话和埃拉一样。"爸爸呢？"

"爸爸带凯莱布看医生了。"

我给他做了一点儿简餐，开始陪他做作业。一张数学卷子，是两位数加法。我都不知道他们已经学到两位数了。平时都是马特陪他写作业。

在我听到马特的钥匙在锁眼里转动的声音之前，埃拉已如箭一样地从沙发上跳起来，冲向正门。"爸爸！"马特一开门她就高喊。他一只手抱着凯莱布，一只手拿着杂货，竟然还能蹲下来给埃拉一个拥抱，问她感觉怎么样，甚至还帮凯莱布脱了外套。他脸上的笑容看起来很真切，很真切。

马特站起身，慢慢向我走来，他轻轻地吻我的嘴唇，说："嘿，亲爱的。"他穿着牛仔裤和去年圣诞节我给他买的羊毛衫，棕色的，衣领处有拉链的那一件，外面套了一件夹克。他把一袋子杂货放到操作台上，调整了一下凯莱布的姿势，搂着屁股抱住他。埃拉紧紧拉住他的一条腿，他空闲的一只手放到埃拉头上，抚摸着她的头发。

"怎么样？"我伸手去抱凯莱布，很惊讶他竟然乐意投入我的怀抱。我捏了捏他，又亲了他的额头，闻到儿童洗发露的香甜味道。

"很好，真的。"马特说着脱下夹克，放到操作台上。他走到卢克身旁，拨乱了他的头发。"嘿，小伙子。"

卢克抬头看着他，一脸的喜悦。我能看到他第一颗掉的牙的缺口，那颗牙在我下班回家之前就已经放到了他的枕头下。"嘿，爸。我们能玩一会儿传球游戏吗？"

"稍等一会儿。我得先和妈妈说两句。你做完科学项目了吗？"

"还有科学项目？"

"是的。"说着卢克将目光投向我，好像之前忘记我在他身旁。

"说实话。"我说，声音比本意要尖锐得多。我看向马特，看到他眉头略微扬起，稍有一点点的异样，但并没有说什么。

"我已经想过该怎么做科学项目了。"我听到卢克嘟哝。

马特转身走过来，靠到操作台上。"米萨拉特医生对进展很满意。超声和心电图看起来都很好。她希望我们三个月之后再去检查一次。"

我又捏了捏凯莱布。终于有了些好消息。马特开始把杂货袋里的东西往外拿。3.8升（1加仑）的牛奶。一包鸡胸肉，一袋冻蔬菜。面包房里买的饼干——我一直不让他买这种饼干，因为我们只用买饼干的钱的零头就能做出同样的饼干。他独自哼着小曲，是我听不出的曲调。他很开心，他开心时才会哼唱。

他弯下腰，从最底层的抽屉里掏出一个蒸锅和平底锅，分别放到炉灶上。我看着他，又亲了一下凯莱布。他怎么会擅长烹饪呢？他怎么能如此游刃有余？

　　我转头看着坐回到沙发上的埃拉。"亲爱的，你在屋里还好吗？"

　　"还好，妈妈。"

　　我能听见马特停下手中的活儿，僵在那里。"妈妈？"他轻声说。我转过身，看到他满脸的关切。

　　我耸了耸肩，但我敢肯定他看到了我眼中的伤痛。"看来今天到日子了。"

　　他放下手中的米箱，抱住我，突然之间我在心底筑起的情感墙似乎要顷刻崩塌。我能听到他的心跳，能感觉到他的温暖。"发生了什么？"我想问。"为什么不告诉我？"

　　我咽了口唾沫，吸了口气，挣脱开。"我帮你一起做晚饭吧。"

　　"我一个人就行。"他转过身，调整了烤炉的控制盘，又侧身从操作台的金属架子里抓起一瓶红酒。我看着他打开红酒，然后从碗柜里拿出一个红酒杯。他小心地倒了半杯酒，递给我："喝杯酒吧。"

　　但愿你知道我内心多么需要一杯酒。我向他微微一笑，呷了一口酒。

　　我给孩子洗了手，把他们放进儿童高脚椅里，每个孩子各占桌子一角。马特把炒好的菜盛到碗里，放到我们的桌上。他和卢克聊着，我装出在听的样子，好像自己也参与到交谈中。但其实我的思绪早已飘到了别处。他今天看起来非常开心。最近他一直都比往常更开心，是不是？

　　我脑中又浮现出那张照片。文件夹的名字。朋友。他不会答应做任何事情的吧？但是对手可是俄罗斯人啊。他只要给对方一点儿理由，哪怕一丝暗示，他们就会猛扑上去。

　　突然一阵肾上腺素从我身体里涌起，我似乎感觉到自己不忠。我根本就不该有这样的想法。但现实如此，我们也的确需要一笔钱。万一他觉得是自己为家庭做了一件好事，找到一个赚钱的路子呢？我试着回忆上一次两人因为钱的事情吵架。他回家时手里拿着一张第二天开奖的强力球彩票，把它贴到冰箱磁力擦写板下面。在板上写了"我很抱歉"，又在旁边画了一张笑脸。

如果他们策反了他，而他却感觉像中了彩票怎么办？如果他根本就不知道自己被策反了该怎么办？如果他们要花招哄骗他，让他以为自己只是在做一份合法的兼职，帮助家里增加收入呢？

天啊，归根结底还是钱的问题。我真恼恨，一切都归结到钱上。

如果我早知道，就会告诉他要耐心。一切都会好起来的。虽然我们现在入不敷出，但是埃拉很快就上幼儿园了，双胞胎也很快就可以离开婴儿房了，这上面能省不少钱。明年我们就会好过一些，好很多。今年恰好是难过的一年，我们本来就知道今年不会好过。

马特现在正和埃拉聊着，她那甜美细小的声音穿透了我脑中的迷雾。"我是唯一一个没去做瑜伽的女孩。"她说。和在车上对我说的话一样。

马特咬了一口食物，认真地嚼着，眼睛一直盯着她。我屏住呼吸，等着听他的回应。终于他吞下了食物。"那你有什么想法？"

她稍微歪了歪头说："我觉得还好吧。讲故事的时候我坐到了前排。"

我盯着她，手中的叉子停在半空中。她根本不在意。她不需要别人的道歉。为什么马特总能找到恰当的词，总能知道该怎么说？

蔡斯正用沾满食物的小胖手往地上拨弄吃剩的晚饭，凯莱布则大笑起来，双手猛烈敲打着自己的饭盘，把饭菜的汤汁扬到了天上。马特和我同时向后推了推椅子，起身去拿纸巾，将他们沾满酱汁和饭渣的手脸擦干净，这个活儿我们已经驾轻就熟——双人清理工作。

卢克和埃拉都找由头离开了饭桌，进了家庭娱乐房。我们收拾干净双胞胎之后，把他们也放进了家庭娱乐房，开始清理厨房。我把剩饭菜倒进塑料餐盒的间隙，又倒了一杯红酒。马特正在擦餐桌，他朝我看过来，眼神有些疑惑。

"今天不顺？"

"有点儿。"我应道，一边努力回想昨天会怎样回答这个问题。我是不是说了什么不该说的话？我也不会和马特讲任何机密的事情。或许讲些工作中的见闻。随意聊一些事情，就像今天有好多工作之类的。但这些都是琐碎的事情。俄罗斯人不会真的关心。他们不会为这些信息付钱。

厨房终于干净了，我把手里最后一张纸巾扔进垃圾桶，又瘫坐到餐桌前的椅子里。我看着墙，空荡荡的一面墙。我们搬进这里多少年了，到现在也没有做任何装饰。我听着家庭娱乐室里传出电视的声音，那是一个关于怪物卡车的节目，卢克很喜欢看。还有双胞胎的玩具发出微弱的音乐。

马特走过来，搬出他的椅子，坐了下来。他正看着我，一脸关切，等着我先说话。我得说些什么。我要知道真相。还有一种选择是直接去找彼得，找安保部门，告诉他们我的发现。请他们调查我的丈夫。

一定有一种解释能证明他无辜。他还没有被接触。或者他已经被接触了，但是自己还没有意识到。他没有答应任何事情。他当然不会答应任何事情。我喝完了最后一滴酒，把酒杯放到桌上时手还在颤抖。

我盯着他，完全不知道该说什么。好几个小时已经过去，我本应该已经想出该说什么的。

　　他的表情很坦诚，一定是知道有重大的事情要降临。我敢说他从我的脸上能看出来。但是他看上去并不紧张。没有任何异样。就跟平时一样。

　　"你为俄罗斯人工作多久了？"我说。这些话很直接，没有任何修饰。但话已经说出，我就开始仔细观察他的脸色，因为对我而言，他的表情比话语更重要。会出现真诚？迷惑？愤怒？羞愧？

　　什么表情都没有。他的脸上没有露出一丝情绪。根本没有变化。这令我感到一阵恐惧。

　　他平静地看着我。等了很久才回答我的问题，毫无掩饰地回答。"二十二年。"

第3章

我感觉天旋地转。就好像掉进了某个空间，飘浮着，悬挂着，看着自己，看着整个事件展开，但是自己却身在其外，因为一切都不真实。我的耳边一阵鸣响，是一种奇怪细小的声音。

我没想到他会承认。我用这些话，用最坏的情形指责他，本想他会承认一些比较轻的问题。"有一次我遇到了一个人，"他也许会说，"但是我发誓，薇薇，我没有为他们工作。"

或是彻底地愤怒："你怎么会这么想？"

我根本没想到他会直接承认。

二十二年。我抓住这个数字不放，因为它是有形的，实在的。三十七减去二十二。当时他也才十五岁，在西雅图上高中。

这根本讲不通。

十五岁的时候他还在校际联赛里打棒球，在学校乐队里吹小号，课余时间给邻居修草坪赚零花钱。

我想不明白。

二十二年。

我用指尖揉着太阳穴。脑里一直嗡嗡作响。就好像有什么东西在那里，它是某种意识。这太可怕，以至于我的头脑无法消化，我不敢相信是真的，因为一旦承认，我的整个世界都会崩塌。

二十二年。

我的算法本应引导我找到在美国管理潜伏间谍的俄罗斯特工。

二十二年。

这时我想起以前读过的一篇内部报告中有一段。一个了解这个项目的对外情报局特工说的。他们会招募十五岁的孩子。

我闭上双眼，更用力地按压着太阳穴。

马特并不是自己嘴里说的那个人。

我的丈夫是潜伏得很深的俄罗斯特工。

上天注定的姻缘。我总这样想我们的相遇，就好像只能出现在电影里的桥段。

一个七月的星期一早晨，我搬到华盛顿。清晨我从夏洛茨维尔开车启程，把所有的家当都塞进了本田雅阁车子里。我打着双闪把车并排停到别人的车旁，眼前是一座砖砌的旧楼，逃生梯摇摇晃晃，国家动物园就在附近，甚至可以闻到那里的味道。这就是我的新公寓。我已经开车搬了三趟东西，彼时正抱着一个大纸箱穿过人行道，突然撞到了什么。

马特。他穿着牛仔裤，浅蓝色的衬衫，袖子卷到胳膊肘处，我这一撞让他洒了一身咖啡。

"噢，我的天啊。"我说着，匆忙把箱子放到人行道上。他一手拿着湿淋淋的咖啡杯，塑料的杯盖落在他的脚旁。他甩着另一只手，液滴在空中乱飞。他表情狰狞，似乎有些痛苦，衬衫的正面印了几大片棕色的污渍。"真是太抱歉了。"

我站在那里，很无助，双手伸向他，好像能有什么作用似的。

他又甩了几下手臂，然后抬起头看着我。他微笑着，使人完全放下了戒心，当时我的心真的融化了。那整齐无瑕的白色牙齿，深邃的棕色眼睛好似在闪光。"别放在心上。"

"我给你拿几张纸巾。就在这个箱子的某处……"

"没事。"

"或者一件新衬衫？我这里或许有你穿得下的 T 恤衫……"

他低头看了看自己的衬衫，静了一会儿，好像在思考什么。"没事，真的。不过还是谢谢了。"他又冲我笑了笑，就走开了。我站在人行道中间，看着他离开，等着看他是否会转身改变主意，整个过程里我都极度失落，强烈渴望再和他多聊一会儿。

后来我说，那就是一见钟情。

那天早上余下的时间里，我一直都惦记着他。那双眼睛，那抹微笑。那天下午晚些时候，我把东西都安全地搬进了公寓，便打算在周边走走，却又碰见了他。他在一家小书店门口的摊位上看书。同一个人，新衬衫——这次是一件白色的。他完全沉浸在那些书中。很难描述我当时的情绪——兴奋和激动，夹杂着一种难言的慰藉感。我又有了一次机会，于是我深吸一口气，走过去，站到他身旁。

"嘿。"我微笑着对他说。

他抬头看着我，最开始一脸茫然，过了一会儿才认出来。他也朝我笑了笑，露出那完美无瑕的洁白牙齿。"嗯，你好。"

"这次没搬箱子。"我说道，又感到一丝难堪。就只能想出这样一句话茬儿？

他依旧保持着微笑。我清了清嗓子，以前从来没这么做过。我向着旁边咖啡店的方向点了点头。"可以请你喝杯咖啡吗？我想我应该欠你一杯。"

他看了看咖啡店的遮阳棚，转而又看了看我。脸上有些戒备的神色。"噢，天啊，他有女朋友。"我心想。"我真不该问。多尴尬啊。"

"或者一件衬衫？我应该也欠你一件。"我微笑着，语气尽量轻松愉悦。好想法，薇薇。你给了他台阶下。正好可以一笑置之，不接受邀请。

令我惊讶的是，他抬起头又说了一句话，打消了我的疑虑，也给了我希望。他说："喝杯咖啡不错。"

我们坐到咖啡店里面的一个角落里，一直到暮色降临。我们聊得很尽兴，没有一刻冷场。我们有很多共同点：我们都是独生子，都出生于天主教家庭但并不信教，身处政治中心却都不关心政治，我们都独自穷游过欧洲，母亲都是老师，小时候都养过金毛犬。两个人的相似之处多得有些诡异。好像命运安排我们相见。他风趣又迷人，聪明又礼貌——而且超级帅。

我们的咖啡早就喝光了，咖啡馆的店员已经开始擦我们周围的桌子。这时他抬头看着我，明显有些紧张，问我愿不愿意一起吃晚饭。

我们去了街角的一家意大利馆子，点了大份私房意面和一瓶红酒。到最后虽然已经吃饱，但还是点了一份甜点，想借此多待一会儿。我们一直都说个不停。

我们一直聊到饭馆打烊，之后他陪我走回了家，拉住了我的手，我从未感到如此温暖，如此轻松，如此幸福。在我公寓外的人行道上，就在我撞到他的那个地方，他吻了我，向我说晚安。那天晚上迷迷糊糊睡去的时候，我知道自己遇到了要嫁的男人。

"薇薇。"

我眨了眨眼，记忆就这样溜走。我听到家庭娱乐房中怪兽卡车节目的主题曲，咿呀学语的声音，玩具碰撞的声音和塑料之间的碰撞声。

"薇薇，看着我。"

这时我看到了恐惧。他不再是一副毫无表情的样子。他皱起了眉头，他慌张的时候额头就会堆起皱纹，此时那皱纹比以前都要深。

他向前靠过来，越过饭桌，一只手放到我手上。我躲开他，双手紧紧抓住大腿。他看起来非常害怕。"我爱你。"

此刻我不敢看他，因无法承受他眼中的深情。我低头看着饭桌，那里有一个红色的印记，只一点点。我盯着那个红点看，它已经渗进木头里，这是很久之前做某个艺术项目时留下的疤痕。为什么我会注意到它？

"这并不会改变我对你的感情。我向上天发誓，薇薇。你和孩子就是我的一切。"

孩子。天啊，还有孩子。我该怎么跟他们讲？我抬起头，看向家庭娱乐房，虽然在这里根本看不到他们。我听到双胞胎玩耍的声音。两个大一些的孩子很安静，一定是在专心看节目。

"你是谁？"我低声问道，如同耳语。我本不想低声耳语，但不知怎的地就这样说出了话，就好像声带不听使唤。

"是我，薇薇。我发誓，这就是你了解的那个我。"

"你是谁？"我又问了一遍，这次嗓音有些破裂。

他看着我，瞪大了眼睛，眉头紧皱。我盯着他，试图读懂他的眼神，但不能确定能否读得懂。不，我有读懂过吗？

"我出生在苏联的伏尔加格勒，"他轻声说。他的神色平静，"我叫亚历山大·连科夫。"

亚历山大·连科夫。这不是真的。这一定是个梦，是电影，是小说，而不是我的生活。我又盯着饭桌，桌上有一小簇凹痕，是孩子用叉子敲出来的。

"我的父母是米哈伊尔和纳塔利娅。"

米哈伊尔和纳塔利娅。不是加里和巴布。我的公公婆婆，我孩子叫爷爷奶奶的人。我盯着饭桌上的凹痕，它们像一个个小小的火山口。

"我十三岁时，他们车祸丧生。我没有其他亲人，被安置在国有福利院里，几个月后我搬到莫斯科。我当时并不知道发生了什么，就已经被安排到对外情报局的一个项目里了。"

我想到马特还是个恐慌的男孩的样子，内心涌起一股同情。但很快这股同情就被强烈的背叛感所压制。我的手抓得更紧了。

"那是一个全封闭式的英语语言学习项目。十五岁时我被正式招募，从此有了新身份。"

"成了马特·米勒。"我又像是在耳语。

他点了点头，身体又靠向前来，满目情深。"我别无选择，薇薇。"

我低头看了看左手上的戒指，回想起两人最初的对话，以为彼此有那么多的共同点。这看起来多么真实，但却都是编造的。他编造了一个根本就不存在的童年。

突然之间一切都成了谎言。我的生活就是一个谎言。

"我的身份是假的，但其他一切都是真的，"他好像能读懂我的心思，"我的感情是真的。我发誓。"

左手的那枚戒指上，钻石反射出一缕光。我看着切面，一个一个地看过。我隐约听到家庭娱乐房里传出一些声音。新的声音，比之前的声音要大。卢克和埃拉在争吵。我把目光从戒指上挪开，抬起头，看到马特正盯着我，但头微微侧着，我知道他在听孩子们在吵什么。

"你们两个，不要吵了。"他喊了一声，但目光还是没有离开我。

我们看着对方，都听着孩子的声音。争吵越来越激烈，马特离开桌前，走进屋里去调解。我断断续续听到几句对话，两个孩子都向马特说自己的理，马特劝他们和解。我的头有些晕，或许是因为喝了红酒。

马特抱着凯莱布回到饭桌前，坐下来。凯莱布朝我咧着嘴笑，可爱的小拳头塞在嘴里，沾满了口水。我根本笑不出来，只能转头看着马特。

"真正的马特·米勒在哪儿？"我问。我想到压在防火保险柜底层的出生证明，还有社保卡和护照。

"我不知道。"

"那巴布和加里呢？"我问。我想着他们的模样，那个沉稳的家庭主妇，她色彩柔和的上衣总能使我想起我奶奶以前的装束。那个男人，啤酒肚鼓鼓的，撑开了腰带，衬衫总是塞进裤子里，袜子总是白色的。

"也和我一样。"他说。

蔡斯哭了起来，这扰人分神的事情在此刻却如救命稻草。我从饭桌前站起身，走进家庭娱乐房。他在卢克和埃拉的沙发旁，趴在地上，我能看到沙发底下有个蓝色球的轮廓。我伸手拿起球，又抱起蔡斯，把他放在我的大腿上。他现在安静了一些，只轻声呜咽着，一手紧紧地抓着那只球。

我的大脑一片混乱。我怎么这么容易上当？特别是巴布和加里那样的。他们一看就是敌营的人。我直到婚礼才见到了他们。我们去过西雅图一次，他们也没有见我们。当然他们有理由。当时看起来合情合理，但现在回想起来根本站不住脚。巴布不敢坐飞机，我们的假期不够，我们生了一个又一个孩子，谁愿意抱着大哭的孩子从东海岸飞到西海岸呢？

我曾因为这件事感到很内疚。因为我们经常看望我的父母，但却几乎没有看望过他的父母。我甚至还因此道过歉。"生活无奈，习惯就好。"他笑着说。他当时的笑容确实有些失落，但这件事似乎并没有令他感到烦恼。我提议过视频聊天，但是他们不喜欢用高科技的东西，就喜欢隔几个周用电话聊聊。马特似乎也不是很在意。

我从不强求。我不强求是因为我暗自欢喜吗？欢喜我们不用轮流在两家过圣诞节，不用因全家人定期飞越美国前去探亲而花光积蓄。也不用和专横的公公婆婆打交道。甚至高兴马特不用分散感情，而全身心地关爱孩子和我。

我走回厨房，坐到饭桌前，蔡斯坐在我的腿上。"我们婚礼上的那些人都是哪里来的？"婚礼上至少有几十个亲戚。叔舅姑姨，堂表兄弟姐妹。

"一样的。"

不可能。我摇了摇头，好像这样就能将这些糟乱的事情捋出头绪。

能够讲得通道理。我见过超过二十五个潜伏间谍。俄罗斯人到底安插了多少间谍？这远比我们想象的更多。

双面间谍德米特雷。突然之间我脑中全是他。他说在美国有数十个潜伏间谍组。他跟我们讲了很多不合情理的事，让我们相信他就是双面间谍。他说潜伏间谍的身份一直由间谍管理者独自掌管，但我们了解这些信息是以电子形式储存的。他说解密密码并非我们从其他渠道得到的那个。还有那离谱的言论。他说潜伏间谍已经渗透到政府里，并逐步爬到了高层。他说在美国隐藏着数十个潜伏间谍组，而我们认为只有几个。

这条信息并不是太离谱，对吧？此时，我又猛然想到另一件事。

"你是间谍。"我轻声说。我过分纠结于那个谎言，纠结于他并非自己所说的那个人，却没有完全体会到这一层事实。

"我也不想。我只想安安静静地做来自西雅图的马特·米勒，摆脱他们的控制。"

我的胸口如中重拳，几乎喘不上气。

"但是我已经被困住了。"他看起来很真诚，值得同情。他当然是困于其中。他也不可能说退出就退出。他们在他身上投入了太多。

蔡斯在我的腿上扭动，想从我身上挣脱。我把他放在地上，他就四肢并用往远处爬去，留下一串欢快的叫声。

"你欺骗了我。"

"我别无选择。别人不懂，你也应该理解——"

"你敢。"我说道，因为我知道他准备说什么。

我回想起很久以前我们在一起的画面，咖啡馆角落的一张小桌上，超大号的咖啡杯摆在我们面前。"你是做什么工作的？"他问。

"我刚研究生毕业。"我说，希望这样就能敷衍过去，但心里清楚只说这些还不够。

"接下来没有工作打算？"

我点了点头，呷了一口咖啡，并不回答。

"做什么呢？"他紧跟着问。

我低头看着马克杯，从杯里飘出一些蒸汽。"咨询。一家小公司。"我说，谎言的味道有些苦涩。但他就是个陌生人，我不可能告诉陌生人自己为中情局工作。"你呢？"我问。谢天谢地话题转移到软件工程上去了。

"根本不是一回事。"此时的我说，"你有十年的时间。十年。"

"我知道。"他似在悔悟。

这时凯莱布也扭动了起来。一边扭动着一边朝我笑，他肯定在好奇为什么我没有对他笑。他向我伸出胳膊，马特抱起他，从桌子上递过来，送到我伸出的双臂里。他坐到我的腿上，安安静静。

"你也做类似的事情吗？假装别人的亲戚。"我问道，但不知道为什么会这么问。有那么多疑团，为什么我会想知道这一件。

他摇了摇头。"他们不想让我冒这样的险。"

他们当然不会。他的价值更高，不是吗？因为他娶了我。而我在中情局工作。

天啊，俄罗斯人真在他身上押了很重的筹码。他们一定很兴奋。多么幸运啊，一个潜伏间谍娶了中情局反情报分析员。

想到这里，一阵寒意如电流般穿过我的身体。

我又回想起相遇几周之后我们俩坐在我的公寓里。我们面对面坐在开间一角的折叠桌前，桌上的一次性纸餐盘里放着比萨。"我没有完全对你讲实话。"我说着，揉搓着双手，忧心自己承认说谎之后他的反应，但又为可以消除误会感到如释重负。再也不用对这个男人撒谎了。"我在中情局工作。"我还清晰地记得他当时的表情，最开始毫无变化，好像一点儿也不吃惊。随后他的眼中有亮光闪烁，我当时还以为是这个信息需要一段时间消化。

但并不是这样，对吧？他从一开始就知道。

我的胸口有些闷。闭上眼睛，看到自己坐在研究生学校的礼堂里，中情局招聘人员正在做展示。我意识到自己可以做这一行，并以此改变世界，服务国家，为家庭带来荣光。时间飞速推进，我通过了申请流程、背景调查和一整套的评估。直到一年之后，我都已经要放弃时，我收到一封信，一封普通的政府答复函。普通的白纸，没有信头。只有入职日期、薪水和须知，还有我被安排的部门：反情报中心。

那是我搬去华盛顿前的两周。我遇见了马特。

此时我的呼吸急促。在我的脑中我回到了那间咖啡馆，坐在角落里，重温了一遍我们的对话，就是我们发现彼此有那么多共同点的那一次。他不单单是在附和我，编造出一个假身份。他从一开始就说自己出生在天主教家庭，说他的母亲是一位老师，说他养过一条金毛。他这样说是因为早就了解过我。

我伸手捂住嘴，恍惚中感觉手在颤抖。

俄罗斯人不是靠运气，他们很周密。一切都是计划好的。那根本不是上天注定的缘分。

我就是他的目标。

第4章

马特又靠向前，额头的皱纹更深了，两只眼睁得更大了。我确信他能读懂我的心思，他知道我刚了解到的真相。"我发誓对你和孩子的感情都是真的。我向上天发誓，薇薇。"

我上过甄别骗术的课程，隐约感觉他没有任何欺骗的迹象。他说的是实话。

但我转念又想到，他是否也受过同样的培训？或许更多的培训。他是否知道如何说出令人信服的谎言？

他不是已经这样做了二十二年了吗？

凯莱布啃着我的手指，细小的尖牙刺入我的皮肤。虽然痛，但此时却是很好的刺激，我没有拦住他，因为对我而言，这是当下唯一真实的感受。

"我们相遇的那一天……"我说到一半就说不下去了。我的思绪断断续续，无法问出我想知道的，也无法说出早已知道的事情。一切太突然，令我难以承受。

他顿了一会儿才回答我。"整个早上我都在观察你。当我看到你抱着箱子时，就故意走过来。"他说的时候露出愧疚的神情。至少看起来是愧疚的。

我回想起自己曾多次提及我们初次相遇的事。他也讲过很多次。讲这个故事的时候，我们都会适时放声大笑，并加入自己的看法。

全都是谎言。

"你是我的目标。"他说。我喘不上气来。事实正如他所说——这证明他很坦诚。作为妻子，我不得不承认他很坦诚，不是吗？但作为反情报分析员，他正在交代的不过是我已掌握的信息。他努力表现得比实际更诚恳，这不过是教科书上的老把戏。

"但后来我爱上了你。"他说，"我深深地、深深地爱上了你。"

他看起来很诚恳。他当然是爱我的。你不可能不爱一个人却和他维持十年的婚姻。我摇了摇头。我不知道还能再相信什么。而且我也无法接受"他可能不再爱我"的想法。

"最开始我因自己的幸运而欣喜若狂。直到后来我才意识到，我们的关系建立在谎言之上，这是多么令人痛苦。我不敢与人倾诉这个谎言，因为一旦我说出去，一切都将崩塌——"

他突然停了下来，注意力完全落在我身后的某个地方。我转过身，看到卢克默默地站在门口。我也不知道他在那里站了多久，听到了什么。他看了看马特，又看了看我，眼神严肃，和他的父亲那么像。

"你们在吵架吗？"他怯生生地问。

"没有，亲爱的。"我说。我为他感到心痛，虽然我并不知道为什么会心痛。"我们只不过在聊大人的事。"

他什么都没有说，只是看着我们。我第一次意识到自己读不懂他的表情，看不出他在想什么。他是马特的儿子，永远都是马特的儿子。或许我永远也弄不清他在想什么，他到底有没有告诉我实情。我有些不安，好像我的全部的生命都从指尖滑过，我却无法抓住。

"爸爸，我们能玩接球游戏吗？"他问。

"现在不行。我和妈妈说话呢。"

"可是你答应过。"

"伙计，我——"

"去吧。"我打断了他。这正是我此刻想要的。要他离开，给我点儿时间思考。我平静地看着他，又小声说了一句："你不能对他也撒谎。"

他露出受伤的神情。这不正是我想要的吗？比起我受的伤害，这根本不算什么。

我平静地看着他，突然对他满腔怒火。他辜负了我的信任，欺骗了我十年。

他好像要说什么，却欲言又止。脸上仍然挂着受伤的表情。他默默起身，绕过桌子，来到我身前。我仍直视前方，看着一面墙。他犹豫了一下，把手放到我肩膀上。他碰到我的那一刻，我忽然全身颤抖了一下。

"我们过会儿再谈。"他说。他的手在我的肩膀上又停留了一会儿，然后才收了回去。他跟着卢克走出了房间。我仍坐在桌前，眼睛直视着前方，听到他们穿上外套，戴了棒球手套，拿起了球，走向门外。我一直等到他们关上了门才站起身，换了个姿势把凯莱布抱在一侧，走到水槽旁。我透过窗户看着他们。父与子，在院子里来回扔着棒球，周围扬起尘土。一幅完美的美国剪影。可惜两人里面有一个不是美国人。

这时我恍然大悟，一时震惊，抓住了水槽的边缘才勉强站稳。这不仅仅是背叛。吵架或是交流或是别的类似方式根本解决不了这样一件事情。这件事没有解。我得告发他。他是俄罗斯间谍，我得告发他。愤怒似乎消解了，转而汇入绝望的洪流。

我的目光转向电话，它就放在操作台上。那部手机记录了无数与马特的对话，很多的家庭照片，以及我们一起的生活。我应该拿起电话。我应该现在就给局里打电话，给联邦调查局打电话，给奥马尔打。

我又回头看了看窗外。他朝卢克笑着，抡圆一只胳膊，慢慢地把球扔了出去。如此悠闲，如此轻松。不该这样，根本就不该是这样的，因为潜伏间谍应该逃跑的。他们会在被当局抓捕之前就逃上飞机回家的。

但是马特没有逃跑。他哪里都没有去。

凯莱布打了哈欠，我转而把他抱到怀里，让他的头枕在我的胸前。他舒舒服服地躺了下来，轻轻叹了口气。

我继续看着窗外的马特。看到他在教卢克如何保持双腿放松，准备好起跳，如何收回手臂之类的。他看起来跟平时完全一样。

他终于向房里瞥了一眼，看向厨房窗户，正看向我，好像知道我会在那里一样。我和他四目相对，僵持了一会儿，他才转开身，继续和卢克的游戏。这时我又看了一眼手机。他知道我自己一个人在屋里，身边有电话。潜伏间谍不会让这种事情发生的。潜伏间谍会保护自己。这更证明了马特还是那个马特，是我的丈夫，是我爱的那个男人。他永远都不会逃跑。

"我们过会儿再谈。"他的话还在我脑海里回响。这不正是我需要的吗？我要听听他怎么说。然后再告发他。

我从电话旁走开。我不能拿起电话。现在还不行。要等我和他谈完之后。

他知道我会这样做吧？

这想法突然而至，在我脑中久久徘徊。他了解我，他比任何人都了解我。他没有逃跑，因为知道我不会现在就拿起电话告发他，如果是这样该怎么办？

我已经有些麻木了。不可能的。

我晃了晃脑袋，走出房间，从床边走开，远离了电话。我走进家庭娱乐室。埃拉蜷在沙发里，在描一本彩色画图本，水彩笔散在垫子上。我把凯莱布放到地上，放在他的玩具旁边，沉沉地坐到沙发上，靠在埃拉身旁。我摸了摸她的额头，有点儿热。她推开了我的手，我却伸出双臂抱住了她。

"别这样，妈妈。"她漫不经心地要推开我，但她迟疑了一下，勉强默许了我的拥抱，手中水彩笔还没放下。

我吻了她的头顶，头发有儿童洗发水的香味。她早前的话还在我脑中回荡。爸爸呢？以后她还会说出别的一些话，她现在还没有说过，但是我能想象她迟早会问的。为什么爸爸要走？

凯莱布正在地上自娱自乐，拿着宝宝认知板的盖子敲击着底座，很有节奏地敲着。蔡斯也爬了过来，嘴里咬着一只叠加杯。他们还太小，应该不会记得这段经历吧，我们现在的生活常态。我看着埃拉涂涂画画，粗粗的水彩笔紧紧地握在手里，她的脸上透着极为专注的神情，眼泪润湿了我的眼眶。天啊，我多么希望自己能保护他们。

我听到后门打开，马特和卢克在谈论，好像在谈少年棒球联赛。马特今年要做教练。原本要做教练。我抑制住泪水，站起身。

"嘿。"他走进屋子的时候向我打了招呼，看起来有些犹豫，有些迟疑。

"我去给双胞胎洗澡。"我说，故意躲开他的目光。我抱起双胞胎，一边胳膊一个，背对着马特。我抱着他们来到浴室，打开了水龙头，在浴盆里倒了一些浴液，放水的时候脱掉了他们的衣服，拿开尿布。我先把蔡斯放进浴盆里，然后是凯莱布，漫不经心地用毛巾擦拭着他们柔软的皮肤，肉肉的大腿和屁股，胖乎乎的脸颊，小小的双下巴。他们好像昨天才出生一样，这群早产的孩子，我们还带着他们去医生那里称体重。时间都去哪儿了？

马特的声音在家庭娱乐房里若隐若现。他好像在讲一个故事，我知道自己给孩子讲过这个故事，但一时想不起来是哪一个。我听到埃拉咯咯地笑着。

我跪在地上，身子稍向后倾，看着双胞胎玩耍。蔡斯抓着浴盆的边缘，想要站起来，一边欢快地笑着。凯莱布安静地坐着，很着迷地用小手一次又一次地拍打着水面，激起小水浪。我们只有两个人都在家的时候才会给他们泡澡，这样我们可以一个人照看两个小的，一个人照看两个年纪稍大的。如果没有马特，就会变得困难很多。

一切都会变得困难很多。

我擦干了双胞胎的身子，给他们穿上睡裤，听到隔壁屋的马特已经在哄埃拉睡觉。

"我什么时候泡澡呢？"她问。

"小公主，今晚不泡。"他应道。

"可是我想泡澡。"

她什么时候开始喜欢泡澡了？"明晚。"他说。

明晚。他明晚还在吗？我试想自己一个人给所有孩子洗澡，一边逗双胞胎，一边给埃拉洗澡，安顿他们上床，独自一人。单是想想就已经不堪重负。

我把凯莱布放进一张婴儿床里，蔡斯放进另外一个，吻了他们的脸颊，闻了闻他们身上香甜的味道。我打开夜明灯，关上头顶的日光灯，然后来到埃拉的房间，我们本想把这个房间装饰成阳光主题。我有个很宏大的计划，想要一整幅壁画，要带彩画的吊扇，并画出每个机械部件的细节。但是后来工作太忙。现在这里就成了个黄色的房间。纯黄色的墙，黄色的小地毯。我只完成了这么多。

她盖好被子躺在单人床上，马特坐在她身旁，手里拿着一本硬皮书，他调整了一下角度让她能看到图画。那是一本讲公主消防员的故事书，过去几天每晚她都会挑这本书。

她转过头看向我，已经有些睁不开眼的样子。我冲她笑了笑，站在门口看着他们。马特像平常一样用假声配音，埃拉被逗得大笑，咯咯的清脆笑声。一切看起来都很正常，这一切却令人心痛。她完全不了解，不了解一切都将改变。

马特读完了整本书，给了她晚安吻，然后起身，长时间地凝视着我。我走到她的床头，俯下身，吻了她的额头，她的额头温暖了我的嘴唇。"睡个好觉，亲爱的。"

她纤细的胳膊抱住我的脖子，抱紧了我。"我爱你，妈咪。"

妈咪。我的心都要融化了，一直压抑的情绪差点儿决堤。"我也爱你，亲爱的。"

　　我给她关上灯，来到走廊。马特在那里，靠近卢克房门的地方。"我答应他早点儿上床就可以多读半小时的书，"他轻声说，"想来我们可以用这段时间谈谈。"

　　我点了点头，从他身边走过，进了卢克的房间，所有的一切都是蓝色的，有各种棒球和足球的装饰。他坐在床上，身旁一堆书。现在的他看起来像个大人。我吻了他的额头，又是一阵揪心。对他来说是最难的，对吧？这些孩子里，对他将是最难的。

　　我又走回家庭娱乐房。整座房忽然从嘈杂变得平静，安静得有些怪异。马特在厨房里，洗着水槽里的碗碟。我开始收拾娱乐房，把散落四处的彩色塑料玩具收回收纳箱，把埃拉的木制火车轨道一片一片拆开。现在只剩下我们俩了。可以谈谈了。

　　谈不谈有什么重要的吗？我必须告发他，不管他怎么说都无所谓。我内心深处明白这个道理。但是我却又有些不相信这件事，认为这件事会有个出路。

　　我抬头看着他，他还在水槽旁，正用洗碗布擦干平底锅。我不再拆火车轨道，跪坐到地上。我甚至都不知从何说起。"你都给了他们什么信息？"我终于开口问到。

　　他的手停在那里，抬起头来。"没有有价值的信息，多是关于情绪的，你上班时是压力很大还是开心。这一类的。"

　　"你给他们的肯定不止这些信息。"我回想着过去这些年说了哪些不该说的，最后想到说过有关同事的事情。我的心里忽然空落落的。"噢，天啊。玛尔塔、特雷。他们被盯上都是因为你，是不是？他们被盯上原来是因为我们。"

他脸上露出吃惊的表情，一脸茫然。"不是。"

我疯狂地回想都对他说过什么。我跟他讲过，玛尔塔总是第一个提议开始在办公室放松。还有有些古怪的提议，比如下午十几个人在会议室坐上半小时，吃着薯片，有时还会有一盘饼干和几瓶红酒。说过她经常带两瓶红酒上班，下班前就没了，而办公室有一半的人不喝酒，只有她会不停地给小塑料杯斟满酒。还说过她的文件柜最底层有一瓶威士忌——这个我也告诉过他，那一次我看到她在咖啡里加了些威士忌。

还有特雷。我清晰地记得几年前的一次对话。"他叫塞巴斯蒂安'室友'。"我对马特说，用手势做了个引号，还故意翻了翻白眼。"他为什么不干脆承认？好像我们会在乎一样。"

"这些事情我都是私下告诉你的。"此时的我喃喃自语，内心怨恨自己遭到背叛。

"薇薇，我发誓。从来没有透露过一个字。"

"他们都被策反过，马特。难道要我相信这些都是巧合？"

"听我说，我根本不了解这件事情。但我向你保证从未泄露过任何有关他们的事情。"

我盯着他。他好像很诚恳。但是我已经不知道该相信什么了。我摇了摇头，低头看着玩具火车轨道，又拆了起来。我听到他又在继续擦碗碟，并把擦好的放回碗柜。

我们安静了几分钟，他又说道："我对你讲的都是真的，薇薇。我没有对他们讲任何有用的信息，而且他们也似乎并不在意。可能他们认为我已经成功了。"

"因为你娶了我。"

"是的。"他看起来有些尴尬。

我把最后一块火车轨道扔进收纳箱，合上盖子，把收纳箱推到墙根。我们的家庭娱乐房都这样收拾，将透明的玩具收纳箱推到墙根。"你对俄罗斯……忠诚吗？"这些从我嘴里说出来的话听起来很奇怪。

"我对你忠诚。"

我想到门外悬挂的美国国旗，七月四日国庆节的巡游和焰火。在棒球比赛奏国歌的时候，马特会脱下帽子，手捂胸膛，跟着唱起来。有一次我听到他对卢克说，我们能够生活在世界上最伟大的国家是多么幸运。"俄罗斯还是美国？"

"美国。当然是美国。你懂我的，薇薇。你知道我信仰什么。"

"我真的懂吗？"

"我还是个孩子。是个孤儿。我别无选择。"

"你总能够选择的。"

"在俄罗斯不行。"

我安静了。"你的忠诚，曾经是对俄罗斯的忠诚。"

"当然。最初我坚信自己做的事情是对的。我是个俄罗斯人，但是在这里生活过……看到了真实的世界……"

我看到玩具厨房后面别住了一个鸭嘴杯，伸手抓起来。"你为什么不告诉我？"

"我怎么告诉你？"

"你有十年的时间。过去十年的任何一天都可以。'薇薇，有件事我要告诉你。'然后说出来就行了。"

他走到一边，坐到沙发扶手上。洗碗布还挂在他的肩膀上。"我本来想过的。天啊，薇薇，你以为我没想过吗？但是我又想到你的眼神，就像现在这样。背叛，难以平复的痛苦。我害怕这样。我吓坏了。你会怎么做？带着孩子逃走？我不能失去你。我不能失去孩子。你和孩子，"他有些失声，"是我的一切。一切。"

我什么都没有说。最后还是他开了口："我爱你，薇薇。"我盯着他，他的表情那么真诚，让我回想起十年前的一天。我们相遇后的一个月，那一个月我们几乎每天都见面。一天，天黑后他送我回家，我们在公寓外的街道上，路两边的树在微风中沙沙作响，路灯洒下柔和的光。他搂住我的腰，我们慢步走着。我说了什么把他逗笑了，但到底说的什么早就忘记了。

"我爱你，薇薇。"他说完就陷入了沉默。我们两人都沉默了。夜色沉静，我看到他有些脸红。他没有打算这么说的，只是脱口而出，但这样更显出他的温柔，因为并没有刻意为之，一定是真心实意的。我猜他一定会回溯过往的日子。"我爱你讲的笑话，薇薇。我喜欢和你在一起。"诸如此类。但是他没有。他停了下来，面对着我，把我拉了过去。"我爱你，薇薇。真的爱你。"

此刻我低下头，紧紧握着鸭嘴杯，指关节都露了白。我几乎说不出话来。"你怎么还会想要孩子？"

"因为我想要和你一起生活，我想要你得到梦想的一切。"

"但是你肯定知道总有一天——"

"不。"他打断了我。他的声音很坚定。"我没有。我真心认为我们可以一直这样生活直到我们退休。那时我们就能自由了。"

我安静了，他也安静了。整个屋子安静得令人不安。

"他们会让我留下。"他温柔地说，"以前有过。我们的余生本可以这样生活下去，一直到死去，或许谁都不会发现。"

"本可以。或许。"都是假设。他知道我们不可能装作一切根本没有发生，装作我根本不知道这件事。他知道我必须告发他。

他对我惨然一笑，说："如果你不那么擅长自己的工作该多好啊。"

这句话刺痛了我。如果我们不急切地尝试那种算法，这一切就不会发生。我把鸭嘴杯拿到厨房，扭开杯盖，放进洗碗机的顶层。他看着我，一句话都没有说。我关上洗碗机的门，靠到操作台上。

他也走进厨房，站在我身后。好像一时不知道我会做什么，我会有怎样的反应。我自己也不确定，但是我没有动。他向前迈了一步，双手放在我的肩膀上，慢慢滑到我的髋骨处，最后紧紧地抱住我。我的身体在这熟悉的拥抱中变得柔软。我闭上了眼睛，流下了一滴眼泪。

脑海里，我又回到了旧时公寓外的街道上。我靠上前吻他，紧紧地靠着他，想要更多。跌跌撞撞进到楼里，上了楼梯。感受他的触碰，看着他的双眼，满是渴望。之后，我们躺在乱作一团的床单上，身体缠绕在一起。在他的胳臂间醒来，看着他睁开眼，发现我的存在。我慢慢展开的笑容，爬满整个面庞。一切都是真实的。一定是的。

"我现在该怎么办？"我轻声说。其实只是在反问。向我最好的朋友吐露心声，那个我总能寻到帮助、能够依靠的人。我的伴侣。我的英雄。

又或许这句话只是在寻救生圈。把我从这里解救出来。告诉我该怎么做才能让这一切消失。

"只有一种方法，"他的头埋进我的颈窝。我能感觉到他的胡楂，我一阵战栗，"告发我。"

第5章

　　最初听起来感觉这些话根本不像是真的，他本应该劝我不要这样做才对。但实际上却只是沉默，本该发生的对话变成了一片静默。我感觉自己好像在悬崖边摇摆，似乎就要失去一切。

　　这时我的内心发生了一些变化，就好像突然按下一个开关。我转过身正对着他。他没有躲开，依然靠在我身旁，离得那么近，我都能感受到他的呼吸和他的温度。"一定有别的办法。"我说。他不应就这样承认失败，举手投降。

　　他走开了，带起一阵冷风。他走向碗柜，拿出一个红酒杯，放到我面前。我看着他，不知道他要做什么。他给两个杯子都倒上了红酒，把我的那一杯递给了我。"没有办法了。"

　　"总会有——"

　　"没有了，薇薇，相信我。所有办法我都想过了。"他端起自己那一杯酒，喝了一大口。"我用很长的时间思考,这一天一旦到来该怎么办。"

我低头看着自己的酒杯。我不该喝这杯酒的，我要尽可能保持头脑清醒。但我又那么想喝个大醉，忘掉这一切。

"你还想知道什么？"他轻声问。他已经想开了。在他看来，之前的一段对话已经结束了。告发他，我应该这么做。他没有计划，没有办法帮我们逃出生天。

在我看来，一切都还没有结束，远远没有结束。我固执地摇着头，而后开始思考他的问题。我还想知道什么？我想知道你对我是不是完全坦诚。我能不能百分百地信任你。我们是不是站在同一阵营。我抬头碰到他的目光。"一切。"

他点了点头，好像已经预料到我的问题。他摇了摇手中的红酒杯，又放了下来，身子靠到操作台上。"我有一个上级间谍管理者。他的名字叫尤里·雅科夫。"

我面无表情地说："给我讲讲他的情况。"

"他在俄罗斯和美国两地跑。我知道的就他一个人参与其中，非常隐秘——"

"你们怎么联系？"

"情报秘密传递点。"

"在哪里？"

"华盛顿特区西北部。我们以前住那附近。"

"具体在哪里？"

"你记得转角处那家有穹顶的银行吧，那家银行旁边有一个小院子，两张椅子。右侧那一张，正对银行大门。情报秘密传递点在椅子下面，右侧。"

他说得非常具体。而且不是我已经了解的信息。这是新情报，有价值的新情报。"你们多久见一次面？"

"当其中一方发出信号的时候。"

"平均多久？"

"平均两三个月一次。"

平均两三个月。我的喉头像打了结。我们一直以为间谍管理者大部分时间都在俄罗斯，与身处美国的潜伏间谍会面并不频繁——一两年见一次，或是在第三国会面。尤里访美的记录不多，而且多半都是短途旅行。这也意味着他在美国期间用的是假身份。

"你们怎样接头？"我问。

"用粉笔在椅子上画记号，就像电影里一样。"他又惨然一笑。

我可以继续追问这个问题，可以问出是否有某种特殊的粉笔，具体在什么位置画符号，是什么形状的符号。这些信息足够引尤里到那里，并且逮捕他。

也有可能，作为中情局分析员的我想，他在骗我，告诉我的是如何通知队友自己已经暴露。这样做等于告诉尤里逃跑。我心头一紧。

"你会留下什么？带走什么？"

"加密的 U 盘。"

"如何解密？"

"你记得我们家室内楼梯后面的储物间吧？那里有一块地板下面是空的，里面放着一台笔记本电脑。"

他回答得很快，丝毫没有保留的痕迹。我尽量不去想藏在我们家的那台笔记本电脑，而是思考接下来该问什么问题。"我告诉你的事情你都没有对他们说过？"

他摇了摇头。"我发誓。薇薇，我没有。"

"你从来没提起过玛尔塔或特雷？"

"从来没有。"

我低头看着自己的红酒。我相信他，我真的相信。但是我不知道这样有没有道理。我又抬起头。"你对这个项目有多了解，告诉我。"

"其实，你知道的可能都比我多。项目里有层级，而且自成体系。我知道的间谍只有尤里，除此之外一无所知。"

我摇晃着手里的酒杯，看着红酒挂在杯壁上。我想到自己在办公桌前的样子，我也有情报断层，也有很多一直都不知道的事情。而后我又抬头看向他。"你怎么和莫斯科取得联系？比如尤里出了事，你要联系谁？怎样联系？"

"我不会主动联系，至少一年内不会。我们接受的指令是不要妄动，以个人安全为主。以防对外情报局有内鬼等诸如此类的事情。我只要坚持住，等待某人接手尤里的工作，与我联系。"

这正是我担心的。这样一种回答——一种项目设计——几乎不可能找到间谍管理者和间谍首脑。但是他说的某一点深深地烙在我脑中。某种新情报。一年。

"一年之后会发生什么？"

"我会重新取得联系。"

"怎么做？"

"有一个电子邮箱地址。我会去另一个国家，创建一个新的账户……有一整套的规程。"

他说得合情合理。我一直搞不清继任的间谍管理者拿不到五个间谍的姓名该怎么办，原来潜伏间谍会主动与他联系。

"抱歉，我只知道这么多。我觉得这是刻意设计的。这样如果某个特工暴露，也不至于破坏整个项目……"他的声音越来越小，耸了耸肩，一脸的无助。

当然是刻意设计的。我原本也是知道的，不是吗？他告诉我的，恰是我期望从他身上了解到的。没有任何犹豫，没有任何伪装的痕迹。

他喝干了最后一滴红酒，把酒杯放到操作台上。"还想知道别的什么吗？"

我看得出他一脸的挫败和无助。马特从来不会气馁。他能摆平一切事情，解决一切问题，做到任何事。我摇摇头说："我不知道。"

他看了我很久，然后盯着地面，耸了耸肩。"那我们还是睡一会儿吧。"

我跟着他走进了卧室，脚步比平时更沉重。我想到藏在储物间的笔记本电脑。一台俄罗斯对外情报局的笔记本电脑，在我的家里。我丈夫用来和俄罗斯间谍管理者交换信息用的电脑。

进了卧室之后，马特走向衣帽间，我则向另一边的浴室走去。我关上浴室门，默默站着，终于独自一人，背靠浴室门瘫坐到地上。我已经耗尽了精力，精疲力竭，难堪重负。我本该流泪的，但却没有。我只是坐在那里，机械地眨着眼，头脑一片空白。

终于我振作精神站起来，刷了牙，洗了脸，从浴室里走了出来，空出狭小的浴室，让马特洗漱准备休息。但是当我走出浴室的时候，他却不见了，不在衣帽间，也不在卧室里。他去哪里了？我走下楼，来到大厅，这才看到他。他站在卢克的房门口。我只能看到他的轮廓，但看到这些就足够了，他的脸颊上淌下两行泪水。

我惊呆了。我认识他十年，这是第一次看到他哭。

我们在床上默默地躺着。我听到马特呼吸的声音，平稳但急促，我知道他醒着。我闭上眼，陷入黑暗，把自己的想法组织成语言。一定还有别的办法，告发他不可能是唯一的选择。

我侧过身，面对着他。走廊里夜明灯使我足以看清他的脸庞。"你可以退出。"

他转头看向我。"你知道不行的。"

"为什么？或许你——"

"他们可能会杀了我，或者至少会毁掉我。"

我仔细看着他的脸，看着额头的皱纹，透过他的眼神能看出他似乎在考虑这个建议，并权衡着后果。

他转回头，盯着天花板看。"没有对外情报局就没有马特·米勒。如果他们夺去我的身份，我该去哪里？我们该怎么生活？"

我也转过身，仰面躺着，看向天花板。"我们可以去找联邦调查局。"找奥马尔，我的朋友，他想要潜伏间谍投诚，用情报交换豁免权。

"和他说什么？"

"告诉他们你的身份，用情报做交易。"我说出这些话，但连我自己都感觉很空洞。调查局已经否决了奥马尔的计划，毫不留情地彻底否决。要说什么他们才会同意呢？

"我没有足够的情报。没有任何有价值的东西做交易。"

"那么就找中情局，你可以做双面间谍。"

"现在？看看这个时间点。二十年的潜伏，恰恰在你们快要逮到我的时候，我才主动要求做双面间谍？他们不可能相信我是诚心诚意的。"他转过身面向我。"而且，我一直都说自己不会这么做。如果只有我一个人还好说，但是我不会让你和孩子身处险地，这样做风险太大。"

我的心里一阵疼痛。"那么我就辞职。如果你没有娶一个中情局官员——"

"他们知道你不会的。他们了解我们的经济状况。"

我想到俄罗斯人了解我们生活的一切，了解我们的弱点，了解我们的困境，心底涌起一阵怪异的感觉。我努力不去想这些，集中精力于眼前的问题。"那么我就想办法被辞退。"

"他们会看穿的。就算可行，又能怎样呢？如果他们命令我离开你怎么办？"

卧室的门开了一条缝，我抬头看到埃拉站在那里，走廊的灯光映出她的身形轮廓，那只破烂的毛绒玩具龙被紧紧地搂在她胸前。"我能和你们一起睡吗？"她问道，伴随着一阵抽噎。她看着马特等待着回答，我却先应下了她。

"当然了，亲爱的。"她当然可以，她生病了啊。而我一直专注于马特的问题，没有关心她，安慰她。

她爬上床，钻到我们两人中间，躺好，拉起薄被子盖到下巴，也给玩具龙盖好被子。房间又安静了。我盯着天花板，心中充满恐惧，我知道马特和我一样。我们怎么能睡得着呢？

我感觉得到埃拉的体温。听到她的呼吸渐渐放缓，越来越轻。我抬头看着她，那小嘴微微张开，细小的绒毛闪着光。她睡觉的时候发出沙沙的声响，轻轻地叹出声。我转过头，又看向了天花板。想说的话到了嘴边，我不得不张开嘴。"我们去俄罗斯怎么样？"我耳语道。

"我不能这样对你和孩子。"他轻声应道，"这样你就再也见不到你父母了。你们都不了解俄罗斯。那里的教育……机会……还有医疗水平、手术……凯莱布在那里肯定得不到现在的生活。"

我们又陷入了沉默，无助的泪水湿润了我的眼眶。怎么会没有其他解决办法呢？这怎么会是我们的唯一的选择呢？

"他们很可能会启动调查。"他终于开口说。我又侧过身面对着他，越过我们中间的埃拉看着他，他也面对着我。"你向安保部门告发我之后，他们就会监听我的通讯。我不知道会监听多久，但是我们就再也不能谈这件事了。任何地方，任何时候都不行。"

我想象着自己的家被监听，一屋的特工听着我们对孩子说的和我们彼此说的每一个字。所有的话都会转录下来，会有像我一样的分析员仔细分析每个字。而这会持续多久？几周，甚至几个月。

"一定不要承认你告诉过我。"他继续说，"你要留下来照顾孩子。"

我的脑中闪过"雅典娜"软件的登录警告页面，还有我们签订的保密协议。这些都是保密信息，绝密的信息，而我却说了出去。

"你保证一定不要承认。"他说道，声音有些急促。

我的心头一紧，难受到了极点，耳语道："我保证。"

我看到他如释重负的神色。"我也一定不会说的。薇薇，我发誓，我永远不会这样对你。"

马特睡去了。我不知道他怎么做到的，反正我根本睡不着。我盯着荧光绿的时钟一分一分地走过，直到眼睛受不了。我下了楼，房里一片漆黑，填满了静寂无声，那么孤单。我打开电视，屋子充满闪烁的蓝光。我调到某个不费脑子的真人秀节目，身穿比基尼的女人和不穿上衣的男人在一起喝酒、打闹。看了一会儿我才发现自己根本一个字都没有听进去，于是关了电视。黑暗又充满了房间。

我必须告发他。我们都知道，这是唯一的出路。我试想自己告发他的场景。坐在安保部门的房间里，或是找到彼得或伯特，告诉他们我的发现。但这看起来根本不可能，这是背叛。这可是马特，我一生的至爱。还有我们的孩子，我想象自己告诉孩子马特走了，被关进了监狱，告诉他们马特撒了谎，并不是他嘴里说的那个人。想到以后的景象，他们了解到我才是他被抓走的原因，是他们失去父亲的原因。

我听到马特定的六点半的闹铃。不久淋浴声响起，就像平时一样，一切都好像一场梦。我上了楼，穿上衣服，那是我最喜欢的套装。我化了妆，梳了头。马特走出浴室，腰间围了浴巾，吻了我的额头，就像平时的早上一样。我闻到他身上香皂的味道，在镜子里看着他在衣帽间的一举一动。

"埃拉发烧了。"他说。

我来到床边，一手搭到埃拉的额头上。"她真发烧了。"我心中一阵愧疚，我甚至都没有想过检查一下。

"我今天在家工作。你上班路上能顺便送双胞胎吗？"

"好的。"

我从镜子里看着他，忽然一阵不安，好像一切都只是个梦。在我们的生活即将破碎的时候，他怎么能表现得好像一切如常呢？

早上的其他时间一如平常般忙乱。我们给双胞胎和卢克穿上衣服，喂他们吃了饭，这是我们双人组合的日常惯例。我发现自己看向他的频率比平时更高，仿佛某个时候他就会突然变成另外一个人。但是他没有，他就是马特，我爱的那个人。

我把埃拉从床上抱到沙发上，给她盖上一条毯子，把水彩笔和彩色画图本放在她身旁。我给了她一个告别吻，又吻了卢克。然后我抱起凯莱布，马特抱起蔡斯，我们两相无言，把双胞胎放进汽车的儿童座椅上。我们给两个孩子系好了安全带，两个人尴尬地站在车道上，就我们两个人。

我就要去完成这件事了，是吗？别无选择了。我希望能想出别的出路，但是已经无路可走。我得和他说点儿什么，但却找不到合适的话。

他伤感地看了我一眼，就好像可以读懂我的心思。"没事的，薇薇。"

"我想不出其他的办法。"我的声音很沉重，带着歉意。"我想了一整晚……"

"我知道。"

"如果只有你和我，那么去'那里'也可以是一个选择。但是有孩子——特别是凯莱布……"

"我知道。没事的，薇薇，真的。"他稍有一点儿犹豫，我敢说他想说点儿什么。他张开了嘴，但又闭上了。

"怎么了？"

"只是……"他的声音弱了下去，不停地搓着手。"钱会有些紧张。"他终于说出了口。他有些抽噎，令我感到一阵恐惧，因为马特不会如此失控。我挪到他身旁，抱住他的腰，脸颊贴在他的胸前。我感觉到他也抱住了我，那拥抱总能给人安全感，就像回到家了一样。"天啊，抱歉，薇薇。我都做了些什么？孩子会受到怎样的牵连？"

我不知道该如何回答。即使知道该说什么，此时嘴也不听使唤了。

他挣脱开，深吸了一口气。"我只希望这一切都未曾发生。"他的脸颊上滑过一滴泪水。"不管你发现了什么，我真希望能让它消失。"

"我也是。"我耳语道。我看着那滴眼泪淌到他的下巴。我的脑中还想着别的事情，还有些想说的话，但不知该怎么说出口。我终于勉强说出了那些话。"你可以逃走的。"我不禁想，走到这一步多么离奇，多么可悲。十年，四个孩子，一生相伴。现在却要在行车道上道别。

他看了看我，一副不可置信的表情，然后难过地摇了摇头。"那里没有值得我留恋的。"

"我懂。"

他的双手搭到我的肩上。"我的生活在这里。"他说这些话的时候看起来特别真诚。

"尽管如此，如果你改变了想法……至少先叫个人临时看管孩子们……"

他收回胳膊，好像一头受伤的动物。我不知道自己究竟为什么这么说。我并没有真的想过他会留下埃拉一个人。

我也不知道再对他说些什么。即使我知道该说些什么，恐怕也会泣不成声说不出口。于是我转身，进到车里，转动车钥匙发动了车子，车一下就启动了。多难得啊！我挂上倒挡，看到他正看着我。我倒车，开过行车道，远离了我熟悉的生活，离开了我们共同创造的生活。想到这里，泪水决堤而来。

车流缓缓地通过检查点，有武装军官检查。带着彩色编码的停车场里逐渐停满了车：有数千人在总部上班。我从一个很远的车位走向办公室，头脑麻木昏沉，脚步沉重。宽阔的混凝土步行道上，其他人从我的身体两侧超过。我看着右侧修剪整齐的苗圃，看着那些树木和色彩，因为这比想下一步的事情要好很多，假装一切都没有发生会好很多。

我走过通向大厅的自动门，一股暖流袭来。我将注意力放到中庭悬下的美国国旗上。今天的国旗看起来如此不祥，似在嘲讽我。我就要背弃这个世界上我最爱的人。因为我别无选择，因为那面国旗，因为我的祖国，因为这其实不是他的祖国。

安检人员像平常一样在十字转门处检查、观察，我几乎每个早上都会看见的罗恩，他从来不笑，即使我朝他微笑。莫莉总是百无聊赖的样子。人们排着队，等待扫描胸卡，输入密码。我排进队伍里，摘下帽子和手套，整理了一下头发。我为什么会紧张？好像做错了事情一样。这没有道理，完全没有道理。

我要先去告诉彼得，进门的时候我就做了决定。我要在找安保部门之前先练习一下怎么说，因为我还是无法想象该怎么说出口。我发现了我丈夫的照片……我不知道怎样做才不会崩溃。

我走过长长的走廊，来到我们部门的保险库——在一扇重重的保险门后面，封闭起来的工位隔断和办公室里其他部门一样。我再次刷卡，输入密码。然后从秘书帕特雷夏身旁走过，经过主管的办公室，穿过一排排工位，来到我的工位前。我费尽心思把这个工位收拾得像家一样。那些水彩画，孩子和马特的照片。我的人生，都用图钉按在半空中。

我登录电脑，输入一组密码，等待系统验证的时候煮了一壶咖啡。

咖啡还没有好，电脑就启动完了。我打开"雅典娜"，又输入密码。随后我倒了一杯咖啡，用去年母亲节马特送我的马克杯，上面有孩子们的照片。那是少有的几张四个孩子都看向镜头的照片，其中三个还笑眯眯的。我们用了十分钟才照好这张相片，我发出可笑的声响，马特在我身后上窜下跳挥舞着胳膊，当时我们俩肯定看起来像疯子。

"雅典娜"登录完成，我点击图标通过警告页面。昨天我就不顾这个警告，向马特透露了信息。他的声音突然涌入我的脑海。我一定不会说。我发誓。他不会说吧，我的脑中又响起了他的话：我对你忠诚。我相信他的话，我相信。

我又进入了尤里的电脑，和昨天一样。同样的蓝色背景，同样的泡泡，同样的四排图标。我的目光落在最后一个图标上：朋友。保险门附近很安静，我扫视了一圈，没有人在身旁。我双击了那个存着五张照片的文件夹，点开第一张照片，还是那个戴着圆框眼镜的人，第二张还是那个红头发。我的目光瞥向第三张，马特的照片，但并没有打开，我不能打开。我直接跳到下一个，第四张，一个苍白皮肤、细金发的女人。第五个是鸡冠发型的年轻人。我关上照片，关上了整个文件夹，盯着屏幕看，盯着那些蓝色泡泡，盯着文件夹的图标。朋友。所有的潜伏间谍，怎么可能会这样？

我的目光飘向屏幕的右上方，那里有两个按钮：主动模式，被动模式。被动模式的按钮很是醒目，分析员只允许使用这一种模式，创建出目标人的屏幕镜像，不能有任何其他操作。但是主动模式按钮却吸引了我的目光。

我听到身后有声音，转头看到彼得站在那里。我身子一颤，尽管他不可能看到我的目光方向，也不可能发现我的注意力放在何处。他不可能知道我在想些什么。他瞥了一眼我的屏幕，我全身一阵颤抖。那个文件夹就在屏幕上。但那只不过是个文件夹，他只不过瞥了一眼。他又看向我，"小姑娘怎么样了？"他问。

"发烧，别的倒没什么。"我尽可能保持语气平和，"马特今天在家陪她。"马特，我咽了一口唾沫。

"蒂娜昨天来过，"他说，"她想见你。"

"为什么？"我急忙问，问得太快。蒂娜是反情报中心的头儿，她令人望而生畏，从不拖泥带水，像钉子一样强硬。

彼得脸上闪过一丝疑惑。"她知道我们黑进了尤里的笔记本电脑，想知道我们有什么发现。"

"但是我还没来得及——"

"我对她讲了。不要担心，我把会推到了明天上午，她只是想知道有没有值得跟进的发现。"

"但是——"

"只要十分钟。今天再发掘一下。我肯定你会有所发现。"

比如五个潜伏间谍的照片？其中还有一个是我的丈夫？"好的。"

他犹豫了一下。"需要帮手吗？我也可以帮忙看看。"

"不用。"我又很快地回应，而且语气有些生硬。"不用了，不要担心。你的事情够多了，我会找出一些线索给她的。"

彼得点了点头，但脸上露出古怪的表情，有些迟疑。他疑惑地问："你还好吧，薇薇安？"

我朝他眨了眨眼，我知道自己该说什么。我必须这么做，我别无选择。"我有些话要对你讲。私下里。"我说着这些话，胃里一阵难受，但我必须克服，不能失了勇气。

"给我十分钟，准备好之后叫你。"

我点了点头，看着他走开了，回到自己的办公室。我刚开启了新的世界。十分钟，再过十分钟我的世界将彻底改变，一切都将不同，我熟悉的生活即将结束。

我回头看向屏幕，那个文件夹，朋友。又不得不看向别处。我越过一家人的照片，看向远处的隔断墙，我不敢看家人的照片，因为此时看到他们，我恐怕自己会失控。我的目光落在一张小小的图表上，它已经挂在那里好多年了，但我一直没有注意过。那是一份关于严密性分析的培训材料。此时的我又翻看着，这是多年来第一次让头脑暂时逃离现实。

"思考第二层和第三层隐含意义……思考意外后果……"

他今天早上在行车道上说的话又浮现在我脑海中：钱会有些紧张。我们没了他的薪水，这一层我已经考虑过了。三个年龄小的孩子肯定不能去托儿所了，很可能得雇一个保姆，二流水平的，而我还要强忍着对陌生人看护孩子的恐惧，开车接送他们。

我忽然想到，自己也有可能因此丢掉工作。蒂娜不可能允许嫁给俄罗斯间谍的我继续工作，并保留我的安保权限。没有了马特的薪水是一回事，如果我的工作也丢了该如何生活呢？

天啊，我们失去我的医疗保险。凯莱布，凯莱布到哪里去做必要的治疗呢？

我想象马特崩溃的样子，"孩子会受到怎样的牵连？"未来突然展现在我眼前。这件事肯定会成为媒体奇观。我的孩子——没有父亲，没有钱，被夺走一切。恶名将一直伴随着他们，还有摆脱不掉的羞耻和怀疑。毕竟他们是马特的亲生骨肉，叛徒的儿女。

我在恐惧中僵住了，这些本不该发生。如果我们没有误打误撞看到那张照片，如果没有做出那个该死的算法，没有想方设法进入尤里的笔记本电脑，我就根本不会发现马特的问题，谁都不会发现。他的话又在我脑中回响——"如果你不那么擅长自己的工作该多好啊。"

我的目光又回到屏幕顶端的按钮上，主动模式，被动模式。我不能这么做吧？但是我还是移动光标，箭头挪到主动模式上。我点了下去，屏幕的边界从红色变为绿色，愧疚之情淹没了我。我想起第一天入职，举起右手宣誓的时候。

"……捍卫美国宪法，反对一切国内外敌人……"

可是马特并不是敌人。他不是坏人，他是个好人，是一个体面的人，只是孩提时代被人胁迫，陷入自己难以掌控的境地。他并没有做错什么，也没有给我们的国家带来任何危害。他不会的，我知道他不会的。

我把光标挪到文件夹上，右击鼠标，将箭头拖到删除命令。我在这里犹豫了一会儿，手有些颤抖。

时间，我需要更多的时间。我需要时间思考，需要时间理清一切，需要时间想出解决方案。一定有什么解决方法，走出这种困境的办法，有回到之前状态的方法。我闭上双眼，回到和马特在婚礼圣坛前的时刻，我们彼此凝望，说出誓言。

"……不论顺境逆境……"

我承诺要一生忠于他，这时我又听到他昨晚的声音，"我也一定不会说的，薇薇。我发誓，我永远不会这样对你。"他不会说的吧？而此时我却正要告发他。

孩子们的模样在我脑中闪过：他们的面庞，那么无辜，那么幸福。这样会毁掉他们的。

接着我又想起另一段关于婚礼的记忆：我们跳第一支舞的时候，马特在我耳边轻声说的那些话，这么多年来一直没有弄清含义，此时却突然明了起来。

我睁开眼，一下就看到了那个词——删除。光标还停在这里。更多的话浮现在我脑中，我甚至分不清是他说的还是我说的，也不知道这些话到底重不重要。我只希望这一切都未曾发生。

我希望能让一切消失。

然后，我点下了鼠标。

第 6 章

那个文件夹消失了。

我屏住呼吸，看着屏幕，等待着其他事情发生。但是并没有。文件夹就此消失了，好像一切都未曾发生过，这不正是我想要的吗？

我又喘息起来，急速地呼吸着空气。我把光标拖动到屏幕右上角的按钮——被动模式上，点了下去，屏幕边框又变成了红色。

那个文件夹依然是消失的。

我继续盯着那个文件夹刚才所在的地方，同样的蓝色背景泡泡，只在最后一排少了一个图标。我听到几排工位之外的电话铃声，和周围敲击键盘的声音，以及天花板上悬下来的电视里二十四小时新闻频道的主播声音。

天啊，我刚做了什么？我一阵惊慌失措——我删除了目标电脑上的文件，转入主动模式，介入了特工工作范围——光是这一点就足够解雇我了。我当时在想些什么？

　　我的目光转移到左上方的一个角落，那是一个熟悉的图标，回收站的图标。那个文件夹在回收站里吧？我并没有删掉它，没有完全删除。我双击了那个图标，就在这里——朋友，那个文件夹。

　　我又看了看两个按钮，主动模式，被动模式。我可以恢复这个文件，假装什么都没有发生，或者我可以把它完全删除，彻底完成开始的行动。不管哪一种选择，我都得做点儿什么，不能干坐在这里。

　　彻底删除，我想这么做，我需要这么做。我最开始这么做就是有原因的——保护马特，保护我的家庭。我瞥了一眼身后，没有人。然后我点击主动模式按钮，移动光标，点击删除，马上又调回被动模式。

　　文件消失了，我盯着空空如也的回收站，绞尽脑汁地回想自己对已删除文件所掌握的一切信息。文件夹还在那里，在某个地方，数据恢复软件可以取回。我需要某种东西覆盖它，比如——

　　"叮"一声，我的屏幕中央蹦出一个小小的白色对话框。这就是预示着我被逮到了。我完全被恐惧支配了。但是出现在对话框里的却是彼得的脸，上面有他敲的几个字：来我这儿。

　　我放松了下来，只不过是彼得，我都忘了之前要求和他单独聊聊。我关上对话框，锁上电脑，双手还在颤抖。然后走向他的办公室。

　　我要怎么说？我又在脑中回想了刚才的对话：我有些话要对你讲。私下里。噢，这可糟了，我到底该说什么呢？

　　他办公室的门开了一条小缝，我能看到他坐在电脑旁，背对着我。我轻快地敲了一下门，他转过椅子，面向我说："进来。"

　　我推开门，他的办公室很小——所有的办公室都这样——只有和我一样的灰色办公桌和标准组件，还有一张小圆桌，上面堆满了成堆的文件。我坐到圆桌旁的一张椅子里。

　　他两腿交叉，越过眼镜的顶部打量着我，我知道他是在等我开口。我感觉口干舌燥，难道不应该在进来之前就想好说什么吗？我绞尽脑汁，人们和上司会在私下里说什么？

　　"出什么事了？"他终于开口问道。

　　我感觉到自己本应说的话就在嘴边，那句整个早上都在我脑中盘桓的话——"我发现了一张我丈夫的照片"——但是现在即使我能说出口，也已经太晚了。

　　我看着墙上的地图，几张俄罗斯的大地图：政治地图、公路地图、地形图。我的目光停留在最大的一张上面，国家的行政区划图。我的注意力落到乌克兰和哈萨克斯坦之间的一小片土地上，伏尔加格勒。

　　"是我的家庭问题。"我说。我只能勉强看清地图上的字，也不知道接下来该怎么说，我根本没有计划。

　　他轻轻地叹了口气，"噢，薇薇安，"他看向我的时候，满眼的关切和同情，"我理解。"

　　我一时间没有听明白他的话，等缓过神来，愧疚之情已席卷全身。我看着他身后那张办公桌上的相框，里面全都是同一个女人。一张泛黄的照片里她穿着白色的蕾丝裙子；一张偷拍，是她打开礼物时的照片，蓬松的羊毛衫、蓬松的头发，一脸的喜悦；一张是近段时间的照片，她和彼得在一起，身后是群山，两个人都很惬意、轻松、幸福。

　　我咽了一口口水，又看向彼得。"她怎么样了？凯瑟琳还好吗？"

　　他看向别处。凯瑟琳得了乳腺癌，第三阶段，去年确诊。我还记得他告诉我们这个消息的那一天，我们正在会议室开团队会，看着彼得，信仰禁欲主义的彼得因精神崩溃而无法自抑地哭泣，我们都不知所措地沉默了。

　　不久之后她参加了一项临床试验，彼得一直没有多讲，但是看来她应该是在和病魔斗争。几周之前，他离开了几天——完全不像他——最后回来上班的时候整个人憔悴疲惫，他告诉我们凯瑟琳不再参与试验了。这一次没有泪水，但却是同样的沉默，我们知道这意味着什么。治疗没有起效，她的人生已走到尽头，只不过是时间问题。

　　"她是个斗士。"他应道，但他的眼神告诉我们这场战斗她赢不了了。他紧咬牙关说："你的小儿子也是个斗士。"

　　一时间我有些迷惑，过了一会儿才恍然大悟。他知道凯莱布昨天的心脏检查，想当然地以为结果不好。我应该更正他的想法，但并没有。我低头看着自己的大腿，点了点头，胃里一阵恶心。

　　"如果有什么我能做的……"他说。

　　"谢谢。"

　　一阵尴尬的停顿后，他说："你回家吧，处理一下这件事。"

　　我抬头看着。"我不能，我没有假期——"

　　"你工作这么多年，有多少次加班没有调休？"

　　我向他微微一笑。"很多次。"

　　"今天就不要上班了。"

　　我正准备拒绝，心下又犹豫了。我有什么好担心的？怕因此丢了工作？怕因此在下次测谎测试时失败？我感觉紧张的身体已经有些放松，这正是我需要的。离开这里，清醒一下头脑，弄清下一步该怎么办。"谢谢你，彼得。"

"我会为你祈祷。"我起身离开的时候，他温柔地说。他注视了我良久，"祈祷你有力量对抗一切。"

我回到自己的座位。海伦和拉斐尔的椅子滑到我工位旁的走廊间，两人正聊得投入。此时再想动那个文件夹已经不可能了，有他们两个人盯着。

明天，我可以明天再来处理。

我犹豫了一会儿，然后关上了电脑，收拾了包和外套。我逗留了一会儿，看着屏幕，等着它变黑。等待的间隙，我的目光落到办公桌的一角，马特和我在婚礼上的照片，我的内心忽然涌起一阵极为奇怪的情感，就好像我们躲开了一颗子弹，但我却莫名其妙地在流血。

我们相遇之后的六个月，我终于能去马特的家乡了，去见他的父母，看看他从小住的房子，还有他上的高中，见见他孩提时代的朋友。我凑足一周的假，马特订好了机票，或者只是他说订好了。我太兴奋了，几乎不能自已。

他刚见了我的父母；我们都在夏洛茨维尔过的圣诞节，过得比我期望更好。我父母都喜欢他。看着他们在一起的样子，我更爱他了，毫无疑问我当时想嫁给他。尽管如此，订婚仍然像是很遥远的事情，我甚至都没见过他的父母。没见对方父母之前我是不可能和他订婚的，这样做看起来不对。我也对他讲过，至少我记得是讲过。

我们已经到了机场，那还是一月，寒冷的一天。我穿着花几个小时精心挑选的衣服，裤子配羊毛开衫，可爱但又保守，是我刻意挑选的，希望能给未来的公婆留下好印象。我们在长长的安检队伍中排着，手里拖着黑色的拉杆箱。马特很安静，他看起来有些紧张，害我也紧张起来，因为我最不希望看到的就是他担心我和他的父母见面，担心他对我们两人在一起的事情另有想法。

快排到队首的时候，我忽然想起他还拿着我的登机牌，在我们出发前就已经打印好了。"哎！"我说，"能把我的登机牌给我吗？"

他递给我一张折起来的纸，眼睛一刻也没有离开我，故作一脸茫然。

他的神色愈发令我不安。"谢谢。"我说。我终于躲开了他的凝视，低头看他给我的登机牌有没有弄错，因为他刚才给我的时候根本就没有看。我看到我的名字，薇薇安·格雷，还有三个字母，大写粗体的，我们本不该去的一个地方，**HNL**。

这不是西雅图机场的代码，这点我还是知道的。我盯着几个字母，想要弄清是什么地方。

"火奴鲁鲁。"马特说，我能感觉到他抱住了我的腰。

"什么？"我猛地转过身正面对着他。

他咧嘴笑了起来。"其实是茂宜岛，到了之后还要转机。"

"茂宜岛？"

他轻柔地将我往前推了推。我眨巴着眼睛看了看，轮到我安检了，运输安全管理局的官员不耐烦地看了我一眼。我递上登机牌，拿出驾照，有些手足无措，脸颊也在发烫。官员在登机牌上盖了章，我通过了安检口，来到传送带前，脱下鞋子。马特在我身后，先把我的手提箱放到传送带上，然后把他的箱子也放了上去。随后我感觉到他抱住了我，脸颊靠到我的脸上。

"你觉得怎么样？"他问，呼出的热气吹到我的耳朵，我能听出他声音里的笑意。

我怎么想？我想去西雅图。我想见他的父母，看看他的家乡。"可是你的家人……"

我走过金属探测器，他也随我通过，我们又并排站着，箱子已经到了传送带的尽头。

"我不能让你把假期都用在西雅图。"他说。

我该说些什么呢？说我更喜欢西雅图？这样说也太不领情了吧？他刚给我买了去茂宜岛的票，还放弃了和家人共处的时光。

但同时，他难道不知道见他的家人对我而言多么重要吗？可是现在我们得把西雅图之行拖后几个月，直到我攒够更多假期才行。

他提起我们的行李，放到地上。"我重新打包了你的行李箱。"他说。他拉出箱子的拉杆，推到我面前。"现在里面全是夏天衣服，有很多泳衣。"他微笑着，把我拉到身前，直到两人紧挨在一起。"我当然希望能够有更多的两人相处时间。"他眉飞色舞地说。

"我不知道该说些什么。"我终于说道，心里却一直在尖叫，现在换票晚不晚？

他脸上的笑容消失了，双臂也落到了身侧。"哦。"他说，只有一个音节。这时我感到一阵愧疚，看看他刚为我做了什么。

"只不过……我真的很期待见到你父母。"

他一副垂头丧气的样子。"抱歉，真的很抱歉，我以为这……我只是想……"他猛地摇了摇头。"我们走吧。去看看能不能换票——"

我抓住他的手。"等等。"我也不知道为什么要拦住他，不知道自己打算说些什么。我只知道不愿意看到他那样的表情，不愿让他有刚才的那种感受。

"不，你是对的。我不应该这么做。我只不过想要一切都完美之后，再要你——"他突然停了下来，脸上一片绯红。

嫁给我，我几乎听到了这些词。我敢肯定他接下来要说什么，我感觉心都要停止跳动了。我盯着他，他一脸的惊慌失措，我从未见过他的脸颊如此红。

我的天啊，他准备要我嫁给他。我们要去夏威夷是因为他筹划了完美的求婚仪式，在一个有沙滩的异域。除此之外我也别无他求了，而现在我却毁了一切。

"现在就说。"我说。我并没有想好，话就已经脱口而出，可说出口之后，这句话又显得那么合理。经过刚才一段，随后的旅程将痛苦尴尬，唯一能够拯救这场旅行的办法就是改变旅行的目的。

"什么？"他怔怔地问。

"现在就说。"这一次我说得更有底气了。

"在这里？"他露出难以置信的表情。

我看着这个我即将嫁给的男人，我全心爱着的男人，在哪里求婚又有什么不同呢？我点了点头。

他脸上的尴尬一扫而空，转而露出微笑和惊叹、兴奋的神情。我知道自己做了正确的决定，终于还是挽回了。

他抓住我的另一只手。"薇薇安，我爱你胜过世上的一切，你给我带来了未曾想象的幸福，超过我所应得的幸福。"

我的眼泪夺眶而出，这就是我的未来，我将与之共度余生的男人。

“我只想与你共度余生。”他放开我的一只手，从口袋里掏出一枚戒指。只有戒指，没有盒子，他一定是在过金属探测器时放在了托盘里，和钱包、钥匙放在一起，我都没有注意到。他单膝跪地，举起戒指，脸上的表情看着像是个满怀憧憬又容易受伤的孩子。“你愿意嫁给我吗？”

“当然。”我低声说，看到他给我戴上戒指的时候那如释重负的表情和满脸的喜悦。人群中爆发出一阵掌声，我都不知道他们何时聚拢过来的。我放声欢笑，抱住马特，亲吻着他，就在机场的中央。我看着手指上的戒指，钻石在荧光灯下闪着光。那一刻，我根本没有在意，也未曾想过要窥探他的过往。因为只有未来才是重要的。

我把车开进车库，脑中如一团乱麻。我做的是对的吧？我是说刚才很冲动。明天还需要清理现场，彻底删除那份文件。但是让这些文件消失是正确的，这能避免我们的生活生变。

唯有一点，我强烈感觉，应该在行动之前想好一切，至少现在要想清楚后果。但是我的脑子已经不转了，就好像我知道自己无法消化学到的知识一样。

我走进门，透过厨房门看到马特。他手里拿着擦碗布，擦着手，正看向我进来的方向。他看起来很平静，极为平静，不像是刚被告发的人应有的样子。这里的一切都如平常一样，我能听到家庭娱乐房里的电视声音，一个关于毛绒玩具有了生命的节目。

“你提前下班了。”他说。

我们之前讨论过，要一切如常，对吧？这都是为了保护我。他可能认为现在正有人在监听我们，甚至在监视我们。我脱下外套，挂到门口的衣架上，把包扔到衣架旁，向他走近了一步。"我做不到。"我轻声说。

他拿着擦碗布的手僵在半空中，过了一会儿他才说出了话："这是什么意思？"

"我做不到，我不能告发你。"

他叠好洗碗布，放到操作台上。"薇薇，我们都已经说好了，你必须这么做。"

我摇着头说："我不能，我把它删了。"

他紧紧地盯着我，使我一阵战栗。"删了什么？"

"那些……和你有关的……东西。"

"你做了什么？"

"我让一切都消失了。"我声音里透着惊慌，尽管我没有，至少暂时还没有惊慌。我能让它消失吗？

他的眼睛好似要冒火。"你做了什么，薇薇？"

我做了什么？噢，天啊。

他伸手捋了捋头发，然后捂住了嘴。"你应该告发我的。"他轻声说。

"我不能。"我也一样轻轻地说。现实当如此吧？我知道这样做才是对的，唯一正确的做法。大难当头，我无法阻止。事实上，当我试图迎战时，我却发现自己毫无办法。

他摇了摇头。"这种东西，不会这么简单地就消失。"他向我靠近了一步，"最终会暴露，他们会查出来你都做了什么。"

我感觉好像被人抓住了心脏。他们不会发现的，谁也不会发现。

"我原本要你留下来照顾孩子。"他说。

"我这么做就是为了孩子。"我瞪了他一眼，他竟然认为我没有考虑孩子，我心里装的只有我们的家庭。

"那现在该怎么办？我们两个都因为俄罗斯提供间谍服务而被判刑的话，孩子会怎样？"

我感觉已经无法呼吸，伸手扶住了墙才勉强站稳。为俄罗斯提供间谍服务，间谍，我刚刚做的是这样的事？

孩子会怎样？他们会被送去俄罗斯吗？一个他们完全不了解的国家，不懂那里的语言，一切的梦都会破碎。

此时恐惧已经侵蚀了我的全身，但我又很愤怒，对他怒不可遏，借着怒气我才发出了声："如果我告发你，孩子又会怎样？我们会怎样？"

"要好过——"

我又向前靠近了一步。"我们会失去你的薪水；我会被解雇，最终也丢掉我的薪水；我们会失去医疗保险；失去我们的家！"

他看起来有些吃惊，脸上渐渐没了血色。而我却很喜欢，我喜欢看到他这样，看到他像我一样感到绝望、无助。

"他们会一直被看成是俄罗斯间谍的孩子，这会给他们造成怎样的后果？"

他又伸手捋了捋头发。他看起来那么忐忑，完全不像我认识的马特，那个从不惊慌，永远镇定自若的人。

"你没资格责备我。"我又补了一句，我听起来攻击性很强。此时的我确实也很有攻击性，但内心深处我也很害怕。他的话一直在我脑中：我原本要你留下来照顾孩子。原本。我不想让别人夺走他们的父亲，但是万一我做的事情后果更糟糕该怎么办？

刻意隐藏证据，共谋，间谍活动——所有这一切都会被摆到台面上，我如果因此入狱了该怎么办？

"你是对的。"他说。我眨了眨眼，目光集中到他身上。他点了点头，脸上又展现出自信而果断的神色。就好像他知道该怎么办。"这是我的错，应该由我来解决。"

这正是我需要听到的。对，解决掉，带我们逃离这一切。我能感觉到紧张的身体已经有些放松。就在即将淹死的时候，他扔出了一条救生绳索，我伸手去抓那条绳索，已经抓住了。

他放低声音，身子向前倾，就要贴在我的脸上了。"但是要解决这个问题，你要把一切都告诉我，你到底发现了什么，还有你到底如何使它消失的。"

第 7 章

我盯着他，他要我分享机密信息，使我成为我在整个职业生涯中一直追捕的那类人。他知道自己在做什么。他在操纵你，我脑中有个声音警告我。

但是他看起来并不像在操纵我，他看起来如此诚恳，如此绝望。他是在想办法帮我们摆脱这一切，做一件我不知如何去做的事情。这听上去合情合理，我只能把自己知道的告诉他，不然他又怎能解决这件事呢？

我已经越过了根本不该触碰的底线：告诉他我发现了他的身份，删除了文件。但是这件事？告诉他我具体发现了什么？具体做了什么？我即将泄露关于"雅典娜"的信息，这可是中情局最敏感的项目之一。我试着咽下一口唾沫，但喉头太紧，几乎难以下咽。

我需要思考，我需要想清楚这样做是否合理。我和他擦身而过，一言不发地走进了家庭娱乐房。埃拉正坐在那里看电视，身上盖着一条毯子。我挤出一点儿微笑，"你感觉怎么样，亲爱的？"

她抬起头咧嘴一笑，但马上假装一脸病容。"我难受，妈咪。"

如果是上个周看到她这样，我还会笑她演得假，但是现在这却令我不禁打了寒战。因为她这是在扯谎，她父亲非常在行的一件事。

我勉强保持着笑容，"真抱歉让你难受了。"我说。我又看了她一会儿，看着她的注意力转移到电视屏幕上。我正试图厘清思绪，抬头却看到马特，我看着马特的同时对埃拉说："爸爸和我要到外面门廊里说会儿话。"

"好的。"她嘟哝着，注意力完全放在电视节目上。

我走出前门，把门开着。马特跟着我出来，关上了身后的门。冷空气袭来，像扇了我一巴掌，我应该穿上外套的。我坐在前门台阶的最上一层，双臂紧紧地抱在胸前，缩作一团。

"你要外套吗？"马特问。

"不用。"

他坐在我身旁，那么近，两人靠在一起。我能感觉到他的体温，感觉到他的膝盖顶在我身上。他直视着前方，"我知道这样要求太多，但是如果想要解决这件事，我就需要了解更多。"

操纵，是这样吗？也不知什么原因，订婚那天的画面又浮现在脑海中。在机场的那一刻，我们两个人，人们从各处聚拢到我们身边，脸上都是笑容，我的脸上也是笑容。我低头看着戒指，戒指反射了光，那么新，那么纯洁，那么完美。

这时我才意识到，我们还没有见他的父母就订婚了。见他的父母对我而言是那么重要的一件事，我对他讲过吧？我能感觉到嘴唇间的微笑渐渐消失，感觉到他抱住我的肩膀，带着我走进机场的深处，走向我们的登机口。我们就像他期望的一样，订婚了，飞往夏威夷。

但同时，他也为我筹划了一次完美的求婚。在夏威夷他打算给我一个惊喜。我抬头看着他，看到他一脸的坦诚，一脸的幸福和兴奋，于是我也露出了微笑。简直不可理喻，他是犯了个错误的人。我甚至都不记得自己有没有提过在结婚前想见见他父母。或许我根本没说过。

但疑虑一直没有消解，不管是在海滩上还是徒步到瀑布旅行，还是烛光晚宴，那几天这种疑虑一直深深扎在心底。我在机场和他订了婚，在一群陌生人面前，甚至都没有见过他的父母，这根本就不是我想要的。但彼时彼刻，是你逼迫他向你求婚的。我对自己这样说。

回忆转到夏威夷之旅的最后一天，我们坐在露天小阳台上，手里端着咖啡，看着棕榈树随着温暖的微风摇摆。

"我知道你想先见见我的父母。"他没来由地忽然说。

我惊讶地看着他，这么说来我确实说过，他也确实知道。

"但是你要嫁的是我，薇薇。不管我的父母是谁。"他那么真诚地看着我，让我有些吃惊。"过去的都过去了。"

我意识到：他因自己的父母而感到羞耻，他担心我会对他们有不好的看法，担心我见过他们之后会怎么看他。我低头看着手指上的戒指。尽管如此，那么我想要的呢？

"但是我的做法是错的。"他说。我又转头看向他，看到他满眼的真诚，看到了懊悔，如此深的懊悔。"对不起。"

我想要心中的疑虑消散，我真的想。他犯了一个错误，他承认了，道歉了。但我一直都没有真正想通，他明明知道我想先见他的父母，却还是先求了婚，感觉就像在操纵我。

而此时，我盯着那枚戒指，钻石早已不那么闪亮，那双手也更加苍老，心中却不再有这样的感受。我只感觉到他的诚实。

如果那些根本就不是他的父母，那么我们订婚之前不去见他们是不是反而更说明他的真诚？他们或许会推波助澜，固化我对他的看法，左右我对他的感情，这样在事实上是不是也属于操纵？

我转向他，又稍稍撤身，与他保持一点儿距离，这样能够坦然地面对他，也能够看到他的表情。他看起来真诚、坦率，和要我嫁给他时的表情一样，和多年前他在我们婚礼上的表情一样。我回想我们在牧师面前的样子，在夏洛茨维尔的一座古老的石砌教堂里，他讲出誓词时，脸上的表情，那种真诚是假扮不出来的吧？我咽下一口唾沫，缓了缓喉头的紧张。

我不知道，事实上我根本不知道要不要相信他。但是我需要有个帮手，我需要帮助。我挖了陷阱，自己却深陷其中，而现在他主动要帮助我爬出来。他的问题一直在我脑中回荡：我们两个都因为俄罗斯提供间谍服务而被判刑的话，孩子会怎样？我不能让这样的事情发生，我必须相信他。

"我们登入了尤里的电脑。"我说。这些话比我预想的还要难说出口，每说出一个音节，我都感觉是在犯罪，我在犯罪，我在泄露机密情报，违反了间谍法案。中情局里没有几个人了解"雅典娜"的真实用途，这是极为秘密的信息。泄露这样的信息是要被判入狱的。"我四处翻看，发现一个有五张照片的文件夹。"我瞥了他一眼，"你的照片就在其中。"

他直视着前方，微微点了点头。"只有我的照片？还有其他关于我的东西吗？"

我摇了摇头。"没有发现别的。"

"加密的？"

"没有。"

他安静地坐了一会儿，然后转身面对着我。"告诉我你做了什么？"

"我抹掉了它。"

"怎样做的？"

"你懂的，点删除，删掉了。"

"然后呢？"

"然后从回收站里删掉。"

"然后？"他的声音变得急促。

我咽了一口唾沫。"还没来得及做别的，我知道还要一些操作，覆盖硬盘或别的什么。但当时身边有人，不能动手。"

我转过头，看着街上。我听到发动机的声音，一辆车向我驶来，那辆车进入视野，是一辆橙色的厢式货车，是周边很多邻居都在用的家政服务公司。那辆车在帕克一家门前停了下来。我看着三个穿橙色背心的女人从货车上下来，从车后取出来清洁工具。她们进了屋，关上门。街上又恢复了静谧。

"他们有你删除文件夹的记录。"马特说，"他们不可能不记录用户活动。"

我看着自己呼出的气在空中变成细小的雾珠。我本来就知道，不是吗？我点击登录的时候不就有警告说一切行为都将被记录吗？我当时在想些什么？

他们不会不记录的，这正是问题所在。我当时只是想要一切都消失。

　　我抬头看着马特，他仍然直视着前方，眉头紧锁，一脸专注思索的表情。我们周围气氛沉重。"好的。"他终于开口。他的一只手放在我的膝盖上，捏了一下。他转身面对着我，额头上是深深的皱纹，脸上是凝重的愁云。"我会帮你摆脱这一切。"

　　他站起身，走进屋里。我还坐在那里，颤抖着，他的话在我的脑壳里回响：我会帮你摆脱这一切。

　　你。

　　为什么不说我们？

　　我又在门前的台阶上坐了几分钟，这时马特又出来了，手里拿着车钥匙。他在门口稍微停了一下。"我很快就回来。"他说。

　　"你准备做什么去？"

　　"不要担心。"

　　他可能会逃跑。登上飞机，飞回俄罗斯，留下我来处理后面的事情。但他不会这样的吧？

　　但是他准备怎么办？为什么他一开始不这么做。

　　"你应该告诉我。"

　　他动身从我身边走过，向车道上停着的车子走去。"薇薇，你知道的越少越好。"

　　我站起了身。"这么说是什么意思？"

　　他停了下来，转身正对着我，轻声说："测谎仪，审判，你最好不要了解得太详细。"

　　我盯着他，他也反过来盯着我。他的表情很纠结，甚至有些愤怒。

这表情使我怒不可遏。"你凭什么对我动怒？"

他举起双手，车钥匙撞击发出叮当的声音。"因为——如果你听我的，我们就不会身陷这样的烂摊子！"

我们互相盯着对方，沉默令人窒息，而后他摇了摇头，好像对我很失望。我看着他离开，没有再说一个字，内心却乱作一团，我百感交集，完全慌了神。

我们在巴哈马庆祝了第一个纪念日，晒了五天的太阳，喝了不知多少热带饮品，偶尔在海里泡一会儿，凉快一下。在海里我们很快就会拥在一起，寻找着对方的嘴唇，那嘴唇尝起来就像朗姆酒和海盐。

在巴哈马的最后一天，我们来到海滩酒吧。酒吧很小，搭在沙滩上，有茅草屋顶，装饰着成串的彩灯，供应果味饮品。我们坐在露天高脚凳上，靠得很近，腿都碰到了一起，他的手可以放到我的大腿上，只是放得有点儿太靠上。我听着海浪拍打海岸的声音，呼吸着咸咸的空气，感受着周围的温暖。

"话说……"我的手指拨弄着饮品杯里的小雨伞，抛出这个我想了一整晚的问题，这个问题我已思考数周了。我本想设计一个巧妙的方式引出问题，但却想不出来，于是就直截了当地说，"我们什么时候要孩子？"

他被饮品呛了一口，抬头看着我，眼睛睁得很大，充满了爱意、率真和兴奋。而后却发生了某种变化，那双眼睛变得有些戒备。他转过头，看向了别处。

"要孩子还有点儿早。"他说。虽然我喝了太多朗姆酒，有些头晕，但还是惊异于他的回答。他爱孩子，我们一直都计划要孩子的，或许两个，也可能三个。

"我们已经结婚一年了。"我说。

"我们还年轻。"

我低头看着手中的饮品——透着粉色的饮品，用吸管翻弄着化掉一半的冰块。这可不是我期望的回答，根本不是。"你怎么了？"

"我只是觉得不用着急，或许再等几年，先专注于我们的事业。"

"我们的事业？"他从什么时候想要我们关注于各自的事业了？

"是的。"他避开我的目光。"我是说，比如你的工作。"他放低声音，靠近了些，这一次他很专注地看着我。"非洲。你真的只想把事业重心放在这一片区域吗？"

我扭头看向别处。我本身很愿意在中情局非洲部工作，有足够的事情忙，日常工作也算有趣。我感觉自己做了有用的事，虽然只是些微小的贡献，这也正是我想要的。非洲部不像其他部门一样高调，但对我来说足够了。"当然。"

"我是说，换到别的部门工作会不会更有趣，比如……俄罗斯？"

我用吸管吸了很大一口饮品。当然，这样会更有趣，压力也更大，当然要工作更长时间。而且这个部门有太多的人，一个人实际能起到多大的作用呢？"我想也还好。"

"或许这样会对你的事业有利？或许能有机会升职？"

他什么时候在乎升职的事情了？他为什么会觉得我在意这件事？如果我的目标是钱，就不会选择一份政府的工作。我内心的温暖渐渐冷却。

"当然，这取决于你，亲爱的，毕竟这是你的工作。"他耸了耸肩，

"我只是觉得如果做点儿更……重要的事情，你会更开心。你懂吧？"

这些话有些刺痛我。我第一次感觉到在马特眼中我的工作不够好，我不够好。

他的表情又变得温柔起来，他抓住我的手，真诚地看着我，满怀歉意，好像知道伤害了我的感情。"只是——嘿，最优秀的分析员都专攻这一块，对吧？俄罗斯？"

这些话又是从何说起的？我有些疑惑。当然，那是个充满竞争的部门，很多人都想去。但是在普通部门工作也能有所作为。不忽视任何细节，不要轻视任何事情。能够看到我所产生的影响。

"你属于那一类人，总想成为最优秀的一个，这也正是我爱你的原因。"

那是他爱我的原因？这种赞美好像一记耳光。

"如果有了孩子再想要做出这样的改变恐怕会更困难，"他继续说道，"或许你应该先到一个自己想要去的部门，然后我们再考虑孩子的事情。"他一边说着，一边用吸管搅着自己的饮品，但却一直躲着我的目光。

我喝光了剩下的饮品，这时甜味消失了，只剩下苦涩。"好吧。"我说道，一股彻骨的寒意席卷全身。

马特的车尾灯刚从街角消失，我就回到了屋里。我看了看埃拉，她还坐在电视机前。然后我又走向楼梯后的储物区，我要看看那台电脑里存储的东西。

这是一块很小的空间，堆满了蓝色的塑料盒。我拉了灯线，打开电灯，低头看着地板，看向那块空空的区域，没有什么异样的地方。我的手和膝盖着地，伏下身子，四下摸索了一番，终于摸到一块地板的某一侧稍稍凸了出来。我尝试用手抠出那块木板，却抠不动。

我环顾四周，发现其中一只塑料盒的顶部有一把螺丝刀。我用螺丝刀撬起那块地板，仔细看向里面，有什么东西反射了灯光。我伸手拖出一台小巧的银色笔记本电脑。

我盘腿坐下，翻开笔记本电脑，通上电源。电脑启动得很快，黑色的屏幕上有一个白色对话框，光标闪烁着，屏幕上没有文字，但是有密码保护——这显而易见。

我试了马特常用的一些密码，他所有的账号都用这些密码：孩子的名字和生日的任意组合。然后我又试了两个人联合账户的密码，都不行，怎么可能行呢？我忽然又想到一些词，亚历山大·连科夫，米哈伊尔和纳塔利娅。我根本无从猜测他编这个密码的时候脑子里想着什么，我甚至都不确定密码是否由他决定，一切看似徒劳无功。

我沮丧地关上笔记本电脑，放回原来的位置。然后来到家庭娱乐房，查看埃拉的状况。"你还好吧，亲爱的？"我问。

"嗯。"她轻声答应着，眼睛根本没有离开电视。

我又徘徊了一会儿才上楼来到主卧。我在门口停了下来，先翻查了马特的床头柜。我拉开抽屉，四处翻看了一番，皱巴巴的收据、零钱、几张埃拉给他画的像，没有任何可疑的东西。我又查看了床底，从下面拖出一个塑料收纳箱，里面全是他的夏天衣服：泳装、短裤、T恤。我合上收纳箱的盖子，把它推回床底。

我打开他衣柜最顶层的抽屉，在一堆平角裤和袜子中间翻寻着，想要找出某些不应放在这里的东西。接着又打开下一层抽屉，再下一层，什么都没有。

我走进衣帽间，用手摸遍了挂在衣架上的衣服：马球衫、衬衫、长裤。我甚至都不知道自己想要找到什么，某种能够证明他不是我想象中那个人的证据，或者确认根本就没有这样的证据，这样能够证明他不是我想象中的那个人吗？

在架子最顶上放着一个旧行李袋。我伸手取下，拖到地毯上，然后拉开了拉链，一点点地搜寻。几条领带——他已经好几年没有用过了——还有一些旧的棒球帽。我查看了每一个带拉链的口袋，都是空的。

我把行李袋放回架子，又拉下来一堆鞋盒，跪到地上翻看了起来：第一个鞋盒里装满了旧币，第二个装着收据，第三个装着他的正装鞋，擦得锃亮的黑色鞋子。我换成跪坐的姿势，打开的鞋盒堆在我的腿上。我这是在做什么？我的生活怎么变成了这样？

我正准备重新盖上鞋盒盖子，突然发现了一样东西，黑色的，塞在一只鞋子里。我的手指还没有碰到它，就已经知道是什么了。

是一把枪。

我抓住枪柄，从盒子里取出这把枪。黑色的金属滑套，宽大的扳机，是一把格洛克手枪。我打开滑套，看到里面的弹壳。

手枪上膛了。

马特在我们的衣帽间里放了一把上膛的手枪。

我听到楼下埃拉的声音，她在喊我。我的手颤抖着，把手枪放回鞋盒里，盖上鞋盒盖，把鞋盒堆到架子上。最后我又看了一眼，然后关上灯，下了楼。

三个小时后，马特回来了。他急轰轰地冲进家门，脱掉外套，向我微微一笑，略显出歉意和尴尬。然后他来到我面前，抱住我说："抱歉。"他吻着我的头发说。他身上还带着外面的寒气，冰冷的手，冰冷的脸颊。我打了一个冷战。"我不该说那些话，我不该生你的气，都是我的错。"

我抽开身，看着他。他看起来就像一个陌生人，感觉也像一个陌生人。我眼前只有衣帽间里的那把枪。"你已经做好了要做的事情？"

他放开手，转开身子，但我还是看到了他的表情，紧张。"是的。"

"那……你还好吗？"

我的脑中又浮现出那把枪的样子。已经过去几个小时了，我依然不知道该怎样看待它。可以作为他不是我认为的那个人的证据吗？可以证明他是危险的？或者是用来保护我们的，保护他的家庭，免遭那些真正危险的人伤害？

他一动不动，背对着我。我看到他的肩膀起起伏伏，好像在深呼吸。"希望还好吧。"

第二天早上，我来到自己的办公桌前，看到电话上的小红灯在闪，是语音信箱。我翻看了通话记录，奥马尔打来三个电话，昨天两个，今天早上一个。我闭上双眼，我难道不知道这一切都会到来吗？或至少应该知道。如果我当时想得再周密一些就好了。

我拿起电话，拨通了他的号码，我要处理掉这件事。

"薇薇安。"他接通电话应道。

"奥马尔。抱歉没接到你的电话。我昨天提前下班了，今早才到。"

"没事。"他顿了顿。

"听我说，关于尤里的电脑。"我用指甲抠着手掌。"不是太有用，恐怕没有什么有用的信息。"我讨厌这样，对他撒谎。我回想起多年之前，我们两个人一起哀叹调查局否决了他的计划。自那以后，在奥尼尔酒吧和办公室，甚至在各自的家里，我们共同承担无力找出任何有价值线索的挫败感。我们确信潜伏间谍是实实在在的威胁，但却无力阻拦，同样的徒劳感加深了我们的友谊。现在我终于找到了一些东西，却不得不对他撒谎。

他在电话的另一端沉默了。

我闭上双眼，就好像这样能使撒谎变得简单一些。"显然我们还要等待翻译和深度研究。但目前为止我还没有任何有趣的发现。"我的声音异常地自信。

对面又顿了一下。"什么都没有？"

我的指甲抠得更深了。"那些文档里很可能夹杂了一些东西，加密信息或别的类似内容，但目前还没有任何发现。"

"你总是能找到一些东西的。"

这回是我顿了顿。他会失望，我能理解。但这已经不是失望了，而是有些失控。"是啊。"

"另外四个，每一个你都能找出一些东西，足够申请到快速翻译。"

"我知道。"

"但是这个你什么都没有发现。"这是一个陈述句，而不是疑问句，而且他的语气中明显夹杂着怀疑。这时，我的心跳也加速了。

"呃，"我说道，尽力克制住声音的颤抖，"暂时还没有任何发现。"

"嗯，"他说，"彼得可不是这么说的。"

　　我感觉胃部受到重击，顿时喘不过气来。一定是那些照片，他发现了那些照片。不知道马特做了什么，肯定做得还不够。这时我突然注意到身后有人，我转过身，是彼得。他默默地站在那里，看着我，听着我说话。

　　"我不知道他会有所发现。"我对着电话说，目光一直放在彼得身上，让他听到我说的话。我的嘴唇很干涩。

　　彼得点了点头，脸上的表情难以捉摸。

　　奥马尔还在说话，说要到总部开一个会之类的话，但是我并没有听清他说的话。我的脑袋飞快地转着，彼得发现马特的照片了吗？不可能，如果发现了他就已经找到安保部门了。那他发现我删除了文件？也不可能，如果他发现，他会找安保部门。那样他就不可能站在这里和我说话。

　　"薇薇安？"

　　我眨了眨眼，努力地把注意力放到对话上，奥马尔的声音传到我的耳中。

　　"一会儿见吧？"

　　"好。"我低声嘟哝着，"一会儿见。"我挂了电话，双手放到腿上，这样彼得就看不到我的手在颤抖。然后我转身面向他，等着他说些什么，因为我的嘴已经不听使唤了。

　　他顿了一会儿才开口。"我还没来得及找你，你就已经通上电话了。今天早上我登录'雅典娜'，看了下情况，我猜你应该需要个帮手，可以帮你减轻一些负担。"

　　噢，天啊。我早就应该猜到他可能会这么做。

　　"我发现一个文件夹，被删除了。"

　　我的孩子们，他们的面容一个一个从我眼前闪过，他们的笑容，天真无邪。

"……叫朋友……"

卢克已经到了开始懂事的年龄。我们对他说过多少次不要撒谎，现在他即将知道父亲真正的身份和父母虚假的婚姻。

"……五张照片……"

还有埃拉，埃拉崇拜马特，马特是她的英雄，这会对她产生什么影响？

"……十点和联邦调查局开会……"

蔡斯和凯莱布，幸亏他们太小还不能理解，还没有这之前的家庭记忆。

"……奥马尔也会参加……"

奥马尔，奥马尔认识马特，我介绍他们认识时，正是我和奥马尔经常混在一起的时候。他来过我家，我们也去过他家，或许彼得没有认出他，但是奥马尔肯定会。不管怎样，如果他们展示他的照片……

我要假装，装作吃惊的样子。

"薇薇安？"

我眨了眨眼，彼得皱着眉头看着我。

"抱歉。"我说，"怎么了？"

"你会参加吧，那个会议？"

"好，会的，当然。"

他又犹豫了一会儿，脸上满是关切，然后才离开，回到自己的办公室。我盯着屏幕，回想最初发现马特照片时的感受，因为我就要再次体会那种感受了，真是不敢相信，我困惑、恐惧。

然后我又回归了理性：他被设定为目标了。

这时我可以要求看一看文件，在彼得面前，假装第一次看到。但是最好让更多的人看到我的反应，看到我的情绪变化过程。

如果我的表现能够让人信服。

不是如果，我一定要让人信服。因为，如果我暴露出一点蛛丝马迹，让他们发现我已经知道这件事，用不了多久他们就会弄清不是尤里删掉文件夹。而是，我干的。

十点差五分，彼得又回来了。我们并排走过大厅，来到情报中心执行办公室。

"你还好吧，薇薇安？"我们走着的时候，他透过眼镜看着我，问道。

"还好。"我说。我脑海中浮现出来的却是，我已经来到会议室，看到了马特的照片。

"如果你需要更多假期，更多的时间陪凯莱布……"

我摇了摇头，现在不能说话。我就应该按马特说的做，告发他。他总归会被发现的，现在我也陷入了麻烦，我为什么不听话呢？

我们走了进来，秘书引导我们来到会议室。我以前来过这里几次，每一次都使人生畏，房间比它所需要的还要暗，反光的实木桌子，昂贵的真皮座椅，墙上挂着四个钟——华盛顿特区、莫斯科、北京和德黑兰。

奥马尔已经坐到桌旁，还有两个穿西装的调查局职员，我想应该是他的上司。他向我点头致意，但没有像平常那样嬉皮笑脸，仅仅是点头致意，眼神并没有离开我。

我坐到桌子的另一侧，等待着。彼得来到电脑旁，登录，我看到墙上的大屏幕有了亮色。我看着他打开"雅典娜"，登录程序，然后看了看其中一块时钟，上面显示的是当地时间。我看着秒针嘀嗒转着，注意力完全投到那上面，因为我知道如果去想马特，想几个孩子，我就会崩溃，一切都会破灭，我肯定过不了这一关。而我，我必须度过这一关。

几分钟后，蒂娜大步走了进来，后面跟着情报中心俄罗斯部的主任尼克，还有两名助理，都穿着黑西服。她环视会议室，微微点头示意，然后坐到会议桌上首座位上。她一脸不悦，不悦且吓人。"看来我们登入了五号笔记本电脑，"她说，"比前四次运气好些，希望如此。"她扫视房间一周，目光落到彼得身上。

彼得清了清嗓子。"是的，长官。"他抬手指向屏幕，显示的是"雅典娜"的主页。他双击尤里名字的图标，过了一会儿我看到尤里笔记本屏幕的镜像，蓝色的泡泡，那么熟悉。我的目光落在最后一排图标上，那个文件夹本该在那里，但却不见了。

彼得正在讲，但是我却根本听不进去。我正全力准备如何假装吃惊，但我努力保持着冷漠的表情，因为我知道奥马尔在看着我。我看着屏幕显示出一些字：数据恢复程序工作中。过了一会儿文件夹又出现了，朋友。

就到这里了，我所熟悉的生活即将结束。

我努力把孩子们的面容从脑海中赶走。我深呼吸着。

他双击了文件夹，屏幕上显示出五张图片的列表。他将光标移到屏幕顶部，画面上的文档变成了超大图标。一时间，五张面孔出现在屏幕上。我隐约看到第一张人像戴着圆框眼镜，第二张人像有明亮的红发。但当我的目光落在第三张照片上，落到马特的照片上时……

那张照片上的人，已经不是马特了。

第8章

那是一个长得像马特的人，至少有一点儿像。同样黑色的头发，黑色的眼睛和真诚的微笑。而且这张照片和放在这里的马特的照片非常像，连文件名都一样。头部倾斜的角度一样，距离相机的距离一样，背景也一样，但是容貌却截然不同。这完全是另外一个人，这根本不是我丈夫。

我眨了眨眼。一次，两次，我完全不敢相信自己的眼睛。但随后，眼前的一切使我渐渐如释重负，难以阻挡的、彻底的、令人爽快的一阵如释重负之感。马特做到了，他解决了这个问题，就如他所说的一样。我不知道他做了什么，但是他的照片消失了，我们的家庭保全了。

我们安全了。

我终于把目光从照片上挪开，转向左边，看向第一张和第二张照片——那个戴着圆框眼镜的男子和那个红发女子，我一下子就喘不过气来了。这个男人的五官比昨天更立体，下巴变方了。那个女人的颧骨变高了，脑门变宽了。这些照片上也都是另外一些人。

我看向右边，后两张照片，那个皮肤苍白的女子和鸡冠头男子，虽然我知道会看到什么。类似的样貌，类似的拍摄角度，但都不是前一天的那几个人。

天啊。

先不提马特，但是另外四个潜伏间谍呢？

我的胸口一紧，一股极强的冲击由内喷发出来，我也不知缘由。我删除马特照片的时候也删除了另外四张，为了保护丈夫，我愿意隐藏起他们。可是现在，看到这些照片被替换，我为何又会感到困扰呢？这样又有何不可呢？

恍惚中，我听到一些声音，是一段对话，蒂娜和彼得的对话，讨论这些是否是真的潜伏间谍。我又眨了眨眼，试图集中精力。

"但是这些文档没有加密。"蒂娜说。

"确实，我们所有的情报人员都认为这些文档应该加密，"彼得应道，"但是它却被删除了。"

蒂娜歪了歪脖子，皱着眉头。"是尤里出了错？"

彼得点头。"可能是。这个文件夹是意外加载的，或许是加密失败，或许是字里行间有什么问题，于是尤里删除了它。"

"没想到文件夹还在那里。"蒂娜补充说。

"正是。"

"也没想到我们会发现它。"

他又点了点头。

蒂娜举起一根食指，放在唇间，亮红色的指甲油反射出光芒。她的手指弹了一下，两下，转而看向调查局小组，三位特工坐在一排，黑色西装，双手抱在胸前。"有什么想法吗？"

中间的一位清了清嗓子，开始说话。"通过这条线索跟踪俄罗斯潜伏间谍应该是合理的途径。"

"同意。"

"我们会尽力查清这些人的身份，长官。"

蒂娜微微点了点头。

我的内心有些冲动，这些不是潜伏间谍，他们可能根本就不存在。对通过数字技术将不同的人合成的人像，调查局的调查只能是徒劳无功。

而归根结底都是我的责任，我泄露了机密情报，但我这样做保护了自己的家庭。结果是我们现在却丢失了找出其他四个俄罗斯特工身份的机会。我抓住座椅扶手，忽然感到一阵头晕，我都做了什么？

对话又继续了一阵。我努力注意听着，听到了尤里的名字。

"……在莫斯科。"彼得说。

"在莫斯科什么位置吗？"蒂娜问。

"不知道。未来几天我们定会多派人手，确定他的位置。"

"那台电脑呢？我们能找到位置信息吗？"

"不能，他没有联网。"

他就在这里。我心底尖叫着。他就在美国，在我们城区。他用假身份，每隔几个月收到我丈夫发来的信号，就会到特区西北部的银行小院。我捏住自己下巴，用力合上了嘴，抬起头的时候发现奥马尔正看着我。他没有挤眉弄眼，也没有嬉皮笑脸。余下的对话我都没有听清，只感觉血气不断地冲向耳朵。

会后，我来到走廊，想要迅速退回自己的办公桌，这时奥马尔跟上了我，几乎一路小跑。他跟上我的脚步，我的心跳加速了。我不知道该对他说什么，不知道他会对我说什么，也不知道该如何回答他的问题。

"你还好吗，薇薇安？"

我抬头一瞥，看到他一脸担忧的神色，或许是假装出来的担忧。我的嘴忽然变得非常干。"还好，只不过有太多的事情要想。"

我们又走了几步，两人仍然肩并肩，来到电梯旁。我按下按钮，按钮的灯亮了起来，真希望电梯能快点儿到。"家里的事？"他问。他说话的时候刻意不动声色，好似在审讯，就像审讯刚开始时用来建立和谐关系的那一类无伤大雅的问题——也或许是陷阱问题。

我转头看向紧闭的电梯门。"是的，埃拉生病了，凯莱布有门诊预约……"我的声音越来越微弱，毫无道理地臆想这些谎言会对孩子的健康不利，因果报应之类的。

我用余光瞥见奥马尔也正直视着前方。"听到这个消息我很抱歉，"他看了我一眼，"我们是朋友，如果需要任何帮助……"

我赶紧点了点头，看着电梯门上方的数字。我看着那数字按顺序亮起，但很慢，实在太慢了。这话是什么意思？如果我需要任何帮助。我们肩并肩站在那里，等待着。

终于，叮的一声，电梯门开了。我走进电梯，奥马尔也跟了进来。我按下要去的楼层，又看了看奥马尔。我应该说些什么，聊聊天，不能一直在电梯上不说话，这样不正常。我正想着要说些什么，他却开口："有内鬼，你知道吗？"

"什么？"

他注视着我。"内鬼，在情报中心。"

他为什么要告诉我，他们在怀疑我吗？我竭力保持平静。"我不知道。"

他点点头，说："局里正在调查。"

不可能是我，不可能吧？这时该怎样回答才算得体？"简直疯了。"

"可不是。"

他沉默了，我也不知道接下来该说什么。在这片静默中，我感觉他一定能听到我的心跳。

"听我说，我给你做了担保。"他说，语气很快又轻柔。"我会说你是我的朋友，你不可能做这样的事，你也不应该成为这次调查的首要目标。"

我感觉整个世界都静止了，我喘不上气来，完全僵在当场。电梯门开了。

"但是肯定还是会有些动作。我能感觉得到。"他压低了声音，"他们最终还是会调查你的。"

我强迫自己看向他，他一脸的关切和同情。不知什么原因，这样的表情比纯粹的怀疑更令我不安。他一手拦住电梯门一侧，触发感应器，帮我挡住电梯门。我走出电梯，等着他跟下来，但他并没有。于是我转过身，他的眼睛直直地盯着我。"如果遇到麻烦，"他说着抽回了手，电梯门慢慢关上了，"你知道该到哪儿找我。"

这一天余下的时间都过得恍恍惚惚，我们那一片隔断工位里喊喊喳喳，都在聊那五张照片以及如何更好地追踪尤里，还有战略会议以及探讨如何抓到他的上线——那个神出鬼没的间谍首脑。而我只想让这一切都消失，只想有时间独自思考，有时间消化刚刚发生的一切。

一方面是和奥马尔的对话。为什么他要提醒我有内鬼？为什么他表现得好像我已经叛变了？如果他认为我是双面间谍，为什么还要阻拦对我的调查？

这些都说不通。

另一方面则是马特和那些照片。我不知道他是怎么做到的，他自己怎么能登录到尤里的电脑上？看起来更可能是他找尤里谈过。但是马特不会这样背叛我吧？他许诺不会说出去的。

我感觉一阵沉闷，黑压压的一片。五张照片都换掉了。如果是为了保护我们的家庭，只需要替换他的照片。但把五张照片全都换掉则不仅仅是在保护我们的家庭，同时还在保护潜伏间谍。

我看着办公桌角落里的照片，还有我们婚礼上的那一张。我注视着照片中马特的双眼，看到最后感觉他似乎在嘲笑我。你做的是为我们好？我想，还是为他们好？

我调到俄罗斯情报中心两个月后，发现自己怀孕了。我还记得坐在浴缸的边上，盯着那小小的验孕棒，蓝色的线颜色慢慢变深，和包装盒上的照片一做对比，惊喜和兴奋便一起涌来。

我原本想了好多有趣的方式来把这个消息告诉马特，有些是我听说的，有些是多年来在网上读到并慢慢积累下来的。但是看到验孕棒上的那条线，知道肚子里有了孩子，我们的孩子，我便一刻也等不及了，我几乎是冲出了浴室。马特在衣帽间，正系着衬衫的扣子。我犹豫了一下，然后举起验孕棒，脸上露出大大的微笑。

他的双手僵在空中。他看了看验孕棒，又看了看我的脸，双眼睁得滚圆。"真的？"他问。我点了点头，他的脸上露出大大的笑容，那是我永远都无法忘记的笑容。从巴哈马回来之后，我一直有一丝担忧，或许他不像我想象的那么喜欢孩子，也不像我那么想要孩子。但是那笑容彻底打消了我的疑虑，那是纯粹的喜悦，那是我见过的他最幸福的时刻。

"我们就要有孩子啦！"他说，从他语气中我能听出和我一样的惊喜之情。我点点头，他来到我身边，抱住我，像抱着一件易碎品，他温柔地吻着我，而我的心已膨胀成气球，好像要飘出胸腔。

这一天都在幸福的恍惚中度过，我连续数小时盯着电脑屏幕的同一页面，全然不知看到的内容。身旁没人的时候，我会打开线上员工手册，导航到产假的部分，然后又看了休假的规定。点击打印图标，把打出来的纸塞进包里。

我提前下了班，和马特在家里吃了一顿大餐，是他亲手做的。他问过六七次我感觉如何，问我需不需要什么东西。换上家居服之后，我从包里拿出打印好的员工手册，来到沙发旁，马特正坐在那里搜索着电视节目。他停了一下，看看手册，又看看我。他的脸上露出一丝我读不懂的神情。

他选定了一档节目，某个厨艺大赛，我和他一起看起来，我蜷缩到他身旁，头枕在他的胸口。节目快结束了，参赛选手在评委桌前站成一排时，他按下了暂停键。

"我们需要一套房子。"他说。

"什么？"我听清了他说的话，但这话说得毫无来由，我感觉需要再听一遍才能厘清。

"一套房子。我们不能在这里养孩子。"他在我们身边比了一下，我环顾我们这套市区住房的主要空间：起居室、厨房、餐厅，扫一眼就尽收眼底。以前从来没觉得房子这么小。

但是我们又同时冷静下来：我们都未曾想过要用抵押贷款买房，我们住在城区附近，我从来都没觉得要着急买房，我想他也没有着急过这种事情。"呃，最初几年——"我说道。

"我们要有足够的空间。要有院子、社区和邻居。"

他神情坚定，但又焦虑。反正最后这些也都是好事。我耸了耸肩。"我想，先去看看房也不是什么坏事。"

之后的一周，我们找到了自己的房产经纪人，一个黑瘦的男人，一头很不搭调的白发，我坐在他的车后排座位上，环绕特区寻找房子时，总要盯着他那奇怪的头发看。我们先从城区看起，定下了心理价位。房子都很小，大多数房子都需要修缮。从马特看房时的表情就能看出来，他很讨厌这些房子，全都讨厌。"有孩子，那个楼梯不安全，"他说，"我们需要更大的空间。没地方架秋千。"总有些不如人意的地方。

于是我们来到离城市更远的地方，这里的房子，稍大一些的，却不一定更好。更好一些的又不够大。于是我们提高了心理价位，我以为这样就能有些不错的选择：或许非常老，但能凑合住；或许很狭小，但能挤得下；或许在郊区，但我们无须用公共交通。

但是每一套房子，马特都能挑出一些难以接受的地方：楼梯平台对蹒跚学步的孩子不安全，背靠小溪——孩子掉进去怎么办？我从未见过他如此挑剔。"我们不可能找到一个完美的地方。"我说。

"我只是想为孩子找个最好的地方，为我们未来可能再要的孩子。"他说。这时他朝我做了个表情，像是在说：难道这不也是你想要的吗？

如果这个房产经纪人不是那么被动——或者如果不是每次我们下定决心时他都给出个惊人的数字——我敢肯定他早就不带我们了。但是我们还是在四处找房子。预算又提高了，看的地方更远了，甚至到了城乡接合部。我们的房产经纪人解释说，是"远郊"。

马特却对此更有兴趣了，他喜欢大社区、大院子、骑着自行车的邻居家的孩子。我看着那价格，还有距离城里的距离，有些畏缩。"想想这对我们的孩子会有多大的好处。"他说。这样的理由我又怎能反驳呢？

后来我们找到了一套，房型很好，很现代化。房子在路的尽头，房后种着树。从马特的表情能看出来，他觉得这套房子很完美，我也喜欢这套房，我能想象得到我们在这里生活的样子。而且虽然我不会承认，但是真的不愿再继续找下去了，我想回家，读一读育儿书。那晚我们决定报价。

第二天早上，我走下楼，马特已经打开了电脑。从他的表情上能看出来——出了问题。他似乎一夜没睡。"是学校的问题。"他解释说，"周边学校太差了。"我走过去看了看，他的屏幕上是评分。他说得对，确实很糟。

"我们需要好学区。"他说。

他转头看向屏幕，把这个窗口最小化，显示出另外一个窗口。这是一套小一些的房子，看起来不太起眼，属于我们最初看的那一种。"这一套在贝塞斯达。"马特说，"所有的学校都是 10 分。"他的声音里透着兴奋，就像我们走进一片完美的大社区时一样。"这里就是我们的家，薇薇。"

"房子很小，你不喜欢小房子啊。"

"我知道。"他耸了耸肩，"会挤一点儿，我们没有大院子，我想要的也不能都放下，但是周围的学校棒极了。为了孩子，值了。"

我又靠近些看了看屏幕。"你看到那价格了吗？"

"看了，比上一套房也没有贵太多，就是我们已经准备买的那一套。"

我能感觉到心底在打鼓，没有贵太多？差不多贵了五万美元，而且上一套房已经远超我们的预算，而且我们的预算也早已远远超过我预期能够承受的价格，我们不可能买得起这套房。

"我们能买得起。"他好像能读懂我的心思。他又打开一个窗口，那里有一张电子表格。"你看。"

表上是预算，他已经把所有东西都算好了。

"我很快就能加薪。你每年也都会加薪，最终会升职。我们可以的。"

我的呼吸已经有些不均匀了："只有我继续工作才行。"

一阵尴尬的沉默后，马特问："你打算辞职？"

"呃，没有。不是辞职，或许只是请一段时间的假……"我想这件事我们可能从来没有探讨过，我只是想当然地认为要在家里待一段时间，而且我也想当然地认为这也是他想要的。小时候，都是母亲在家照看我们。我们身边也没有其他家人，不可能把孩子送到日托所吧？

"你不是那种大门不出的女人吧？"他问。

大门不出的女人？这话又是什么意思？"我的意思不是要永远待在家里。"这一次又好像是沙滩那次对话的重演，感觉好像是我不够好，好像他认为娶的人应该更优秀。"只是待一段时间。"

"但是你爱你的工作。"

我不爱这份工作，不再那么爱了，从我调到俄罗斯部开始就不再喜爱了。我不喜欢那种在压力之下长时间工作的感觉。不管如何努力，都难有任何成果。而且我知道有了孩子后，就更不会喜欢了。"我想要有所贡献，有所影响，但是自从我开始在俄罗斯——"

"你现在的工作是局里最好的，不是吗？这不是所有人都想要的工作？"

我犹豫了。"确实是个好部门。"

"你愿意离开这样的工作整天和孩子待在家里？"

我盯着他。"这是我们的孩子。而且，或许我愿意呢。我也不知道。"

他摇了摇头，房间里的气氛更加尴尬了。"如果你不工作，我们怎么攒钱供孩子上大学？我们怎么带孩子去旅行？"他终于开口问。

从确认怀孕之后，我第一次有恶心的感觉。没等我回应，他又接着说道："薇薇，学校都是 10 分。10 分。这多棒啊！"他伸出一只手抚摸着我的腹部，意味深长地看着我。"我只是想给孩子最好的。"沉默中，那个未说出的问题似悬在空中：难道你不想吗？

我当然想。我怎么已经感觉自己不是一个足够好的妈妈了呢？我又回头看向屏幕，那套房子又出现在屏幕上，已经变得那么重要的房子，我们甚至都没看过。我终于开口了，嗓子像被人扼住了一样，说："我们去看看吧。"

那天晚上我比平时回家要晚一些，一进门就看到他们都在厨房饭桌前，亮色的塑料碗里和儿童高脚凳托盘里是剩下的意大利面和肉丸。"妈咪！"埃拉喊道。同时卢克也大声叫起来："嘿，妈妈。"双胞胎光着身子，脸上都是意面的酱汁，小段的面条挂在身上各处——前额、肩膀和头发上都是。马特朝我笑了笑，好像一切如常，好像任何事都没有发生过，然后起身走向烤炉，帮我盛了一盘饭菜。

我把外套和包放到门旁，走进厨房，脸上挤出些笑容。我亲了埃拉的额头，又亲了卢克，向餐桌两侧的双胞胎招了招手。蔡斯露着大牙朝我笑，一边敲打着托盘，溅得酱汁满天飞。我拉出我的那把椅子，坐了下来，马特也正好把一盘意大利面放在我面前。他坐在我对面，我看着他，感觉自己的表情变得僵硬。"谢谢。"我说。

"一切都还好吧？"他小心地问道。

我回避了这个问题，然后转向了埃拉。"你感觉怎么样，亲爱的？"

"好些了。"

"很好。"

我瞥了马特一眼。他正看着我。我又把注意力放到卢克身上。"今天上学还好吗？"

"还好。"

我试图想出别的什么问他。某种具体的问题，关于测试或表演秀或别的类似事情，但却不知道该问什么。于是只能吃下一口半热不热的意面，刻意地躲闪着马特的目光。

"一切都还好吧？"他又问。

我慢慢地嚼着。"我以为会出问题。不过你瞧啊！一切都好好的。"我的目光一直没有从他身上挪开。

他能听懂我的话，我能看出来。"很高兴听到这些。"他说。

我们陷入尴尬的沉默中。终于埃拉打破了沉默，"爸爸，我吃完啦。"她说。我们都看向她。

"等妈咪吃完，亲爱的。"马特说。

我摇了摇头。"不用管我。"

他有些犹豫，我给他使了个眼色。让她走，让他们都走，我们有话说。

"好吧。"他对我说，然后又对埃拉说："把你的碗放到水槽里。"

"我也可以走了吗，爸爸？"卢克问。

"当然，伙计。"

卢克和埃拉都离开了饭桌。马特拿出几张湿纸巾，开始擦蔡斯的脸和手。我又吃了几口，看着马特擦干净蔡斯，把他抱出儿童椅，放到地上。他瞥了我一眼，又开始清理凯莱布的脸。终于我放下了叉子，没有胃口。没有必要继续吃下去了。

"你怎么做到的？"我问。

"调换照片？"

"是的。"

这时他正在给凯莱布擦手，擦着那胖乎乎的小手指。"我说过会帮你摆脱这一切的。"

"但你是怎么做到的？"

他没有回答，没有看我，继续给凯莱布擦着手。

我气得磨着牙。"你能不能回答我的问题？"

他把凯莱布从座位上抱起来，自己坐到椅子上，又把凯莱布抱在腿上。凯莱布把手指塞进嘴里，吮了起来。

"我告诉过你，最好不要了解太多细节。"

"别想这样糊弄我，是你做的吗？还是你告诉了其他人？"

他晃动着膝盖颠起凯莱布。"我告诉了尤里。"

我大惊，强烈地感觉到背叛。"你说过不会说出去的。"

他的脸上闪过一丝疑惑。"什么？"

"你承诺不会说出去。"

他眨了眨眼，而后才似乎明白了过来。"不是的，薇薇，我许诺不会对当局说。"

我盯着他，凯莱布正扭动着身子，想要摆脱马特的大腿。

"我必须告诉尤里，我别无选择。"他说。凯莱布号啕一声，扭动得更厉害了。"我马上回来。"马特轻声说，他抱着凯莱布离开了房间。

我低头看着自己的手，看着我的结婚戒指。这就是丈夫不忠的感觉吗？嫁给马特的时候，我觉得自己很幸运，永远不用体会这样的感觉。我怎么都想不到他会背叛我。我用右手盖住左手，戒指从我的视线中消失了。

过了一会儿他回来了，独自一人，又坐了下来。我听着另一个房间传来的声音，卢克和埃拉在玩扑克钓鱼游戏。我压低了声音，探身向前。"现在俄罗斯人已经知道我向你透露了机密信息。"

"尤里知道。"

我摇了摇头。"你怎么能这么做？"

"如果我能自己解决，就解决了。但是我没办法，唯一的出路就是去找尤里。"

"然后将五张照片全部换掉？"

他向后靠到椅子上，看着我。"你说什么呢？"

我没有回答他。我该怎么说？说不确定他对我是否忠诚？

"如果你告发我，这一切都不会发生了。"他看着我，好像他才是遭到背叛的那一个。

但他是对的，我能感到内心的愤怒逐渐转变成愧疚。他确实让我告发他，他并没有马上去找尤里，这些照片在第一天并没有变化。

如果他更担心项目，而非我，第一天他就会行动了。

"这么说现在一切都没问题了？"我终于开口问道。我努力把其他四个潜伏间谍的脸从脑中赶走，尝试着忘记因为我他们才能继续隐藏下去的事实。你删除的文件夹，薇薇。是你先删除了照片。"我们安全了？"

他扭头看向别处，没等他说话我就知道并没有。"呃，不确定。"

不全是。我强迫着自己思考。"因为他们还会发现是我删除了文件夹？"我想象安保部门审讯我的情景，告诉我他们发现删除文件夹的是我。我可以说那是意外，我是无意的。这可能要持续一段时间，可能会遭到怀疑，但一切只是暂时的。但是他们是否能在那里发现马特的照片也并不确定。

"是的。"他说，"但是不仅如此。'雅典娜'能记录用户活动。"

他是怎么知道"雅典娜"的？我敢保证从来没有提过。

"薇薇，上面记录了你在尤里电脑上看到的内容。理论上，别人能登入系统，发现你翻查尤里的电脑和你打开的文件夹。"

"他们能看到我打开过你的照片。"

"是的。"

"也就是说你的照片还在系统里？"

"是的。"

这也就意味着其他四张照片还在，把真实的照片交到联邦调查局手里还不晚，我还有机会将功补过，让中情局知道其他四个潜伏间谍，还有马特。我还有机会做正确的事。

还没有造成任何损失，对吧？或许他们会原谅我删除文件夹的事情，将其理解为受惊吓的妻子的冲动行为。

但事实并不是这样的，因为能换掉那五张照片就只有一种解释——我将高度机密的项目告诉了俄罗斯人，我犯了叛国罪，就这一件事就够把我送进监狱的。恐惧浸透了我的全身，血像冰一样冷。

我想到奥马尔，想到他过去几天看我的神色——情报中心有内鬼——如果他们怀疑，只需要调查服务器就能确认我的犯罪事实。

"还有一条出路。"马特说，"一种抹掉记录的办法。"他看起来有些困扰，但很谨慎。

"怎样？"我的声音很小，像耳语。

他把手伸进口袋里，拿出一个U盘。一个小小的，黑色塑料的长方体。他拿起U盘。"这里面有一个程序，可以删除过去两天的历史活动记录。"

我盯着U盘，它可以抹去我发现了马特照片的一切证据，这样他们就没有证据给我定罪，也不能把我从孩子身边夺走。

"你的和其他所有人的，"他补充说，"它会将服务器调回到两天前的状态。"

我抬起头看着他。将服务器调回到两天前的状态。两天的工作都会消失，包括整个中情局的，所有人的，所有工作成果。

但是从总体进程上看也不算太长，对吧？

　　这样我就能保全家庭，而且可以抹掉马特的照片，一劳永逸。但这样也会抹掉其他四个潜伏间谍的照片，毫无疑问，我希望俄罗斯人使用这个程序。我愿意让其他四个潜伏间谍逃脱侦查，以此换来家庭的完整。我知道这样不对，这样想的时候感觉自己很阴险，但是我保护的可是自己的孩子啊。

　　"要怎样用？"我问，"它们自己就能加载？"

　　"呃，这也是问题所在。"他看着我，"需要你加载这个程序。"

第 9 章

他把 U 盘放到桌上，我看着它，好似它会随时爆炸一样。"我什么都做不了。电脑已经改装过了。没有接口——"

"限制区域里有一个。"

我盯着他。我有向他提过限制区域吗？我肯定没有说过任何关于限制区域的事情。但他是对的，不是吗？那里有一台电脑，用于上传一线传来的数据。"那也没有用的。电脑受密码保护，我没有权限——"

"你不需要有权限，这个程序可以自主运转，只需插入就可以。"

他的要求如此过分，令我震惊。"你要我把一样东西接入中情局的电脑网络。"

"这样就可以抹去你删除过文件夹的证据。"

这样也能抹去那些照片，所有的，五张。我扭头看向别处，心里话脱口而出，尽管我知道不该说出来。"你，一个俄罗斯特工，竟敢要我在中情局的网络里加载程序。"

"我是你的丈夫，帮你逃过牢狱之灾的丈夫。"

"你要求我做的事情会让我在牢里过一辈子。"

他越过饭桌，一只手抓住我的手。"如果他们发现了你之前做的事，你还是要被关很久的。"

我听到另外一个屋里传来埃拉的声音。"这不公平！"她喊道。你是对的，我盯着 U 盘想。这不公平，这一切都不公平。

"爸爸！"她尖叫着，"卢克耍赖！"

"我没有！"卢克喊道。

我仍然盯着那个 U 盘，感觉到马特正看着我。我们两个都没有起身去调停。孩子还在争吵，但声音小了一些。等他们说话的声音变得正常了，我从马特的手底下抽回了我的手，双手握到一起。"里面到底是什么，能让俄罗斯人进入我们系统的东西？"

他摇了摇头。"不是，完全不是。我向你发誓，只是一个程序，可以将服务器调回到两天前的状态。"

"你怎么知道？"

"我检查过，我做过测试，只有这一项功能。"

我为什么要相信你？这些话我没有说出口，但也不需要说，我敢肯定他能从我的表情里看出来。

"如果你不这么做，就要进监狱。"他看起来直率而坦诚，还有一些害怕。"这是一条出路。"

我低头看着 U 盘，希望它会消失，希望一切都能消失。我感觉自己在螺旋式下落，越陷越深，无力阻拦。这样的事我真的能做吗？

我抬起头，久久地盯着他。他的话在我脑中回荡，我做过测试。"让我看看。"

他一脸的疑惑，"什么？"

"你说你做过测试，让我看看。"

他有些畏缩，好像被扇了个耳光。"你不相信我。"

"我想自己看看。"

我们互相看着对方，眼睛一眨不眨，直到最后他终于开口说："好。"他站起身，离开了厨房，我起身跟在他身后。他来到楼梯后面的储物区，打开灯，伸手去取螺丝刀，就是我用过的那一把。我看着他撬开了地板，拿出笔记本电脑。他转过身，用我读不懂的眼神看了我很久，然后从我身边擦身而过，回到餐桌前。

他打开笔记本电脑，坐到电脑前。我站在他身后，看着屏幕，白色的对话框出现了，光标闪烁着。我低头看着键盘，小心翼翼地盯着他手指敲击的按键，最开始的按键我记得，是他常用的一个密码——孩子的生日。但末尾他又敲了几个键，我过了一会儿才反应过来，那是我们的结婚纪念日，他还是想着我们的。

"你也看不懂这些吧？"他问道，但并没有转身。

我很庆幸他没有回头看我，因为他是对的，我不是技术达人，根本看不懂细节。但这并不重要，目前关键是要看他的表现，看他展示给我的。我能看得懂他是不是真的测试过这个程序，还是在撒谎，这或许就够了。"我懂的比你想象的要多。"

他打开一个程序，输入一行命令，一串字符在屏幕上滚动起来，"用户活动记录。"他低声念道。他指向一行，今天的日期，然后又指向另一行，几个小时之前的时间戳。

他向下拖动屏幕，指了指一组字符。"盘里的内容。"他说。我扫视了那些字符，大多都理解不了，但其中的点点滴滴很合情理，与马特说的相符，看不出有更多的内容。

而且最重要的是，那个日期和时间戳，这证明他向我展示了一些有价值的东西。就像他说的一样，他测试过这个 U 盘。

他没有说谎。

他坐回到椅子上，抬头看着我，他的脸上是受伤的神情，令我一阵愧疚。"现在你相信我了吧？"

我走到饭桌另一侧，坐到他对面的椅子上，犹豫了一会儿才开口，"他们很厉害的，你知道的，中情局的人。如果他们顺着这个追踪到我怎么办？"

"他们不会的。"他轻声说。

"你怎么那么肯定？"

"想想我告诉过你的事情。俄罗斯人知道的那些事情。"他从桌上探过身来，抓住我的双手。"他们也很厉害的。"

那一晚我又没有睡，而是在房里四处游荡，心痛得厉害。我看着睡梦中的孩子，他们的胸口起起伏伏，酣睡中的面容显得更加稚嫩。我慢慢走过门厅，看着墙上挂的每张照片，那些短暂的时光和欢乐的笑容。那些画作，用磁石贴在冰箱上。玩具懒洋洋地躺在黑暗中，等待着。我只想让这一切继续下去。普通的生活。

但现实却是我有可能要坐牢，如果他们发现我的所作所为，坐牢基本上是板上钉钉的事。泄露机密信息，妨害中情局行动。如果真的事发，我该多么怀念过往的生活。单是这样想想我便不能自已：凯莱布第一次走路，第一次说话；埃拉换牙，对牙仙子的兴奋；舞蹈表演、儿童棒球、学骑自行车。还有那些细小的时刻最为难舍，他们做噩梦或生病的时候，我搂住他们，听他们说"我爱你，妈咪"，听他们讲在学校学到的东西，令他们兴奋或害怕的事情。

当然，这样做意味着联邦调查局将抓不到本可以抓到的潜伏间谍。但从全局看，这又有什么关系呢？我的婚礼上有几十个潜伏间谍出席，这远比我们想象的严重得多。而那五个间谍只不过是九牛一毛。

我在黎明前的黑暗中坐在沙发里，这时马特下了楼。他打开厨房的灯，眨着眼睛适应着灯光。他走到咖啡机旁，按下按钮，我安静地看着他。终于，他注意到我，停了下来，看着我。我也凝视着他，然后慢慢地抬起了手，拇指和食指间夹着 U 盘，说："告诉我该怎么做。"

我准备去做这件事，罪恶感就要把人压垮。恍恍惚惚中，我看着他用一小块抹布擦干净了 U 盘，是那种擦太阳眼镜污迹的小抹布。"擦掉指纹，"他说。他把 U 盘放进一个活底的双壁旅行用咖啡马克杯里，闪亮的金属的杯子，我以前从未见过。这东西从哪里来的？他一直都藏在哪里？

我怎么会一直都蒙在鼓里？

"你只需要把它插进去。"他说着，把马克杯递给了我，我接过杯子，看到自己的倒影出现在杯子里，扭曲的倒影。这倒影是我，但看起来又像是别的人。"在电脑终端的前面有一个 USB 接口。"

"好的。"我继续盯着杯子里的倒影，这个"我"不是真正的我。

"插进去，等至少五分钟，不要超过十分钟，然后拔出来。在第十分钟时，服务器会重启，如果系统重启完成之后U盘仍然联机，他们就能够追查到这台电脑。"

五分钟？我要在那里坐上五分钟，U盘还插在电脑上？如果有人看见怎么办？"那我只能等到下班之后了。"

他摇了摇头。"不行，电脑必须处于登录状态。"

"登录状态？"他的话使我充满恐惧，那就意味着上班时间。彼得才有权限，他通常在早上登录电脑，白天让电脑运行，下班前注销。他让我做的这件事，有很大的风险。"如果别人看到我做这件事该怎么办？"

"一定不能被人发现。"他说，我能看到他脸上的恐惧，这是他向我展示U盘之后，我第一次在他脸上看到不安。"不要让这样的事发生。"

杯子放在杯架里，我开车去办公室的路上都一直放在我身边。从停车位出发的一路上，我紧紧地握住它，走进大厅看到上空悬下的美国国旗时握得更紧了。我的全部精力都用在保持平静和淡然上了。

进门的路上经过三块标牌——我从来没注意过有这么多——列出了禁止携带的物品，很长的一个单子，任何电子产品都不行，即使U盘是空的，也不允许带入。而且我也不能说自己不知道这些规定。

我排队等着通过闸机。右边有一个和我年龄相仿的女人，被拉到一边做抽查，罗恩翻看着她的包。左边一个年长的男人正在接受手持探测器扫描。又是抽查。我挪开视线，我能感觉到额头和唇上渗出了点点汗珠。轮到我的时候，我把胸卡在读卡机上刷过，在触屏上输入了我的密码，闸机解锁了，允许我通过。

传感器发出低沉的嘀嘀声，两位不认识的警员看向我的方向，我的心飞快地跳着，心跳声很大，旁边的人肯定听得到。那一刹那，我露出一副疑惑的表情，马上又露出微笑，向他们的方向举起马克杯——在这儿，只不过是个杯子。不要担心，不是电子设备。这些传感器，这些能够检测出电子设备的传感器极为敏锐。

其中一位警员走了过来。他手里拿着手持探测器，上下扫描了我，又扫描了我的包，就在扫过马克杯的时候警报才响起。他露出厌烦的表情，挥手让我进去了。

我冲他露出微笑，点了点头。我继续往大厅深处匀速走去，脚步平稳。走出他的视线之后，我才用颤抖的手擦去了眉头的汗珠。

我在安全门上刷了胸卡，输入了密码。重重的安全门开了锁，我用力推开了门，一进门就看见帕特雷夏在那里，我从她身边走过时冲她笑了笑，就像平常一样说了声"早上好"。然后我走到自己的工位隔断，登录电脑。都是日常惯例，日常的问候，一切都很正常。

我坐在座椅上，看向那扇门。**限制区域**，大大的红字。旁边是两台读卡机：一个扫描胸卡，另一个扫描指纹。我的屏幕上开着一个程序，但是我并没有看这个程序，没有运行检索，也没有查看电子邮件，只是盯着那扇门。

九点过了几分，彼得走了过来，我看到他在一个读卡机上刷了胸卡，输入了密码，然后把手指按到另外一个读卡机上，等了一会儿。他进去了，关上了身后重重的大门。几分钟之后，门又开了，他走了。

我看着桌子上的那个马克杯。电脑已经登录了，我随时都可以操作，我要去做这件事。我伸手拿起杯子，手指紧紧地握住它。我挣扎着从座位上站起来，步履沉重地走向那扇门。

我刷了胸卡，手指按到读卡机上，门锁松开了，我推开了那扇重重的门。里面很昏暗，我拨动开关，开灯。这是一片很小的空间，比彼得的办公室还小，有两台电脑并排摆在一张桌子上，屏幕朝向不同的方向，还有第三台电脑靠着墙放着。正是这一台吸引了我的注意力，我看到电脑前面有一个 USB 接口。

我在其中一台电脑前坐下，把杯子放在身前，登录电脑，如果有人进来，我要表现得像在工作一样。我调出了自己权限内最机密的信息，在中情局里只有为数不多的几个人有资格查阅这些信息，这些信息太过敏感，我不得不要求后来的人先离开，等我完成之后再进来。然后我缓缓地舒了一口气，拧开杯子底座，打开之后，就能看到那个 U 盘。我用衣袖包住手，摇晃着取出了 U 盘，又把底座拧上。

我又顿了一会儿，倾听着，周围一片寂静。

随后我离开座椅，走向第三台电脑，我的衣袖挡住手指，将 U 盘插进了插口，简单迅速。U 盘的底部瞬间就闪烁起橙色的光，几秒钟之后我就回到了自己的座椅上。

我全身颤抖着，有生之年从未如此害怕。

一切都静止了。我看着屏幕底部的时钟，五分钟，我只需要这么多。我只需要独自在这里待上五分钟，然后取走 U 盘，塞回双壁杯子里，一切就都完成了，就像从来都没有发生过一样。

我回头瞥了一眼 U 盘，底部还闪着橙色的光。它现在在做什么？我猜正在侵入服务器,准备好抹掉过去两天的一切记录。就是这些了吧？天啊，希望就这些了。

一分钟过去了，感觉却像是永世。我在脑中做着计算，已经过去五分之一了，百分之二十。

这时门外有嘀嘀的声音响起，有人在读卡机上刷了胸牌。我僵住了，转头看向大门。冷静，我一定要冷静。四分钟，我只需要再坚持四分钟。

门开了，又是彼得。天啊，是彼得。我的心被恐惧裹挟，我权限内的所有信息他都有权查阅，我没有理由让他离开，是吧？他会坐到我旁边的那台电脑前，那样我该怎么到另外一台电脑那里取走 U 盘呢？

"嘿，薇薇安。"他说，声音愉快而正常，我希望他没有看出我有多么惊慌失措，多么恐惧。

"嘿。"我竭力保持语气平静。

他走了进来，坐到我旁边的那台电脑终端前，开始输密码。我的注意力完全在身后那台电脑的 U 盘上。他没有理由去用那一台电脑对吧？但是万一他注意到了怎么办？

我看着时钟，已经过去三分钟了，百分之六十。再有两分钟，就——

"薇薇安？"彼得开口说。

"什么事？"我转头看向他。

"抱歉能离开一会儿吗？我需要查看一些最新的内部资料，正义雄鹰（Eagle Justice）。"

我没有的权限。他现在做的正和我原本的计划一样，赶走没有权限的人。我回头看了看时钟，还是三分钟，我敢保证时间没有正常地走。"能再给我几分钟做完这些吗？我就快做完了。"

"我也希望能给你些时间，但是我得在早间管理层会议前看一看这些文件。尼克下的命令。"

不，不，这不可能是真的，我该怎么办？我现在到底该怎么办？

"薇薇安？"

"好的。当然，等我注销。"

"最好先锁屏……我必须马上看看这些内容。"

我犹豫了一下，头脑已经完全不转了，除了默默地离开，什么都想不出来。"好的。"我锁了屏幕，站起身，开门要出去的时候，目光扫过那个 U 盘，仍然插在电脑上，底部闪着橙色的光。

我回到自己的办公桌前，恍惚中坐了下去，我的目光投向时钟——五分钟——然后又看向那扇门。我的脑子像是瘫痪了，想不出任何办法。我回想起马特早上说的话。五分钟……不要超过十分钟……服务器会重启。

现在已经六分钟了，门还关着，如果彼得看见了该怎么办？

七分钟。我坐在那里，非常害怕，恐惧席卷全身。

现在已经八分钟了。我能诱他出来吗？我完全没有主意该如何做。就这么等着？他必须很快看完那些文件，是吧？

九分钟。我僵住了，身子完全动不了，我迫使自己离开椅子，站起来。我准备说忘了一样东西，马克杯。然后打翻它，朝向那台电脑的方向，蹲下来捡杯子的时候拔出 U 盘——

眼前的一阵闪光吸引了我的注意力。颜色的变化，对比强烈的两种颜色。一刹那间，我的屏幕变黑了。我转了一圈，看了看周围成排的工位隔断，其他的电脑屏幕也变黑了，一台接着一台。突然，安全门处闪过一道亮光，像电流一样，正常的屏幕又回来了。人们都四处张望，嘟哝着——发生了什么？

天啊！

我冲向限制区域的门，举起胸牌，在读卡机上按下手指。马特的指令在我脑中闪过——如果系统重启完成之后 U 盘仍然联机，他们就能够追查到这台电脑……

门锁解开的同时门也打开了，我正要推门，却差点儿失去平衡，直愣愣地撞到彼得身上。

"薇薇安。"他吃了一惊，向上推了推眼镜。

"杯子，我忘记拿杯子了。"我的语速很快，太快了。他露出怪异的表情，扫我一眼，目光中流露出些许怀疑。但是这已经不重要了，除了拔出 U 盘，其他事情都不重要。我给他让开路，等他过去，他走开之前的每一秒对我都是折磨。

他终于走出了房间。我进了房间，关上了身后的门，马上全力冲过去，猛力一拉拔出 U 盘，然后找到双壁马克杯，拧开底座，把 U 盘放回去，又把底座拧上去。

这之后我就瘫坐到椅子里，心力彻底耗尽了。我的整个身体都筛糠一般，而我根本喘不过气来。

颤抖止住了，恐惧仍未消散。我也不知道为什么，本应不再恐惧的，我已经拿回了 U 盘，我安全了，对吧？重启肯定还没有完成。

然而，我还是很奇怪地感觉自己并不安全，虽然我完全按照预定的方式完成了一切。

没过多久，分析员办公室的全体员工就发现过去两天的所有工作成果都被抹掉了。所有人都在关注丢失的文档和幻灯片，很快就有消息传出，说这次断电是全系统范围的。阴谋论甚嚣尘上，怀疑对象从外国情报部门到黑客到 IT 雇员，不一而足。

彼得挨个工位巡视，查看是否所有分析员的电脑都受到影响；我听着他们私下的交谈，听到他慢慢走近。他来到我的工位旁，在那里站了很久，静静地看着我。他的脸上毫无表情，但还是让我一阵担忧。

"你的也一样，薇薇安？"他问，"两天的工作成果？"

"看起来是的。"

他点了点头，仍然面无表情，然后往前走去。

我看着他的背影，恐惧变成一阵难忍的恶心，我感觉要吐。我需要离开，离开这里。

我从办公桌前退开，匆匆跑过走廊，穿过成排的工位，跑到安全门外。我手扶着墙，保持平衡，跌跌撞撞地来到女卫生间。我推开门，匆匆穿过两排洗手池、两排镜子，走进成排的厕位，把自己关进最里面的一间，锁上门，转身在厕所里吐了起来。

吐完之后，我用手背擦了擦嘴，我的双腿颤抖，整个身子都很虚弱。我站起身，深呼吸，想要平复紧张的神经。有效了，一定是有效了，我必须平静下来，坚持过这一天。

我强忍着不适离开厕位，来到洗手池旁，站到最近的一个洗手池前，洗了手。这一排洗手池的另一头还有一个人，像是个大学刚毕业的女孩，她在镜子里冲我笑了笑，我也对她笑了笑，然后看着镜子中自己的样子——黑眼圈。惨白的皮肤，我看起来糟透了，我看起来像个叛徒。

我转移目光，抽出一段皱巴巴的棕色纸巾，擦干了双手。我要平静，我要看起来平静。天啊，我周围都是中情局分析员。

深呼吸。深呼吸，薇薇。

我又来到安全门里，像风一样快速地躲回自己的座位，努力屏蔽周围的对话。他们都在紧张地探讨断电的事，我的队友都聚集在过道里，我也加入了他们，靠近自己的工位徘徊。他们正谈论着，但我没有太注意听，只偶尔听到一些片段，并在恰当的时候点点头，不时应和着发出感叹。总之，我希望自己是这样表现的，我的目光一直离不开那个双壁马克杯，还有时钟。我等不及想要离开这里回家。把 U 盘还给马特，处理掉证据，了结这件事。

"你们觉得是谁干的？"玛尔塔半开玩笑地问道，她的声音刺穿了我脑中的迷雾。"俄罗斯人？中国人？"

她环顾四周看着我们，但回答的却是彼得。"如果俄罗斯人有机会进入我们的系统，他们可不会满足于抹掉我们过去两天的工作成果。"他看着玛尔塔，没有看我，但是脸上的表情足以冷彻我的骨髓。"如果是俄罗斯人干的，现在还没完，至少从长远讲还没完。"

我已经在回家的路上了，双壁马克杯又放在身边的杯架上了。身上的紧张已经有所缓解，肩膀已经可以放松，但是心底的疙瘩却怎么也解不开，我都干了些什么？

我的双手紧紧地握住方向盘，千万种情绪一时涌起，如释重负，不安，后悔。

或许成功了，或许这样我能避免牢狱之灾，但是这样我是不是要一直生活在恐惧中？我要看着孩子们长大，但是这样一切不都被玷污了吗？所有的甜美时光都不那么甜美了？

我是不是应该冒险接受惩罚？

我隐隐地感觉到自己应该充分考虑，不应这么草率行动。尽管我认为自己想通了，但是行动还是太冲动。

我把车开到家里，马特的车像平时一样停在房前。已经是黄昏，屋里亮着灯光。厨房的窗帘开着，我能看见他们在那里，五个都在，围坐在饭桌前。

我永远也不可能百分百地安心，百分百地快乐，但我的孩子可以，这难道不正是家长的责任所在吗？

我关上引擎，从车里出来，到信箱旁。里面有一堆日常的广告，最上面是一个薄薄的马尼拉纸信封，折起来塞进了狭小的信箱。我把里面的东西都掏了出来，目光落到那个信封上，没有邮戳，没有寄信地址，只有我的名字。黑色马克笔，大写字母，**薇薇安**。

我的整个身体都僵住了，我盯着那个信封，一动不动。过了一会儿才强行迈开步子，来到门前的台阶前，我坐了下来，把其他信件放到一旁，单拿出这一封。我把信封翻过来，用手指划开密封。

我已经知道里面是什么。只能有一种可能。

我抽出信封里的东西——一小摞纸，有三四张，仅此而已。我的胃像打了结。最上面是一张屏幕截图：我的电脑，顶部和底部都是分类栏，上面有我的员工证件号；"雅典娜"开着，里面显示的是尤里笔记本电脑的影像；一个文件夹打开着，朋友。

我移开第一张，去看第二张纸。同样的分类栏，同样的员工证件号，同样的文件夹。只不过这一次有一张照片打开了，一个正面特写照填满了屏幕。

我又看过去，再一次看见，我丈夫的脸。

第 10 章

我无法呼吸。我已经抹掉了这些。我完全按照马特说的做，冒着风险，插入那个 U 盘。然而，我眼前还是出现了这些，就放在我的腿上，可以把我抓起来的证据。这是某个人带到我家里的。

我移开第二张纸，去看下一张和再下一张。计算机语言，一串我不能完全读懂的字符。我也不需要读懂，这是我的活动记录和搜索记录，是我看过马特照片的证据，也是我删除文件夹的证据。

我听到身后的门开了。"薇薇？"马特叫我。

我没有抬头，我抬不起头，就好像忽然间最后一点儿力气也耗尽了。我们都顿了一会儿，我能想象出他站在我身后，靠在门口，低头看着我，看着那几张纸，瞥见一些内容，他会像我一样震惊吗？

我感觉他靠近了一些，然后看到他也坐到了台阶上，坐在我身旁。我没有看他，我不能。

他伸手拿过那几张纸，我没有阻拦。他翻看着里面的内容，轻轻地弹敲着纸页，一句话也没有说，把纸塞回了信封。

我们又沉默了。我专注地呼吸着，看着呼出的每一口气变成白雾，再消散。我甚至都不知道该问他什么，也不知道如何处理脑中混乱的想法，使之形成清晰连贯的内容。于是，我等着他说话，等着他回答我没有说出口的问题。

"这是保险。"他终于开口说。

恐怕不是。不止保险那么简单，远不止那么简单。

"是警告，"他继续说，然后他的声音更轻了，"他们想确保你不说出去。"

我转身面对着他。天气寒冷，他面红耳赤，鼻子也红了，他没有穿外套。"这是勒索。"我的声音有些颤抖。

这一刻，他也凝视着我的双眼，我拼命想要读懂他的表情。担忧？我不知道。他扭头看向别处，说："是的，是勒索。"

我低头看着街道，我们推着双胞胎的婴儿车走过的人行道，也是卢克学骑自行车的地方。"他们来过这里，"我说，"他们知道我们住在哪里。"

"他们一直都知道。"

这几个字如一记重拳，他们当然知道。突然间一切都不再安全。"孩子……"我勉强地说出，有些哽咽。

我用余光瞥见他正摇着头，很坚定地摇着头。"孩子不会有危险的。"

"你怎么知道？"我的声音就像在耳语。

"我为他们工作，在他们看来，这些孩子是……他们的。"

我知道他说这些话是为了让我放心，但却令我更加恐惧。我张开双臂抱住自己，转身背对着街道，有一辆轿车朝我们驶来，引擎轰鸣，车前灯摇晃着进入视野。是源家的车。他家的车库门开了，车子驶入私人车道，停入车位。引擎还没有关上，车库门就落下了。

"我今天做的……"我说着，却失声了。我又试着继续说道："本应该抹掉这些的。"

"我知道。"

"为什么你没有告诉我他们手里有这些？"

"我也不知道。"他的额头上是弯弯曲曲的皱纹，他的眉头打了结。"我发誓，薇薇。我不知道，他们一定是想办法登录到程序上了。或是某人能够拿到搜索记录。"

又有车灯闪过，一辆我不认识的车子。车子从我们身边经过，继续向前开去。我看着那辆车，直到尾灯也消失了。

"他们也不会用这些证据做什么。"他说，"这样会暴露我的身份。"

有个想法逐渐变得清晰，能让这一切都说得通，我试着厘清这个想法。

"他们不会随便丢掉二十二年……"他说。

我还在思考那个想法，将它组织成文字，五个字，五个字就能解释一切。我说出这五个字，慢慢地，一个音节一个音节地说出来。

"他们拥有我。"

我为什么会这么幼稚？我可是中情局分析员啊。我知道这些内鬼工作的运作方式，如此气势汹汹。他们会让你做一些事情，然后他们就拥有了你，勒索你做更多的事情，越来越多，根本无路可退。

"不是这样的。"他说。

"当然是这样的！"

"他们拥有我。你是我的妻子，他们不会这样对你的。"

"真的？"我直愣愣地看向信封，因为这信封可不像他说的那样。

他脸上闪过一丝表情——犹疑？——但很快就消失了。他转身背向我，面朝着街道，我们都安静下来。那五个字有压倒性的力量，在我脑中不停地回响，嘲弄着我，他们拥有我。

"他们会要求我做一些事情。"我终于开口说。

他摇了摇头，但不太坚定，好像并非真心。或许因为他内心深处也明白，他们拥有我。

"只是时间问题。"我说，"他们会要求我做一些事情，然后我该怎么办？"

"我们会想到办法的。"他说，但是这种承诺听起来很空洞。"我们一起面对。"

我们会吗？我想。我看着一盏街灯闪烁了一下，然后灭掉了。

我们有过吗？

卢克出生的那一天，我身上发生了一些变化。我完全没有做过任何准备，却对这小人儿产生了超越一切的全身心的爱，我渴求能够保护他，随时陪伴他。

他出生的第一个月令我狂喜，当然也很耗神，但是却很美好。第二个和第三个月却有些不同，每天醒来，知道自己离回去上班又近了一天，就要让某个不是他的父母、不可能像我一样爱他的人照管他，而且每天要离开他那么多个小时，要度过那么多漫漫长日。这都是为了什么？我不觉得自己能起到什么作用，再也不这样觉得了。

我希望自己还在非洲部工作，但是那个职位已经没有了，被别人占了，现在的职位也算是第二好的选择了。不是吗？回去上班的日子终于到来时，我已经做了最充分的准备。我们把卢克送到社区最好的日托中心，这是一家排队报名的人数最多，名声最佳的日托中心。我准备了一个小冷冻箱，里面装满了瓶装的母乳，认真地打上标签。还有铺婴儿床的床单、尿布和湿纸巾，所有必要的东西，我都打包准备好了。我也为自己挑了一套新衣服，丝质的衬衫和裤子，可以遮住因为生孩子长的几磅肉，我希望这样的装束能给自己多一些自信，度过这最难熬的一天。

结果看来，我根本就没有准备好。再怎么准备我也克服不了把卢克交给一个陌生女人的情感障碍，我在门口转过身，发现卢克正看着我，有些警觉，有些困惑，眼睛紧紧地盯着我，目光里充满了疑惑：你要去哪里？你为什么要离开我？

婴儿房的门关上的那一刻，我彻底崩溃了，上班的一路上都在哭，到办公室的时候眼睛都哭肿了。丝质衬衫上留下了泪痕，感觉就像丢掉了一条肋骨。那天早上有三个人来过，欢迎我回来，问起卢克的情况，每一次我都忍不住会哭起来。最后肯定是消息传了出去，因为那一天余下的时间同事都刻意躲开我，这也恰好如我所愿。

那天晚上我回家的时候，卢克已经在婴儿床里睡着。他在日托中心里没有打盹，所以睡觉的时间就早了一些。我错过了，我一整天都没有陪他，这一天永远都回不去了。一周五天这样的日子，我怎么忍得了每天只能看到他一个小时？我又在马特的怀里崩溃了。"我做不下去了。"我哭着说。

他抱住我，抚摸着我的头发。我等着他同意，我等着他说听凭我自己选择，说如果我想在家陪卢克，我们就一起想办法；如果我想要找一份新工作，收入减少了我们也能过下去；我们会卖掉房子，搬出这片区域，我们可以不旅游，不存钱，也不出去吃饭。我们可以想尽一切办法。

他开口说话的时候，声音有些紧张："会好起来的，宝贝。"

我呆住了，抬头看向他。我想要他看着我的脸，看着我有多严肃。他了解我，他能理解。"马特，我真的做不下去了。"

我在他的眼中能看到和我一样的痛苦。我又靠到他肩膀上，感觉开始放松了下来。他能理解，我知道他会理解的。他又默默地抚摸着我的头发。

过了一会儿，他又说起话，"坚持住，"他说，这句话像刀子一样刺穿了我，"慢慢就会好起来的。"

几天过去了，几周又过去了。我每天都去上班，如今这份工作就像一个谎言。唯一的宽慰就是，没有迹象表明他们能从限制区域的电脑中追查出任何东西。除了那两天的工作成果之外，看来 U 盘也没有造成很大的损失。我留心所有传闻流言，阅读一切能拿到手的报告。而且除了那个信封之外，我从马特，他们俄罗斯人那边也没有收到任何消息。

中情局最初将关注点放在尤里身上，想要在莫斯科追踪到他。联邦调查局则埋头调查照片上五个人的身份——直到大概一周之前，一位分析员偶然在一个已知间谍招募人的电脑里发现了同样的五张照片，和详细信息。联邦调查局追踪到这五个人，审讯了他们，认定他们与尤里没有关系，很可能只是俄罗斯人想要招募的人。调查局很快就把尤里从日程中抛开——不过又是一个低级别的间谍招募人——不久之后中情局也一样。

我如释重负地喘了口气。对他的关注越少越好。另外，联邦调查局确定尤里没有参与潜伏间谍项目之后，奥马尔对我的怀疑也稍减，至少减少了一点儿。自那以后我和他聊过几次，对话也越来越友好，变得更正常。我发现他还是不能完全信任我，但已经有所好转。

还有彼得，彼得最近来得不多。伯特在一次早会上告诉我们说，凯瑟琳的身体情况恶化得很快，这已经是彼得缺席第三次早会了。会议室里一片安静，海伦哭了起来，其他人也都眼含泪水。几天之后，凯瑟琳去世了，彼得终于回来工作了，但是从那以后就如一具空壳，心碎潦倒，肯定不会去在意我。

马特和我的生活也如履薄冰。我怪他引出这样的事，不止因为他向我撒了这么多年的谎，把我牵连到这种事情里，而且还怪他去找尤里，告诉俄罗斯人所有事情，出卖了我。

家已经不安全了。我换了锁，加装了一个固定插销。我一直关着百叶窗，并且切断了平板电脑、笔记本电脑和无线扬声器的电源，扔进一个箱子，放到了车库里。孩子、马特和我都在一起的时候，我会关上手机，取掉电池，我要求马特也像我一样做。他看我就像个偏执狂，认为我疯掉了，好像这一切都无意义，但我不管。我不知道谁在监视我们，谁在监听我们，但是我要假想有人在做。

那个信封送到后不久的一天，我提前下班，去镇上另一头的商场手机店，确保没有人跟踪我，便用现金买了一部预付费一次性手机。之后，我一直将手机藏起来，我没有告诉马特，甚至不清楚自己为什么这么做，只是感觉自己应该有一部。

孩子是我唯一的救星。我发现自己经常坐在那里看着他们，沉浸在每一个细小的时刻里。家务、煮饭、清洁——现在都无所谓了，我让马特收拾残局，维系生活。而我只是坐着，看着。这是他欠我的。

他也知道这些。他每个星期都给我送鲜花，把房子打扫得一尘不染，饭菜随时备好，衣服都洗干净叠好。照看闹得最凶的孩子，调停孩子的一切争吵，接送孩子，玩耍和课外活动的任务他也全包了下来，好像这样就能弥补近乎葬送我们的谎言，而那谎言依然有可能葬送我们。

那是一个星期五，距离我发现那张照片、距离我们的生活改变已经过去了五周。白天变长，气温升高，树木又绿了，草地绿油油的，春天终于来了。我也终于感觉我们的生活迎来了一个新季节，一个全新的开始。

我提前几个小时下班，准备带孩子去集市。我们把车停在一大片草地上，穿橙色背心的志愿者引导长长的一排商务车和越野车入位。我们艰难地停好车，马特推着双座婴儿车穿过草地，我牵着两个年龄较大的孩子的手。埃拉一路上蹦蹦跳跳，她太兴奋了，一直叽叽喳喳说个不停。

我们整晚都看着孩子们玩各种玩具：旋转茶杯、波浪滑梯、龙形状的迷你过山车。看着他们快乐的表情，那些价格昂贵的门票也都值了。我们用手机拍了照，六个人分了一块油炸蛋糕，溅了一身糖粉的双胞胎成了我们的笑料。

我们站到火车前，小火车绕着轨道跑。当晚最后一班车，四个孩子都上了车——卢克和凯莱布坐一个车厢，埃拉和蔡斯坐上另外一个，四个孩子都笑着。我感觉自己开心得心都要爆掉了。

马特要拉我的手，那么熟悉却又那么陌生的一个动作。几周来，我一直躲着不让他碰。但今天我没有。他的手指绕住我的手指，我感觉到他温暖、柔软的皮肤。但就在这时，现实又猛压下来。我想到俄罗斯人，想到那个谎言，想到 U 盘和随时会来的牢狱危险——过去几周塞满脑子的这些事情——但是过去这几个小时的幸福时光里，我真的没有想过。

我本能地想要抽回手。但我没有，而是牢牢地抓住。

他向我笑了笑，把我拉到身边，一时间只有我们两个人，就像过去一样。我感觉潜意识里的紧张关系开始缓和，或许是时候原谅了，是时候向前看，去拥抱生活，不再生活在恐惧中了。他或许是对的，那个信封不过是个警告。但我并不需要这个警告，因为我永远也不会告发他，而现在我了解了事实，或许他们就不会再找我。我们可以找到抛开这一切的方法。

小火车在起点处停了下来，我走过去抱起凯莱布，另外三个孩子自己爬了出来，蔡斯东倒西歪地跟在两个年长的孩子后面。我们把双胞胎塞进折叠婴儿车里，穿过草地，走回车旁。埃拉紧紧地抓着一只气球，卢克戴着一顶塑料帽，最开始他还坚持自己长大了不适合这样的帽子，但最后还是要了。婴儿车在不平坦的路上颠簸着，双胞胎在婴儿车里却很安静。等我们来到商务车旁时，他们俩都睡着了。

我抱起蔡斯，马特抱起凯莱布，小心翼翼地把他们抱到车上。我们微笑着示意埃拉和卢克安静，努力让他们从持久的兴奋中平静下来。我看着卢克系上安全带，又帮他检查了一下。"做得不错，小伙子。"我说，我瞥了另一侧的马特一眼，他正帮埃拉系安全带，小心地把气球塞进车里。而后我打开了副驾驶座的车门。

我看见了它。

一个马尼拉纸信封，黑色马克笔，我名字的大写字母，放在我的座位上，和上次在我的信箱里的那一封一样。

我当场僵住了。我凝视着，呆呆地凝视着，忽然感觉血气上涌，耳朵嗡嗡作响，别的声音都听不到了。孩子的声音消失了，除了耳鸣什么声音都没有了。

动起来，我在脑中对自己说。拿起来。我确实动了起来，拿起信封，坐进车里。我隐约听到身后有些声音，马特打开驾驶座一侧的车门，上了车，但是我没有转身。我正凝视着腿上的那个信封，眼角的余光瞥见他僵住了，一动不动。我知道他也看见了。

我迫使自己抬起头，和他眼神交流。我们眼神交流了很久，很多无言的思考。

后座上传来说话声，埃拉问我们为什么没有动，卢克问发生了什么。

"好啦，好啦。"马特说，故作轻松的语气，但我能听出来有些异样。"就要发动啦，就要发动啦。"他转动钥匙发动了引擎，倒车出了车位。我又盯着那个信封，知道自己要打开它，看看里面是什么。

谁放在这里的？尤里？别的什么人？他们怎么进到我们锁住的车里的？他们一定是在跟踪我们，他们现在正看着我们吗？

我把信封翻过来，用手指划开密封条。我翻开信封，看到里面——一个 U 盘，褐色的，就像上次马特给我的那个一样，我带到办公室的那一个。我摇晃信封，倒出里面的东西，一小张纸随着 U 盘一起掉出来，一张纸条，同样的大写字母。

就像上次一样。

第 11 章

我盯着那个 U 盘，盯着那张字条。我本该感觉世界就要崩塌。我本该想：现在？我到底什么时候才能再次享受生活？相反，我却出奇地平静。内心深处，我知道这迟早会来，自从我拿到信箱里的第一个信封时就知道。或许我不知道他们到底会采取怎样的方式，但是我一直都知道另一只鞋子终究是要落下的。终于等到这件事发生，使我感到一些安宁。就好像坏消息比什么消息都没有要更好。

马特直视着前方，眼睛落在马路上。他面色苍白，像幽灵一样，但我不知道是不是月光的效果。不过他的下巴绷得紧紧的，显然是因为眼前的事。"你看见了吧？"我说，声音有些不畅。

我看到他的喉头动了动。"是的。"

"我知道他们会这么做的。"我用低沉的语调说。

他从后视镜里看了看孩子，又看向我。"我们会想出办法解决的。"

我扭头看向窗外，看着街灯，直到最后眼前变成一片模糊。马特安静了，孩子安静了，只能听到汽车引擎的声音和马路上的噪声。我闭上了双眼，就是这个，我等的就是这个。我的感觉基本得到了证实，是正确的，但却并未从中得到满足感，一点儿都没有，只有空落落的感觉。还有一种感觉又出现了——这世上一切我爱的、一切对我最重要的都要被夺走了。

我们到家的时候，埃拉也睡着了。我们把四个孩子安顿上床，幸亏今晚他们都睡得很快。我给了卢克晚安吻，拿起婴儿监视器，走出后门。我没有等马特，一人坐在后院露天平台的一张椅子上，在一片黑暗中看着院子，时不时瞥一眼监视器，几个孩子的卧室在带雪花的黑白屏中转换。空气中有些甜味，邻居的花园里飘来花香，偶有蝉鸣，一片安详寂静，直到后门嘎吱嘎吱开了一条缝才打破了宁静。我没有转身。

马特走过来，坐到我身旁的椅子里。他没有马上说话，只是默默地陪我坐着。"抱歉，"他说，"我没想到会发生这种事情。"

"我想到了。"

我眼角的余光瞥见他点头。"我知道。"

我们又回归沉默。

"我可以和尤里谈谈。"马特终于冒险地说。

"说什么？"

又是一阵沉默，我知道他没有任何办法。"说服他不要这么做？"

我大笑，这听起来那么残忍。他根本没有必要回应，这样做实在太荒唐可笑。

"他们也不能放出任何情报。除非暴露我。"他用有些许辩驳的口气说。

"他们会在乎你是否暴露吗？"我尖锐地指出，"我说真的，如果他们不从我身上获得点儿什么，那么安插你在我身边到底有什么意义呢？"

他用脚趾拨弄着一片落叶，没有回答。

我看向黑暗，沉浸在沉沉的黑暗中。"里面是什么？"我说。

"我可以检查一下。"他回应道。他顿了一会儿，向后推了推椅子，站起身，发出刺耳的剐蹭声。他一句话也没有说，走进屋里。我也没有转身，没有看他，随他走去。我只是坐在那里，盯着黑暗中婆娑的树影，陷入自己的思绪中。

卢克两岁的时候我又怀孕了。这一次我没有马上告诉马特。我一整天都保守着秘密，我自己的小秘密。下班回家的路上，我为卢克买了一件 T 恤衫。上面写着大哥哥。那天晚上我给他洗了澡，给他穿上睡裤，那条有恐龙图案的毛绒睡裤。但没有穿睡衣，而是给他套上了那件 T 恤衫。

"给爸爸看看你的新 T 恤。"我悄悄对他说，看着他跑进家庭娱乐房，挺起胸脯。

马特瞥了一眼，然后我看到他的脸色变化。他翻眼看向我，那眼中满是狂喜，和三年前我第一次给他看验孕棒的时候一样。"我们又怀孕了？"他说着，好像圣诞节早上的孩子。

"我们怀孕了。"我说着，也咧嘴笑开了。

几周之后，衣服开始变紧了，肚子越来越大。我终于要收起普通的裤子，穿上孕妇装。我们做过超声检查，看到了"小花生"，是个女孩，于是开始翻找姓名大全，反复思量。卢克喜欢亲我的肚子，用他的小胳膊抱抱我的肚子，说"我爱你，小妹妹。"我第一次感觉到她踢我就是卢克抱着我的肚子的时候。

生活真美好。

"孩子出生后，我要请一段时间的假。"有一天，我们躺在床上的时候我说。这件事我已经想了好几个月了，终于鼓起勇气说了出来。"两个孩子都放在日托中心，差不多是我一个人的全部薪水了……"

他沉默了。我转过头，在黑暗中几乎看不清他的脸。"多久？"

"一两年吧。"

"职位能保留吗？"

我耸了耸肩。"不敢保证。"有传言说要削减预算，新招聘或再聘用几乎不可能。

他又沉默了。"这真的是你想要的吗，亲爱的？你那么辛苦地工作才得到今天的职位。"

"我很确信。"其实我并不确信，完全不确信，但这样说似乎应该是对的。

"好，"他语气坚定，"如果这是你想要的。"

于是我们做了新的预算，只靠马特的薪水生活。不再把孩子放在日托中心的等待名单里。我计划请一段时间的假，并想好了该怎么说。

其实我也早该想到。担心的事情还是来了。"他们准备精简机构，"有一天晚饭的时候马特说，"准备裁员。"我能看到他的嘴唇收紧，显得有些担忧。

那一刻，我感觉心跳都要停了。我的叉子悬在半空，"你的职位还安全吗？"

他在盘子里盛上土豆泥，没有看我。"我想应该安全。"

之后的每天晚上，他都会带来更多的消息：有个人被解雇了，这个人可能被解雇；所有人都是这么说的。而且每天晚上，我都愈发感觉无助。我们没有讨论这件事，但是我知道，我还不能请假，暂时还不行，我的工作是保障。我们就要有两个孩子了，我们需要我的这一份薪水。

于是我等待着，等待着。肚子里的孩子越来越大，肚子也越长越大。我们给她在日托中心登了记，以防万一。很快我就只能挺着大肚子上班了，每隔一小时就要挺着大肚子去女士洗手间，挺着肚子到人力资源部重新做产假计划，确定生下孩子后三个月就回来上班。

就在这一天，现实压来，我没有休假，生活又一次偏离了我的计划。那天晚饭时我告诉马特，"今天我定了回去上班的日子。"我一本正经地说。心里还有点儿希望他能争辩一下，但是我知道他不会的。

"这只是权宜之计，"他说，"等裁员结束……"

"我知道。"我说，虽然心里并不清楚，这一错过便是永恒，我又要将另外一个孩子放进日托中心。我还是没有时间留在家里，不能陪着新生婴儿，不能陪卢克。

"抱歉，亲爱的。"他说。

我耸了耸肩，放下了刀叉。我已经没了胃口。"我也别无选择。"

门开了，马特走出门外。我已经忘了时间。过去了一个小时？两个小时？现在一切都看似不真实。月亮高悬空中，洒下一片银光。蝉鸣已经退了，风也停了。他坐在我身旁。我看着他，等着他说话。他什么都没有说，只是摆弄着结婚戒指。

"有多糟糕？"我终于开口问。

他还在摆弄戒指，一圈又一圈地转着，看起来似乎想说些什么，但却并未开口。

"它有什么作用？"我的语气很平和。

他轻轻舒了一口气。"给他们访问权限，使他们能够侵入网络记录的所有项目。"

"包括保密项目。"

"是。"

正和我想的一样。如果换作我，在他们的立场上，也会这么做。我点了点头，感觉浑身麻木，就好像这一切都不是真的。"这样就相当于我为他们提供了保密信息。"我轻声说。

他犹豫了一下。"差不多。"

"他们可以为所欲为。"

"直到你们的技术人员发现并把他们赶走。"

我试着猜测他们首先侵入的内容——随心所欲地了解我们的特工，以及他们提供的情报——在俄罗斯追踪他们，逮捕他们，甚至更糟。

重启服务器是一回事。但这件事，这会害死人的。

一阵风吹过，我一阵战栗。我抱住身子，听着树叶沙沙地响。我怎么能这么做？如果做了这种事，我又怎么面对自己？

"你们的技术人员，"马特说，"他们很厉害，很快就能找到漏洞。"

"你们的人也很厉害。你自己说过。"我的胳膊抱得更紧，为了保暖，为了寻求保护，也不知道到底为何。"如果他们更厉害怎么办？"

他低头看着自己的双手，没有说话。我忽然意识到自己称俄罗斯人为"你们的人"，而他，也没有更正。

我盯着黑暗的世界。我怎么会落到这一步？怎么会坐在这里，认真考虑要不要做如此可怕、彻底背叛祖国的事情？若真的做了这样的事，我将永远不会原谅自己。

因为我软弱，因为我从一开始并没有反抗——做正确的事，我就越陷越深，每多做一点儿就更难逃出来。所以我放弃了反抗，只能在这条不归路上越走越远。

又一阵风吹过，这一次风稍微大了一些。我听到树枝"咔嚓"折断并重重落地的声音。

我的人生也一直如此吧？很多次我都该坚持自我，做内心深处认为正确的事情——不买这座房子，卢克和埃拉出生后坚持休假，生活将会完全不同。

我感觉一滴雨落在皮肤上，又一滴，好像冷冷的细针在扎。不会就这样结束的，如果我这样做了，只会陷得更深。

"我不能这样做。"我低语道。

更多的雨点落下，越来越快。我听到雨落在平台上，雨水湿透了我的衣服。我负不了这样的责任——使他人身处危险。然后，我又开口，这一次声音更大，更决绝，好似在说服自己。"我不会这样做。"

第 12 章

"不会这样做？"马特说。即使在黑暗中，我也能看到他脸上的惊愕，但惊愕在我眼里变成了另外一种含义，我想应该是沮丧。"你不能就这样……不做。"

"或许我可以。"我站起身走回房里，既是躲雨，也是躲他。我的声音自信，心里却没有底。其实，我根本不知道自己可不可以。或者怎样才可以。拒绝尤里的命令，但是避免牢狱之灾。陪我的孩子。但是我不想他告诉我我不能。

他也跟我进了屋，关上了身后的门，把雨声挡在了门外。"他们会解雇你的。"

我什么都没有说，就上了楼梯，来到楼上的卧室。如果我反抗就不会，我想。但是我没有大声说出来，我知道他会有怎样的反应。嘲笑。就好像根本不可能一样，就好像我根本别无选择。

嗯，或许我会呢。或许我可以反抗呢。

或许我比他想象的更强大呢。

那一天我们吵得很凶，卢克差点儿丧命。我记不清到底是在吵些什么——一点儿琐事，或许是有机水果的事情，因为杂货账单的金额太高。当时我们在车库里，我解开卢克的安全带，把他从车里抱出来，放在地上，从后备厢里取出一个购物袋。马特正从车里搬出儿童安全座椅，埃拉坐在婴儿车里，睡得很香。我们俩都没有注意到卢克骑着新自行车出了车库，到了私人行车道的边上。他用力蹬着车子，车把手朝向马路。

开始我并没有看见，只是听到了自行车在马路上骑行的声音，辅助轮摩擦混凝土的声音。我循着声音转过身，看到他紧紧抓着车把手，骑得越来越快。我还看到——一辆汽车沿着马路向我们家驶来。

我敢说，那一刻时间就好像停止了。我眼中的一切都像慢动作，歪歪斜斜的自行车和行进的汽车都在同一条路上，相撞似乎已经在所难免。卢克，我的卢克，我的心肝，我的生命。我已经来不及冲过去，自行车太快了，我没法拦住他。

于是我大喊了起来，令人毛骨悚然地哭喊，声音那么大，那么疯狂，直到今日我也不敢相信那是从我身体里发出的。我一边喊着，一边以难以想象的速度迈步冲向卢克。我的声音惊到了卢克，他循着声音，转身看向我，车把手也随着身子扭动，自行车失去了平衡，翻倒在地。他摔在私人行车道的边上，结结实实地摔倒，自行车压到了他的身上，刹那间汽车从他身边呼啸而过。

这时我也追到他身旁，抱起他，亲着他的脸。他的脸上挂着泪水，膝盖也擦破了。我抬起头，马特已经站在我们身旁，他也蹲下，抱住卢克。此时的卢克还因擦破的膝盖而啜泣着，根本不知道刚才距离死神有多近。马特也抱住了我，因为我还抱着卢克，不让他离开。我能看到儿童安全座椅还在车库地上，埃拉在里面安睡。

"我的天啊。"马特怔怔地说，"真险啊。"

我说不出话，身体也不听使唤。我只能抓紧卢克，就好像永远也不能让他走了。如果那辆车撞到他，我也一定不想活了，失去他，我也会活不下去，我真的会活不下去的。

"我看见了，自行车，那辆车。"马特说，因为我们都抱在一起，他的声音有些含混。"我看到将要发生的事情，以为无能为力了。"

我把卢克抱得更紧了一些，思量着马特刚才说的话。他看到这些就要发生，他看到了，但是他什么都没有做。我也不能怪他，我尖叫前也没有多想，那是本能。

我有这样的本能，靠着这样的本能救了卢克，而我甚至都不知道自己可以这样。

那天晚上我睡得很香，醒来时信心坚定。我坚信这样做是对的，但也坚信不会让他们把孩子从我身边夺走，也不会让他们送我进监狱。

马特走进浴室的时候我正在刷牙。"早上好。"他说，他从镜子里看着我的眼睛。他看起来休息得很好，不像是承受重压的人应有的状态。

我向前探了探身子，把牙膏沫吐到水槽里。"早上好。"他伸手从我身旁拿过牙刷，挤了些牙膏，也刷起了牙——用力很大。我在镜子里看着他，他也看着我。他吐掉了嘴里的牙膏沫，转身看着我，牙刷悬在空中。

"那么现在该怎么办？"

我顿了顿，又继续刷着牙，思量着，现在该怎么办？我真希望自己知道该怎么回答这个问题。希望自己不要丢掉最后一点儿决心。最后我向前弯腰吐掉了嘴里的牙膏沫说："我不知道。"然后打开水龙头，冲洗了牙刷，我向下看去，他的目光让我很不舒服。

"亲爱的，我跟你说，你不能对他们的话不管不顾。"

我把牙刷放回到架子上，从他身边经过，走出浴室，来到衣帽间。我从衣架上取下一件女式衬衫，又拿出一条裤子。他说得对。尤里知道我做的一切事情：泄露机密情报，删除文件夹，插入U盘。而且他有证据，足够给我定罪的证据。我知道这一点，他也知道。

问题是，他会利用这些做什么？

"我有时间。"我说，和之前一样语气坚定，心里却不自信。我真的有时间吗？尤里不会马上就舍弃马特，舍弃我，他会尝试说服我遵从他的命令，这就意味着我还有时间。

"有时间做什么？"

我低头看着衬衫纽扣，排好，系上。"想出个计划。"说服他不要打扰我，不过现在还没想好。

马特走过来，站在衣帽间门口，他的头发向后竖着，好像刚起床没洗澡一样。如果不是他脸上的表情，这样的发型还有些可爱。令人恼火的表情。"根本就没有计划，薇薇。"

我低头看着衬衫纽扣。一定有办法。尤里手里有我不想泄露出去的信息，如果我手里也有他不想泄露出去的信息呢？"达成互相妥协呢？"

"妥协？"

"比如，互相交换。都保持沉默。"

马特摇了摇头，露出不可置信的表情。"你手里能有什么来交换？"

我只能想到一样东西有交换的价值。我整理了一下衬衫的衣角，抬头看向他。"间谍首脑的名字。"

有了这个想法，我就坚定了。这种感觉是对的，好像这是走出混乱的唯一出路。于是我依然去上班，一天又一天，每天都像拴在办公桌上，加班到很晚，搜寻着间谍首脑。

我又做出了另外一种算法，和之前的思路类似，但稍做了改进。这个算法能覆盖更广的网络，通过监视尤里这种直接从对外情报局获取指令的间谍管理者，就有希望捕获高层的关键人物。

我运行了这个算法，比照了所有联系过尤里的人，或是尤里主动联系的人，甚至他联系人的联系人。我整理出一个潜在人选的清单，清单太长，我需要想出一种方法进行筛选，但在想出办法之前，我会一直调查下去。我给任何可能是间谍首脑的人都建立了档案，包括照片、个人数据、行动记录。

我发现彼得查看过我几次，他看起来对此不解。为什么要在这时候？他问过一次。我需要找到这个人。我回答。

我已经好几天没怎么见过孩子了。回到家时他们早就睡下，有时甚至马特都睡下了。他很烦我这样长时间地工作。他没有直说，但我知道他认为这都是无用功，认为我应该按尤里说的做。但是我不能，我也不会。

我打印出调查结果，有几百页材料。我翻看着材料，看着一张又一张愤怒的脸。这些人里面有一个是间谍首脑，一旦我找出这个人，一旦能向尤里证明我马上就能使整个间谍网络暴露，就能迫使他保持沉默。

麻烦的是，信息太多。我浏览着这些纸页，越来越绝望，我需要某种方法收窄范围，但这需要时间，可是我到底还剩多少时间呢？尤里期望我什么时候完成任务呢？我又会在什么时候收到他的下一个信封？我感觉不堪重负，挫败，害怕。可是，达成妥协是我唯一的希望，不是吗？

我把打印的纸页放进一个文件夹，鼓鼓囊囊一摞。我一只手搭在文件夹上，静静地坐在桌子前。我需要些东西，需要想出个出路。最后我把文件夹放进办公桌的一个抽屉里，锁上抽屉，收拾好了自己的东西。

那天晚上我回家的时候比平时更沮丧。我以为家里应该已经关了灯，安静下来了。但是家庭娱乐房里却亮着灯，马特还醒着，坐在沙发上。电视已经关了，他的双手紧紧地扣在身前，一条腿上下抖着，他紧张的时候就会这样。我很警惕地走了过去。

"发生什么事了？"我问。

"尤里想要做个交易。"

我停了下来。"什么？"

"他愿意做个交易。"他的腿抖得更快了。

我强迫自己往前挪了挪，走进房间，坐到沙发上。"你和他聊过？"

"是的。"

我不知道该继续追问这件事还是听他说下去。只能暂时先不管。"什么交易？"

这时，他的双手绞在一处，双腿仍在不停地颤抖。

"马特？"

他颤抖着缓了一口气。"他们会要求你做最后一件事。"

我盯着他。他突然一动不动。

"如果你做了这件事，薇薇，他们就会销毁截屏，所有的文件夹，你所做的一切都不会再有证据。"

"最后一件事。"我没有用疑问的语气，而是用陈述的语气。

"是的。"

我沉默了一会儿。"背叛我的国家。"

"回归正常生活。"

我皱起眉头。"正常？"

他向我探过身来。"这样我就能退休。薇薇，这之后我们就能彻底与他们了结了。"

我缓缓地舒了口气。**与他们了结**，这正是我想要的。我想要他们离开，我想要正常的生活，我想要这一切都不曾存在。我张开口说话的时候，声音就像在耳语："他们真的同意这样？"

"是的。"我能看出他脸上兴奋的神色，感觉他终于找到了解决办法，为我们想出了出路。"做完那件事。这将是我们应得的。"

这将是我们应得的。我全身一阵战栗。但是要付出怎样的代价？

而且，他们怎样保证能信守承诺？我了解这些人的套路，我研究了很多年俄罗斯人，他们总会有别的事情回来找你。或许不是明天，或许不是今年，但是某一天他们还是会来，不会就此了结。而且那时他们会真正拥有我。

他满怀期望地看着我，等着我的回应，等着我同意，等着我问接下来做什么。

"不。"我说。"我还是不同意。"

第 13 章

　　黑色轿车在学校外，临时停在一条绿树成荫的寂静街道上。轿车的引擎轻轻响着，声音几乎淹没在周围公交车的隆隆声和学童们欢快的叫声和聊天声中。

　　"那就是他。"尤里说。他从方向盘上拿开一只手，朝副驾驶位的车窗外指去。那里有一条环形道路，停了一排黄色的大巴，一条低矮的白色栅栏将学校和社区分开。

　　副驾驶位上的阿纳托利低头看着从他胸前伸过去的胳膊，循着手指的方向朝窗外望去，他举起一支双筒望远镜放在眼前。

　　"穿蓝色衬衫的那一个。"尤里说，"红色背包。"

　　阿纳托利调整望远镜焦距，直到看清男孩，他站在人行道上，就在大巴的旁边，穿着湖蓝色的 T 恤衫和牛仔裤，背包很大，显得有些滑稽。他的朋友说了什么逗得他大笑，缺牙的缝隙清晰可见。

　　"小亚历山大。"他嘟哝着。

这时男孩正在说话，他眉飞色舞。他的朋友们都听着，大笑着。

"他每天早上都在这里？"阿纳托利问，他看了看距离大巴最近的栅栏，离男孩站的位置很近。

"每天早上。"

阿纳托利把双筒望远镜放到腿上，然后，板着脸，目不转睛地观察着男孩。

第 14 章

第二天和第三天上班时，马特的话一直在我脑中回荡：这样我就能退休。

"薇薇，这之后我们就能彻底与他们了结了。"

每次我都会努力把这些话、这种想法从脑中赶走，这正是我想要的。但我怎么能去做他们要求的那些事情呢？——载入那个程序，让俄罗斯人了解我们的秘密，危害我们的特工。我不能，我真的不能。

所以我只能工作。在搜索栏里输入名字，一个接着一个，搜寻这里面每个人的一切，搜寻着某种东西，证明其中某个人可能是间谍首脑，或将某些人从清单中排除来压缩清单。

但是一周过去了，几乎没有任何成效，只排除了少数几个名字，没有找出任何一个可能是间谍首脑的人。

毫无希望。

那天晚上我拖着疲惫的步子回家，孩子们又睡了，马特在那里还没睡，他坐在沙发上，电视里播放着一个节目——某个家装节目。我刚走进屋，他就按下遥控器，电视画面消失了。

"嘿。"我走进屋里，在电视旁徘徊。

"嘿。"

"孩子们都还好吧？"

"还好。"他看起来有些不对劲儿。我不敢说到底是怎么回事，但肯定出了什么问题。他很反常。

"发生了什么？"我问。

"不要担心。"

我张开嘴准备说话，准备争辩，但还是忍住了，我闭上嘴。"好吧。"我要担心的事已经够多了，已经精疲力竭。

我们尴尬地互相看了几分钟，然后他站起了身，拿起桌上的婴儿监视器，向楼上走去。迈出第一步的时候他停了一下，转身看向我。"你还会考虑照他们说的做吗？"

"插入那个 U 盘？"

"对。"

我细细地观察了他，他明显不正常，有什么事困扰着他。"我不能做。我知道你认为我应该做，但我就是不能。"

他久久地看着我，额头上堆起了皱纹。"好。"他说出这个字的方式有些不同，像是认命了，像是了断，我的目光一直紧追着他，直到他在我的视线中消失了很久。

第二天上班时，依然和前一天一样毫无成果，但那天晚上我却没有加班。我很早就回家了，但走进家门的时候，房里却很安静。

已经快到晚餐时间了。卢克和埃拉应该在争吵，蔡斯和凯莱布应该在尖叫，或咚咚地敲打。马特应该在厨房做饭，在调停争吵，用我不知道的方法搞定一切。

然而，屋里一片安静。一种不祥的预感袭来。

"有人吗？"我对着空荡荡的房子说。

"嘿，妈妈。"我听到有声音。我向屋子深处走去，看到卢克坐在厨房的饭桌前，作业摆在身前。我环顾四周，没有看到马特，也没有找到其他孩子。

"嘿，宝贝。爸爸去哪儿了？"

"他不在这儿。"卢克也没有抬头，眼睛盯着身前的试卷，攥着铅笔在试卷上写着。

此时，我的惊慌转为恐惧。"他到公共汽车站接你了吗？"

"没有。"

我几乎喘不过气来。"这是他第一次没有去接你吗？"

"是的。"

我的心脏怦怦直跳。我在包里翻找出手机，在快速拨号菜单里找到马特的号码。电话铃声响起的时候，我瞥了一眼手表，学校还有十九分钟关门，孩子们还在那里吗？电话直接转入语音信箱。我挂断了电话。

"好的，宝贝。"我尽力克制着声音中的惊慌。"我们去学校接弟弟妹妹。"

在车里我又试着打马特的手机，还是转入了语音信箱。他去哪里了？我不断地超车，脚像焊在油门上了。孩子还在那里吗？我甚至都不知道为什么会想这个问题。老天啊，他们可一定别乱跑。

我等不及要去那里探个究竟，又拿起了电话，拨通了另外一个快速拨号菜单里的号码，学校。电话刚响了一声，秘书就接起了电话。"我是薇薇安·米勒，"我说，"我打不通我丈夫的电话，想问问您他有没有接走我们的孩子。"我不断地默默祈祷着。老天啊，他们一定要在那里啊。

"我查查。"她说。我听到纸张翻动的声音，知道她在查看前台的登记簿，我们接送孩子都会在上面签字。"好像没有。"她说。

我闭上了眼，顿感宽慰，但又伴随着新的恐惧。"谢谢。"我对她说，"我在去您那儿的路上。"

孩子们还在那里，谢天谢地，孩子们还在那里，如果能亲眼看到他们，感觉会好千百倍。可是为什么他们还在那里呢？那里就要关门了。马特知道这些规定，而且他也应该知道我不会及时回家来接他们。

恐惧像电流一样穿过我的全身。卢克独自一人在公交车站，独自一人在家，其他孩子被扔在学校。早就过了接孩子的时间。

马特走了。

天啊。马特走了。

"妈妈！"汽车后座传来卢克的声音，惊醒了我，我朝后视镜瞥了一眼。他睁大双眼看着我。"绿灯了！"

我朝他眨了眨眼，然后看向前方，绿灯变成了黄灯，后面的一辆车朝我按着喇叭。我踩了一脚油门，加速冲过红绿灯路口。

我回想起昨晚我们两个说的话。我说我还是不会做他们希望的事情。他说"好"的方式，他脸上的神态，他是不是终于意识到无法说服我载入那个程序，因此没有必要再逗留？但是这也不意味着他会让孩子们自己照管自己，不顾他们会发生什么。这不像马特。

我们赶到学校，开过马路牙子。我把车停进一个车位，勉强停在两条停车线之间，刹车踩得太重，手提包从副驾驶位滑到了地上。我拔出钥匙，匆匆抱出卢克，冲向前门。我用余光扫了一眼时钟——晚了两分钟，二振还要罚款，每个孩子每分钟五美元——但是我不在乎。我刚进门就看到了他们三个，在前台旁，和主任一起等着。

我一下子安心了，也不知道为什么。我不知道为什么看到他们之后会这样如释重负。我是觉得俄罗斯人可能伤害他们？我不会认为马特会带走他们或伤害他们吧？我不知道，我不知道该怎么厘清此时脑中混乱的想法，但我并不在乎。

我张开双臂，紧紧地抱住他们，根本不在乎我在主任眼中是多么疯狂，全家人在大堂拥抱可能又要耗掉一分钟，又要十五美元。此时我只关心他们在这里，和我在一起。

我永远、永远也不会让他们离开我。

我们立遗嘱的时候已经很晚了，其实卢克出生之前我们就该立下遗嘱。但是直到有了两个孩子，我们才不紧不慢地来到华盛顿特区，来到白宫前街一座高楼里的律所，坐下来和律师谈这件事。

立遗嘱本身很简单，没用多少时间。我们指定我的父母为遗嘱执行人，一旦我们两人都遭遇不幸，将由他们处置我们的财产，同时还指定他们为孩子的监护人。这样的安排并不理想，但是我们两人都没有兄弟姐妹，也没有足够信任的亲朋好友。

从律所开车回家的路上，我说起这件事，如果我们都遭遇不幸，他们要怎样照顾孩子。"我不知道他们会怎样解决卢克的坏脾气。"我笑着说，转头看向后座上熟睡的卢克。"我们俩至少还是要有个人一直伴在他身旁。"

马特一直看着路，没有回头。我看着他，嘴角的笑意渐渐散去。"你还好吗？"我问。

他的下巴绷得紧紧的，双手紧握着方向盘。

"马特？"

他匆匆瞥了我一眼。"嗯，嗯。还好。"

"你在想什么呢？"我追问道。他表现得有些奇怪。是因为遗嘱的事吗？还是因为我的父母成为了监护人？

他犹豫了一下。"只不过在想，如果我遇到不幸该怎么办？"

"啊？"

"比如，就我一个人出事。如果我不在你身边会怎样？"

我轻声一笑，有些许不安。

他回头看向我，眼神很严肃。"我是认真的。"

我扭开头，看着风挡玻璃，看着车子从我们左侧超过，其实我根本没有真正考虑过这个问题。孩子们当然会有问题，从他们刚出生时起，需要观察他们在婴儿车里能否正常呼吸。后来，他们稍微长大一些，又要操心他们吃饭。我一直有一种莫名的担忧，害怕自己会离他们而去。他们的生命如此纤柔，如此脆弱，但是我从来没想过会失去马特。他是我的基石，一直存在于我的生命中，一直陪伴在我的身边。

这时我开始考虑这个问题。我想到可能会接到一个电话，警察告诉我马特在车祸中丧生。或是站在一位外科医生面前，听他讲马特犯了心脏病，他们已经尽力了。我的生活将留下巨大的空洞，变得不完整。于是我老老实实地回答："天啊，我不知道。我觉得自己可能撑不下去。"

这种想法与说法使我内心产生了动摇，感觉好像不再了解自己了。那个独自一人横跨四大洲旅行的女孩，那个研究生期间为了能住单间而做两份工作的女孩怎么了？就过了这么几年，我怎么就变得这么依赖别人？

"你必须撑下去，"他轻声说，"为了孩子。"

"是的，我知道。我的意思是说……"我扭头看向他，他直视着前方，下巴的肌肉抖动着。我的思绪被搅乱了，我闭上嘴，回头向风挡玻璃看去。

"如果我遭遇任何意外，薇薇，不论付出怎样的代价也要照顾好孩子。"

我扫了他一眼，看到他额头上的皱纹，和一脸的焦虑。他不相信我没有他也能独自照顾孩子？他真的这么看轻我吗？"我当然会。"我为自己辩护道。

"不论付出怎样的代价。你要忘记我，坚持下去。"

我一头雾水，不知道他为什么会说这些，为什么会想这些。完全不知道该怎么回应，我只想这次对话赶紧结束。

他看着我，令人不安地好长时间没有看路。"答应我，薇薇，答应我你会为孩子做一切事情。"

我抓住车门，紧紧地抓住。我为什么要答应他这些？我当然会的。那一刻，我感觉自己不及一个普通人，远远不够好。我开口说话的时候，声音像蚊子一样。"我答应你。"

　　我载着四个孩子回到家，用微波炉加热了晚饭，把他们都安顿到饭桌前。他们都不停地问起他——爸爸去哪儿了？爸爸什么时候回家？而我根本不知道该怎么回答这个问题，只能说实话。我不知道。希望很快就能回吧。

　　卢克几乎没有动晚餐，埃拉很安静。其实我也不应该奇怪，马特是他们的依靠，只要他们需要就会出现。

　　我不一定会何时出现。他不是。

　　我给他们四个都洗了澡，穿上睡裤，这段时间我一直在等他走进门，等着我的电话铃响。我不停地看手机，害怕来了短信却没听到提示音，尽管我已经检查过好几次铃声音量。我刷新了电子邮箱，尽管知道他已经好几年没有给我写邮件了。

　　他肯定会用某种方法和我联系的，是吧？他不能就这样消失了。

　　我终于把他们都安顿上了床，然后独自一人下了楼。我洗了碗碟，擦干。屋里一片寂静，令人感觉孤单难耐的寂静。我捡起玩具，放回到玩具箱里。我感觉就像在时间中漂浮，就像在等待他走过房门，抱住我，为回家太晚道歉，就好像我意识到他可能不会再回来，可能已经走了，但是我无法消化这个事实，无法相信这件事会发生。

　　我回想起多年前那一次尴尬的车程，想起那一段对话。如果我遇到不幸该怎么办？如果我不在你身边会怎样？这些话是警示吗？是他在警示我，有一天他可能会消失吗？

　　我摇了摇头。这讲不通，他不会这样离开，他不会就这样把孩子扔在那里。

　　直觉告诉我，他出事了。他遇到了危险。但是我又能怎么办？我不能去找当局，我完全不知道如何找到他，也不能告诉别人，我甚至都不确定他到底有没有遇到麻烦。

恐惧和绝望在我心里搅作一团。

我想起赶往日托中心时的惊慌，因孩子而惊慌。如果我认为马特遇到了麻烦，出了事，难道不应该也为他惊慌吗？我现在不就应该有这样的感受吗？

或许我错了，或许内心深处我认为是他自己离开的，或许我很高兴他这样做。

这时我脑中闪过一个念头。如此明显的事情，不知道为什么我之前没有想到。我走进卧室，来到衣帽间，从架子上拉下那个装着正装鞋的鞋盒。跪坐到地毯上。我几乎不敢打开它，害怕我所发现的，尽管我已经知道答案。

我打开鞋盒，看到了那双鞋，里面空空如也。

枪没有了。

这不是真的，不可能是真的。我依然盯着那空空的鞋洞，好像那支枪会再出现一样。他离开了。这几个字在我脑中不断回响，我伸出手指揉着太阳穴，好像这样就能挡住这些想法一样。他没有，他不会的，肯定还有别的解释。

最后，我伸手从后裤兜里抽出手机，在快速拨号菜单里翻出一个号码。

"妈妈？"我听到了电话另一头她的声音。

"宝贝，出什么事了？"

我什么都还没有说，她怎么就知道我出事了。我咽了一口唾沫。"你能和爸爸过来住一段时间吗？我需要帮手照看孩子。"

"当然可以。没事吧？"

我的眼睛也湿润了。不知道该怎么说。

"宝贝，马特去哪儿了？"

我努力地整理思绪，努力地张开嘴。"走了。"

"多久？"

我哽咽了。"我不知道。"

"哦，宝贝。"我妈妈说，声音有些不忍，我再也忍不住了，默默地哭泣，在黑暗、孤独的房里，泪水模糊了我的双眼。

第 15 章

　　一夜过去了，没有任何关于马特的消息。等到早上，我已经不再期盼。我依然不知道是他离开了，还是他发生了意外。我也不知道为什么自己没有特别绝望，为什么我会感觉这一切都不真实。

　　四个孩子围坐在厨房饭桌前，年纪大一些的两个面前各摆了一碗谷物粥，双胞胎的餐盘里散乱地盛着奥利奥和蓝莓碎。我在操作台上准备卢克的午饭——又是另一些马特经常会做的事情——热第二杯咖啡，我又是一夜没睡。门外有人敲门，轻快的叩击声。埃拉喘了口气，"爸爸？"她尖叫道。

　　"爸爸不会敲门的。"卢克对她说。她嘴角的微笑一下子就没了。

　　我打开门，妈妈兴冲冲地进了屋，带来一阵香水味，两只胳膊下各夹着一个鼓鼓的购物袋，也不知道里面都装了些什么，可能是给孩子的礼物。我爸爸紧跟了进来，稍微有些犹豫，比起平时来，有点儿局促。

　　我没告诉孩子他们要来，也不确定他们什么时候能到。此时他们到了，孩子们都兴奋异常，特别是埃拉。"姥姥和姥爷来啦？"埃拉看到他们，高兴地尖叫起来。

我妈妈径直来到厨房饭桌前，把手里的袋子放到桌边，搂住埃拉，然后搂住卢克，又亲了亲双胞胎的脸颊。我看见她亲到的地方留下了口红唇印。

"妈咪，他们为什么来这儿了？"埃拉转向我问。

"爸爸不在的时候，他们来帮忙。"我说。我在面包上抹着果酱，和妈妈做了极短的眼神交流，便迅速转移目光。爸爸在咖啡机旁边徘徊，好像有些无所适从。

"他们要在这里待多久？"埃拉追问道，"爸爸多久能回来？"

房间一下子就安静了。我的父母突然僵住了，我能感觉到他们的目光落在我身上，所有人的目光都落在我身上，等待着我回答。我只能看着眼前的三明治，完全记不起卢克喜欢三角形还是四边形。妈妈突然插话："礼物！我准备了礼物。"

她俯身伸手往袋子里掏去，孩子们立刻喧嚷起来，渴盼着袋子里的礼物。我慢慢地缓了口气，再抬起头时，发现爸爸仍然看着我，他似笑非笑，很不自在，然后看向别处。

孩子们分走各自的礼物——毛绒玩具、彩色图画本、手指绘画用的颜料。吃完早饭时，我已经准备好了埃拉的书包，帮她找到了准备展示的东西——今天要讲的是字母 w，我们选定了公主魔杖，闪闪发光的那个。我抱了抱卢克和双胞胎，又吻了他们，然后给旅行杯里装满了咖啡。

随后我告诉爸妈卢克乘坐的公交车的时间，还有站台位置。"你们真的可以照看双胞胎？"我问。他们还主动要求照看埃拉，但是照看两个孩子比照看三个要轻松很多。我告诉他们不要担心，埃拉可以像往常一样上学。

"当然。"妈妈说。

我手里拿着车钥匙，犹豫了一下。"谢谢，"我说，"谢谢你们能来这儿。"我强忍着泪水，低下头，害怕一直这样看着妈妈，泪水就会决堤。我接下来说的话就像在耳语。"我一个人根本做不来。"

"不要这么说。"妈妈拍拍我的手，"你当然可以。"

埃拉还不到一岁，我第三次怀孕了。那真是一次意外，我们根本没有讨论过何时要——或到底要不要——第三个孩子，当然也没有尝试去怀孕。但是我们却收起了孕妇装，打包了婴儿的衣服。这些我都没有扔掉，马特也没有提过。我们不过是把这些东西放进地下室，放进储物区，还有婴儿浴盆和儿童秋千等东西都放在一起。我想我们两个都认为还应该再要一个孩子，不过不要这么快，当然不要这么快。

那天我提前下班，在回家的路上为埃拉挑了一件 T 恤衫。那么小的 T 恤衫真的很难找，但我还是找到了。一件小小的粉色 T 恤衫，配着紫色的字母，**大姐姐**。我给卢克穿上了**大哥哥** T 恤衫，上次买的还能穿得下。马特打电话说已经在回家路上时，我的心怦怦直跳。我知道他会很激动，也会有一点儿害怕，甚至有一点不知所措，就像我一样，但还是会很激动。

我听到钥匙插入锁孔的声音，叫来两个孩子，让他们面对着他——埃拉我抱在怀里，卢克站在我身旁。他走了进来，像以往一样开心地和他们打了招呼，弯腰亲了我。然后我看到他的目光落到 T 恤衫上，先是落在卢克身上，然后是埃拉。他的表情僵住了，整个身体都僵住了。

我等着他露出笑容，头两次怀孕时他满脸洋溢着喜悦，但这次他并没有笑，他只是问："你怀孕了？"语气里有责备的意思。

你怀孕了。这个字刺痛了我。前两次怀孕，他都不停地说我们怀孕了，闹得我都有些烦了。我甚至还痛斥过他几次，提醒他我每天会孕吐，我要忍受着胃灼热和背痛。但是现在我极度渴望他能再次说出这句话。那样我们就是共同承担了。

"是的。"我说，尽力掩饰内心的想法。他在震惊中，他很担忧，给他一些时间，让他调整一下，容他兴奋起来。

"你怀孕了。"他说，脸上依然没有笑容，然后补了一句毫无感情的"哇哦。"

那天晚上我开始出血，我记得内裤上的血，记得当时有多恐惧——最开始是褐色的，抽搐之后变成红色的。我给医生打了电话，这种情况我们都会这样做的，对吧？电话对面是很沮丧的声音。已经无能为力了。然后提出了流产的概率，四分之一。好像这样就能让人好受些一样。我记得在浴室冰冷的瓷砖上蜷成一团，没有吃止痛药，因为我想感受这痛苦，这是我欠她的。

她。她是个女孩，我能感觉得到，我能看到她那小小的脸庞，那永远也无法降生的小生命。

我不能叫醒马特，告诉他这个噩耗，在他对我怀孕的消息有那样的反应之后。回想他的表情，他说的话——他不可能像我一样心碎，我敢肯定。我需要自己去承受这一切，失去我的孩子，哀悼我的孩子。这是我一生中最痛苦的经历，而我想独自承受。

对不起。我对着她低语道，抽搐越来越剧烈，疼痛几乎难以忍受，眼泪从我的脸上簌簌流下。我甚至都不知道为什么要哭，可能是马特的反应。在极为短暂的存在里，她感受到的难道不应该只有爱，只有兴奋，只有喜悦吗？真的对不起。

然后是痛，我以为不可能更痛了，却真的更痛起来。我完全直不起腰，不能动，全身流汗，紧咬着牙关才没有尖叫起来。我感觉要死了，就是那么糟。到处都是血，特别多的血。没人告诉我这和生孩子一样，会那么痛，我再也忍不住了。正当我准备喊叫的时候，马特出现在我的门口，他抱起我，就好像他可以感觉到我的痛一样。

"好了，好了。"他轻声说，但是他说错了，大错特错，因为一点儿都不好，这一切都不好。他随着我摇晃，在地板上前前后后地摇晃着。这时我内心所有的情绪都喷涌而出，我低声啜泣了起来，我完全无法控制自己，因为我不想让他在这里，因为我失去了孩子，因为生活不公。

"你为什么不叫醒我？"他问。我的头埋在他的胸前，我能听到他的心跳，他说话时的振动，比说话的声音还要响亮。

我脱开身，抬头看着他，低声说了真话："因为你不想要她。"

他往后一缩，瞪大了双眼，我能看出他眼中的痛苦。愧疚如洪流般涌遍我的全身，这也是他的孩子，他当然想要她，我还能说出比这更伤人的话吗？

"你为什么会这么说？"他问，说话的声音很小。

我低头看着地面，看着瓷砖间的灌浆，周围的气氛很是凝重。

"我当时吓到了。"他承认说，"我的反应不对。"我抬头看着他，但是他眼神中的苦痛远非我能抚平，于是我背靠在他胸口上，他的T恤沾满了我的泪水，湿冷的。我感觉到他在犹豫，之后他抱住了我，那一夜我第一次感觉一切都会好起来的。

"对不起。"他低声说，那一刻我知道自己错了，我从来都不该做最糟的假设，我从来都不该独自承担。"我爱你，薇薇。"

"我也爱你。"

下午晚些时候，妈妈给我打来电话，告诉我她从学校接走了埃拉，爸爸从公交车站陪卢克走回家，卢克不知怎么弄丢了背包，但所有人都回家了，平安无事。我如释重负。她第三次提到背包的时候，我终于忍不住有些恼怒地告诉她，我不在乎那个背包，我们可以给他再买一个。我关心的是孩子的安全，我甚至都没有意识到自己在等她的电话，等着确认接孩子的过程是否顺利。

这一天我疯狂地工作，在搜索栏里输入名字，梳理记录，拼命地要找出间谍首脑，要取得些进展，要掌控局势。但毫无结果，又是徒劳的一天。又浪费了一天。

工作八小时后，我准时下班，到我们家的街道时，已经暮色降临。我把车开进私人行车道，然后停了下来，我向房里看去。屋里的灯亮了，透过窗帘能看到我爸妈和孩子的身影。

这时，有什么东西吸引了我的目光——门廊里有个人影，坐在一把椅子上，躲在暗影里。

尤里。

即使没有看到他的身形，我也知道是他。这是第六感。

我的心七上八下，他在这里做什么？在这里，我的家里，离我的孩子就几步之遥。他想要什么？我想都没想，拔出了车钥匙，伸手抓起包，目不转睛地盯着他。我从车里出来，向门廊走去。

他一动不动地坐着，观察着我。他本人比照片里更高大，更凶恶。他穿着牛仔裤，黑色衬衫，最上面两个纽扣没有系上，脖子上戴着金链子，上面挂着一个坠子，脚上穿着黑色的靴子，是军靴。我在他面前停下来，心里希望门不要开，这样孩子就能躲在屋里面。

"你在这里做什么？"我问。

"来坐下，薇薇安。"他说话有些口音，但并没有我想象的重。他示意了一下身旁的椅子，让我坐在那里。

"你想要什么？"

"谈一谈。"他顿了一下，看着我，等着我坐下，但是我并没有。而后他略微耸了耸肩，站了起来。他伸手从屁股口袋里掏出一盒烟。他的臀部别着一个坚硬的东西，透过衬衫能看到轮廓。

可能是手枪套。此时我的心跳加速了。

他拿起香烟盒在手掌上敲了敲，一次，两次。还一边打量着我。"我会很快的，我知道你的孩子在等你。"

他提起孩子惊得我一阵颤抖，我的目光不由得转向他的臀部。

他打开了烟盒，抽出一支香烟，又合上了烟盒。他的动作并不快，一举一动都不快。"我要你去解决 U 盘的问题。"

一瞬间有个想法从我脑中闪过——他不应该在这里点烟，我不想要香烟的味道在门廊里弥散，不想让孩子们吸到烟。这种时候我竟然还会去关注这种事情。

他把香烟放在两唇之间，伸手从前兜里掏打火机。他的衬衫衣角翘起来，正好露出臀部的黑色塑料套，很明显是一个手枪套。"你做完这件事，我们各取所求。"他说话的时候，香烟在嘴里上下摆动着。

"各取所求？"

他点了打火机，一下、两下，火焰燃了起来，他把火送到香烟前，直到烟头闪烁起橙色的光。然后他看向我，耸了耸肩。"当然，我的程序载入了，你就可以回归自己的生活，可以和孩子们一起生活。"

孩子们。不是丈夫和孩子们。"那马特呢？"我脱口而出。

"马特？"他脸上闪过一丝疑惑。然后他笑了起来，把烟从嘴里抽出来。"啊，亚历山大。"他笑着摇了摇头。"你真是幼稚啊。但那时亚历山大利用的就是你的幼稚，对吧？"

我心里一阵恶心。他吸了一口烟，吐出一些烟雾。"不就是他把你牵扯到这里面的吗？不就是他背叛了你吗？"

"他不会背叛我的。"

"他已经背叛了，"他又笑了一会儿，"你告诉他的事情，他全都告诉了我们，很多年了。"

我摇着头。不可能。

"你的同事？他们叫什么来着，玛尔塔？特雷？"

我感觉肺挤作一团。马特否认做过这些，他发过誓，而且我也敢发誓他说的是实话。

尤里脸上的笑容消失了，只留下冷冷的表情。他眯起眼，把烟从嘴里拿开。"我们不要废话了，像专业情报人员一样谈谈吧，你不想这一切都结束吗？"

他等待着我的回答。"想。"我说。

"你知道你别无选择。"

"我有选择。"

他嘴角一翘，似笑非笑的。"坐牢？你真想这么选择？"

我心跳加速。

"如果你拒绝合作，我有什么理由不向当局举报那些搜索结果呢？"

"马特。"我低声说，但是就算我这么说，心里也知道这不是个理由。

他笑了，又使劲儿吸了一口烟。"你的丈夫早就走了，薇薇安。"他的话从一团烟雾中飘出来，那烟雾像能渗入一切东西里。

"我不相信。"我低声说，尽管我也不知道到底该相信什么。

他盯着我，脸上是我读不懂的表情。他又弹掉了香烟头上的烟灰。"不过他想要我们照顾你。"

我紧随着他的目光，屏住了呼吸，等着他继续说下去。

"我们会付钱给你，足够你养孩子，可以用很久。"

我盯着他，看着他又吸了一口烟，从鼻子里慢慢地喷出烟雾，看着他看向街道。他把烟头扔到门廊上，用靴子跟捻灭了烟头，目光犀利地看着我。"你是孩子的唯一依靠。不要忘了。"

那次流产之后，我一心想再要一个孩子。失去那个孩子令我心碎，那个小姑娘的面容还时常落入我的梦中。每次我看到孕妇，都会把她们的肚子和我本该有的模样对比，每到那时我的心都会痛。我想成为那个穿着弹力裤、脚踝肿起来的人，我想把客房改成育婴室，折叠新生儿的小衣服。

最重要的是，我想重新要一个孩子。我知道永远也得不到那个失去的孩子，但是我还想要一个。有个婴儿可以拥抱，可以抚养，可以去爱，可以去保护。我想要再有一次机会。

两个孩子上日托所我们还负担得起，但是三个就困难了。马特立刻就指出了这一点，而我也一直无法忘怀他在我上次怀孕时的反应。所以虽然我很想怀孕，但还是等卢克上了幼儿园才开始再次尝试。

这一次，验孕棒的线变成蓝色时，我心里很害怕。害怕又失去这个孩子。害怕马特的反应会跟上次一样。所以我一个人保守着秘密，过了一天、两天。我一直等着再次流血，直到最后也没有发生，我这才决定告诉他。

我没有特别筹划，**大姐姐** T 恤衫那一次是一段痛苦的回忆。孩子们睡去之后，只有我们两个，依偎在沙发上看电视，我举起验孕棒，等待着。

他看了看验孕棒，又看了看我。"我们怀孕了。"他低声说，他的嘴慢慢咧开，笑了起来。随后他抱住我，抱得太紧，我都担心会挤坏肚子里的小生命。

几周之后，我们做了第一次妇科检查。我一直数着日子，急切渴望这次能够确认一切都好，每次上厕所都怕会看到血。我坐在超声仪旁的椅子里，头脑中又涌起新的恐惧，我害怕孩子没有心跳，害怕会出问题。

布朗大夫开始做检查。马特抓住我的手，我看着超声仪屏幕，一阵惊慌，我也紧紧抓住他的手。我们看着她挪动超声仪探头，寻找着合适的位置，选择恰当的角度，等待着画面从模糊变清晰。我急不可耐，想要看到肚子里的活动，想要看到跳动的心脏。终于，我看到那个小团子，是心脏在跳动。

在那个跳动的心脏旁边，还有另外一个。

我紧紧盯着屏幕，心底清楚地知道自己看到了什么。然后我转过头看向马特，他也能看到，他的脸色变得苍白，冲我笑了笑，但笑得很不自然。

他可能有些害怕、紧张，不管怎样，我都非常兴奋。双胞胎，不止一个孩子可以抱抱，是两个。就好像给了我一次机会，使我得到一年前丢掉的那个孩子。

开车回家的路上，我们都没有说话，想着各自的事情，最后还是马特先开了口。"我们该怎么办？"

我不确定他是什么意思，是说供养四个孩子，还是在夜里照料两个婴儿，亦或是钱的问题或别的什么。我猜想着他思虑的问题，这也恰恰是我心里想的，于是我说："我待在家里。"

马特紧紧地抓住方向盘，抓得太紧，我都能看到他指关节上抻得紧紧的皮肤。

"至少要待一段时间——"

"可是你不会怀念工作吗？"

我看向风挡玻璃外，"可能会。"我没有再说什么。我知道自己会怀念工作，会怀念为国家做出贡献的渴望，会渴望看到自己开发出的新方法是否真的帮我们找到了潜伏间谍。"可是我会更想念孩子。"

"但是最后——"

"最后我会回去工作的。"反正我希望能回去。等孩子都上了学，等我不再感叹时间流逝时，等我能真正专注于工作，能投入足够的精力，不再感觉生命中的一切事情都做得不够满意时。

"可是你能回得去吗？"他扫了我一眼。

我没说话，其实，根本不敢保证我能回去。早有传闻说削减预算的提案就要通过了，招聘也处于停顿状态。如果我离开了，可能就永远也回不去了。

"医疗保险恐怕是个问题，"他说，"但我们幸亏有你的保险。"他摇了摇头，接着说："我的保险范围小，保费也太高。"

我扭开头，看向窗外，他说的也是实情。马特的工作有很多好处，但医疗保险不好。"我们很健康。"我说，我不想现在就杞人忧天。

"只不过双胞胎有时会有并发症……"

旁边车道上有一辆车呼啸而过，开得太快。我没有回应他。

"而且只有一份薪水也要适应一段时间。"

我的胃忽然有些不舒服，胸口也有些闷，一时间我忽然有些担心肚子里的孩子。我不能压力太大，我要平静下来，我做了一次深呼吸，又做了一次深呼吸。

"而且你也知道，孩子总会长大的。"他说。

"我知道。"我说，声音很小，外面的一切都模模糊糊的，如果这次我不是从职业阶梯的攀升中暂时休息一下呢？如果我再也上不了这个阶梯了呢？工作是我身份的一部分。我准备好放手了吗？

我两样都想要。既要陪孩子，又要有成功的事业。但这似乎不可能。

过了一段时间，他拉住了我的手。"我只不过不知道该怎么办。"他轻声说，"我只希望我们能过上好日子。"

我看着尤里离开，走向街对面停的一辆黑色四门轿车，华盛顿特区的车牌——红、白、蓝三色。我读了车牌号，默念着，一遍、两遍。我看他发动车子，开出路边，沿着街道一路远去，直到尾灯也不见了，便立刻从包里拿出笔和一张碎纸，匆匆记下车牌号。

记下车牌后我就瘫坐到地上，双臂抱住双膝，我不由自主地颤抖着，刚才的一切是真的吗？

我之所以陷入这些麻烦，就是因为要保护马特，让他陪着孩子，尽可能维持正常的生活。可现在，他却走了。

他在玛尔塔和特雷的事情上骗了我。他和尤里说过他们，他肯定说过。我怎么能如此轻信他？他为什么不直接告诉我真相？他的面容在我脑中挥之不去，我忘不了他发誓从未对外透露情报时的样子，没有一丝伪装。我真的无从辨别哪个是谎言，哪个不是。

还有孩子，天啊，我们的孩子。你是孩子的唯一依靠。尤里说得对，不是吗？如果我进了监狱，他们会发生什么？

我听到身后的门开了，门嘎吱嘎吱响，听上去真该修修了。"薇薇安？"是妈妈的声音。接着传来脚步声，越来越近，她伏到我身旁，身上的香水味飘来。"噢，宝贝。"她轻声说。

她抱住我，长大之后她就再也没有这样抱过我。我的头埋到她温柔的怀抱中，变得像个孩子。

"薇薇安，宝贝，怎么了？是马特吗？你有他的消息了？"

我感觉就像快要淹死了一样。我摇了摇头，依然偎依在她的怀里，她抚弄着我的头发。我能感觉到她身上散发的爱意，也能强烈地感觉到她想要解决这个问题，想要带走我的痛苦，能感觉到她愿意为我做任何事情。

我慢慢地挣脱开，看着她。在暗夜中，屋里的灯光透过门窗洒在她的脸上，她的面容因忧虑而有些变形，不知怎的，我突然觉得她老了很多。她和父亲还能健康地生活多久？肯定不够照看我的四个孩子，不够把他们养大。

如果我进了监狱，真不敢想象他们会怎样。

"会有消息的，宝贝。我敢肯定会有消息的。"但是她脸上却写满了犹疑。我熟悉这个表情，是在怀疑自己。可能是意识到马特并不是她想象中的那种人，她原以为马特不可能是那种突然消失不见的人。我不想看到这样，不想看到怀疑，也不想听安抚我的谎言。

她换了个姿势，坐了下来，紧紧地靠在我身旁。我们安静地坐在那里。她一只手抚着我的背，温柔地抚摸着，就像我对我的孩子一样。我听到蝉鸣。一辆汽车车门开了，又关上了。

"发生了什么？"她轻声问，我知道从我第一次打电话时她就想问这个问题。"马特为什么离开了？"

我直视前方，是凯勒家的房子，蓝色的百叶窗拉上了，有几扇窗户里透出点点灯光。

"如果你不想说，也没事。"她说。

我真的想说一说。我有种难以抑制的冲动，想要一吐为快，把一切都说出来，把秘密与人分享。但是让我妈妈承受这样的负担不公平。不，我不能这么做。这是我的问题，我要独自承受。

但是我必须告诉她一些事情。"他过去有些事情。"我小心地措辞，"从来没和我讲过的事情。"

我眼角的余光瞥见她在点头，好像我说的恰和她预料的一样，不是很令人吃惊。我想象着我打电话的那个晚上她和爸爸闲坐在一起，努力想要弄清发生的事情。我克制住想笑的冲动。噢，妈妈，根本不是你想的那样。

"在你们相遇之前？"她问。

我点了点头。

她过了一会儿才回应我，好像在整理思绪。"我们都犯过错。"她说。

"错在没有告诉我实情。"我轻声说，因为这话是真的，并非一时的软弱使我们落到今天的地步，是吧？那是十年谎言的结果。

我看到她又在点头。她还在抚摸着我的背，不停地转着圈。凯勒家有间房子的灯灭了。"有时，"她略有些迟疑，"我们会想，隐藏事实才能更好地保护深爱的人。"

我盯着黑下来的窗户，那小小的长方形窗户变成了黑色。我现在就在这样做，不是吗？想要保护我的家庭。我回想自己在电脑前工作的样子，光标悬在删除键上。

"当然，我不了解细节。"她补充道，"但是我知道马特是个好人。"

我点了点头，泪水刺痛了双眼，只能强忍着不要流下来。我知道马特是个好人，不会突然玩失踪。

但是，如果我们所了解的马特根本就不是真正的他呢？

孩子们都上了床，妈妈和爸爸进了临时客房——房间一个小角落摆着的一张折叠沙发——我独自一人坐在家庭娱乐房里，周围一片沉寂。

尤里来我家了。事情不会就这样结束的。他们不会善罢甘休，像对玛尔塔和特雷一样对我。

我做了违法的事，而他们有充分的证据，能把我送进监狱。

他们拥有我。

尤里的警告一直在我脑中回荡——你是孩子的唯一依靠。确实如此。马特离开了。我不能一直这么等着他，等着他突然出现，扭转局面。我需要自己解决这件事。

我要抗争。

我不要坐牢。

只要尤里手中有我的把柄，想要自由就不可能。只要尤里手中有证据。这个想法惊醒了我。如果他手上不再有证据呢？

中情局手上没有任何我的证据，只有俄罗斯人有，只有尤里有。

放在我们家信箱里的东西，他肯定有副本——能够证明我看过马特照片的打印文件——他就是用这个勒索我的。如果我找到他手中的副本，然后销毁呢？他就没有筹码了。当然，他还是可以向当局告发，但那时我们就能势均力敌。

就这样定了。就这样解决，我可以避免牢狱之灾，陪孩子一起生活。我这就去销毁证据。

这就意味着，我得找到他。

肾上腺素突然涌上来。我站起身，走向门厅，在工具袋里翻出记下了尤里车牌号的纸片。

然后我来到双胞胎房间的衣帽间，从最顶层的架子上拉出一个塑料盒。里面装着穿不下了的衣服。我四处翻找，看到那个预付费一次性手机。我回到家庭娱乐房，找到奥马尔的号码，卸掉手机电池，用一次性手机拨通了电话。

"我是薇薇安。"他一接通电话我就说，"我要你帮个忙。"

"说。"

"我要你帮我查一个车牌号。"

"好的，"这时他略微有些犹豫，"能告诉我为什么吗？"

"今天有一辆车开到了我们住的地方。"到现在我还说的是实话。"就停在那里。看起来很可疑，可能也没什么，但我觉得有必要查一下。"撒这个谎比我想象的还要简单。

"好，当然。稍等。"

我听到电话另一端有脚步声，想象着他打开电脑，登录到调查局的数据库，从那里可以调取任何地方的车牌登记信息。所有数据都在里面。通过这个车牌号能够找到名字和地址，如果运气好的话，即使尤里在美国使用各种化名也能找到他确切的地址。如果找不到，至少也能有一条线索，可以继续追踪。

"好了。"奥马尔说。我把车牌号念给他，听到他敲击键盘的声音。顿了好久，接着又是敲击键盘的声音。然后他又向我重复了一遍车牌号，问我是否确定。我又仔细看了看那张纸片，告诉他，**确信**。

"嗯，"他说，"这就奇怪了。"

我屏住呼吸，等着他继续说下去。

"我以前从没遇到这种情况。"

我的心怦怦直跳，几乎能听到心跳的声音。"怎么了？"

"记录里根本没有这个车牌号。"

第二天早上，我在橱柜里拿咖啡杯时注意到那个双壁马克杯，闪亮的金属，置于架上。我僵住了。

车牌号是我找到尤里的唯一线索，除此之外，我完全不知道该怎样找到他，怎样销毁可以把我送进监狱的证据。

我慢慢伸手，把双壁马克杯从架子上拿下来，放到操作台上。

我可以这样做。我可以带那个U盘上班,插进电脑里,就像上次一样。然后,一切就都结束了。马特这样说过,尤里也这样说过。

我们会付钱给你,足够你养孩子,可以用很久。尤里的承诺在我脑中回荡,这也是我一开始没有告发马特的重要原因之一——害怕他走了之后,我一个人养不起孩子。现在他已经走了,尤里给了我一条路。

还有马特很久之前说的话,那天在车里说的——如果我遭遇任何意外,薇薇,不论付出怎样的代价也要照顾好孩子。

不论付出怎样的代价。

"薇薇安?"

我转过身,看到我妈妈。我都没有听到她走进厨房。她正看着我,满脸担忧。"你还好吗?"

我回头看着双壁杯子,在杯子上看到我的投影,那个扭曲的形象。我不是这样的人吧?我不是这样的人。我更坚强。

我扭过头,又看向妈妈。"我还好。"

我坐在办公桌前,面前放了一杯咖啡,顶上还漂了一些咖啡末。我盯着电脑屏幕,上面显示着一份谍报,随机打开的。这样有人看过来时,我就好像在读报告一样,但其实并没有。我很努力地想要集中精力。

我必须要找到那份证据。我必须销毁它。但是我完全不知道该怎么做。

奥马尔又查了别的数据库,但还是没有找到那个车牌号。"薇薇安,发生了什么?"他问。"一定是我记错了车牌号。"我应道。但是我知道没有记错,而车牌号没有任何记录这件事也令我害怕。

一时间我还冒出带着孩子逃走的念头，但这不可能。俄罗斯人很厉害，他们会找到我们。

我需要留下来，抗争。

这天深夜，孩子和我爸妈都睡了，我一个人在家庭娱乐房，有电视里不用动脑的节目相伴，借此来逃过弥漫整座房子的沉寂。电视里播放着一个相亲节目，很多女人争一个男人，每一个都疯狂地爱着这个男人，尽管谁都没有确切地、真正地了解过他。

我的手机在振动，在我旁边的沙发垫子上轻轻地晃动着。是马特。我想。我开着手机就是为了等马特的电话。但是手机屏幕上显示的却是"未知号码"。不是马特。手机继续振动着，嗡嗡的，让人不安。我把电视调成静音，伸手拿起手机，接通电话，小心地放在耳边，好像手里拿着的是危险的东西。"你好？"

"薇薇安。"对面的人说，声音很特别，是俄罗斯口音。我的胃像打了结。"又过了一天，但是你还是没有完成任务。"他的语气很友好，像聊天一样，但还是令人不安，因为说的都是威胁、指责的话。

"今天没有机会。"我撒谎。此刻，拖延时间才是唯一的选择。

"啊。"他说，他故意拖长了音，是想我明白他并不相信我。"好吧。我准备给你接通一个人"——他顿了顿，好像在寻思恰当的词——"他或许能说服你找到机会。"

我听到电话里咔嗒一声，又一声。好像有脚步声。我紧张地等待着，然后听到了。马特的声音。"薇薇，是我。"

我的手指紧紧抠住电话。"马特，你在哪儿？"

对面顿了一下。"莫斯科。"

莫斯科。不可能，莫斯科就意味着他离开了，就意味着那天是他故意丢下了没人看管的孩子。直到这一刻我都不敢相信这是真的。我依然对他还会回到我们身边抱有希望，他还没有真正离开。

"听我说，你需要去做这件事。"

我呆住了，一句话也说不出来。莫斯科。这一点儿也不真实。

"想想孩子。"

想想孩子。你竟敢说这种话。"你想过吗？"我问，语气生硬。我回想起马特消失的那天，卢克独自一人在厨房的饭桌前；回想起三个小一些的孩子在学校前台等待的模样。

电话另一头没有回应。我感觉能听到他呼吸的声音，或许是尤里的呼吸，我也不确定。在沉默中，我回忆起我们两人在婚礼上跳舞时，他在我耳边说的话。我摇了摇头，我不知道还能再相信什么。

"他们会给你钱。"他说，"就算你不工作，这笔钱也足够生活。"

"什么？"我说。

"腾出更多的时间陪孩子。就像你一直期望的那样。"

这不是我期望的，根本不是。"我期望的是，我们在一起。"我低语道，"你和我。我们一家人。"

电话对面又顿了顿。"我也想。"他的声音有些沉重。我能想象出他的面容，额头上爬满皱纹。

我的眼里含着泪水，视线也模糊了。

"求你了，薇薇安。"他说，语气急迫、绝望，那声音令我感到恐惧。"为了孩子，去做了这件事吧。"

第 16 章

电话挂断了，手机还在耳旁贴了很久。我终于放下了手机，放到身边的沙发垫上。我盯着它。他说的最后一句话一直在我脑中回响，他说那句话的声音充满恐惧——肯定出事了。

我应该按他们说的做。他们承诺的足够多：这是我需要做的最后一件事；他们会给我很多钱，足够我养孩子；我可以陪孩子生活。而我，只需要把那个 U 盘插进电脑，就跟上次一样。

但是我不能，我不能背负危害特工、危害国家的罪责。并且，我不相信他们的"诚意"，不相信他们再也不会给我安排别的任务的承诺。

他们以为我会感觉别无选择才对，应该感觉自己孤立无援，不够强大，不能独自完成这一切。

但是他们错了——我有的选。

而且一旦牵涉到我的孩子，我比他们想象的要强大。

我接到电话的时候刚好怀孕二十周。 电话打到我的手机上，正好在我开车上班的时候打了过来。是个当地号码，可能是妇产科打来的。那天早上我又去做了一次超声检查——解剖学扫描，我已经等了好几周的检查。

一排模糊的黑白照片摆在我的座位旁。终于能看出孩子的相貌了，胳膊、腿，还有小小的手指和脚趾。超声医师拍到他们俩一个在笑，一个在吮着大拇指。我都等不及要给马特看了。

那个信封，普通的白色信封，上面写着"性别"。信封密封了，因为我怕自己忍不住会偷看，我要拿回家后让马特、两个孩子和我一起打开。

"你好。"我说。

"米勒夫人？"说话的声音我并不熟悉。不是妇产科的前台，不是负责沟通日常事务的那个人。我的双手使劲儿抓紧方向盘，直觉告诉我应该靠边停车，不管对方要说什么，肯定不是我想听的。我几乎以为一切都安然无恙。

"什么事？"我勉强开口说。

"我是小儿心脏内科的约翰逊医生。"

小儿心脏内科。我忽然感觉身上像压了千钧重物。今天做完超声波之后，又做了胎儿超声波心电图。"不要担心。"护士引导我走过大厅时轻声对我说："有时怀双胞胎的，他们会再仔细检查一下。"我相信她，我告诉自己不要担心。我相信只不过是超声医师冷淡，按规定不能告诉我任何事，我相信一切都很好。

"其中一个胎儿没有任何异常。"约翰逊医生的声音很沉重。

其中一个胎儿。有一个不祥的预感猛烈地冲击着我的大脑。那就意味着另外一个有异常。"好的。"我的声音很小，像窃窃私语。

"米勒夫人，真不知道该怎么说。另一个心脏先天性严重缺损。"

我不记得当时怎么靠边，怎么停下了车，只记得我已经停在了应急车道上，我打开双闪，别的车子呼啸着从我左侧超过。我感觉肚子上遭到一记重拳。

她不停地说着，我断断续续地听到一些片段。"……肺动脉瓣……发绀，呼吸困难……立即手术……即便如此，还有选择……如果你决定……两个男性胎儿……选择性堕胎……"

两个男性胎儿。这句话留在我脑中。是两个男孩，再也不用在那个信封前挤作一团了，也不会听到卢克和埃拉兴奋的尖叫。但是，反正听到这样的消息时，我们也不会这样做了。性别又有什么关系呢？

"米勒夫人，你还在听吗？"

"嗯——。"我的脑子飞快地转着：他能和其他孩子一样生活吗？他能跑吗？能运动吗？他能活下去吗？

"我知道这个消息很难让人接受，特别是在电话里。我想尽快安排一次预约，你可以来诊所，我们谈一谈各种选择……"

选择。我低头看着身边的照片，一个孩子满脸笑容，另外一个嘴里含着大拇指。我闭上双眼，看到他们在超声屏幕上扭动的样子。听到一个孩子的心跳，怦怦——怦怦——怦怦——怦怦，另外一个，怦怦——怦怦——怦怦。我的手放在肚子上，感觉里面在动，他们两个在肚子里争抢空间。

没有什么好选的。这是我的孩子。

"米勒夫人？"

"我要留住他。"

对方顿了一会儿，虽然短暂但我能体会到其中的意味。"呃，这样的话，最好坐下来讨论一下可能发生的情况……"

我恨她，我恨这个女人。从今以后每次预约检查，一定不会再找她。肚子里孕育的是我的儿子，他会充分发挥潜能，我要保他安全，我会给他力量。不管付出怎样的代价，我都会去做。

她的话断断续续地夹杂在我的思绪中。"……未来要有很多手术……发育可能延迟……"

我感觉好像又挨了一记重拳。手术、治疗——这些都要花钱——要有稳定的收入，能够持续增长的收入；需要好的医疗保险，就像我们单位提供的那种。不是那种需要自掏腰包，弄到破产，却提供不了同等水平医疗的保险。

在家陪孩子的计划就这样破产了。

但是不管付出怎样的代价，我都会去做——这是我的儿子。

我还盯着身旁沙发垫上的手机，头脑中逐渐形成了一个计划。

这个计划或许可行，但也可能彻底毁掉一切，但是现在我没有别的选择。我需要找到尤里。好在终于有了另外一条线索。

我摘掉手机电池，找出预付费一次性手机，拨通号码，把手机贴到耳边，听到奥马尔拿起电话。

"我要和你聊聊。"我轻声说："私下聊。"

等到心跳两次后，我听到他说："好的。"

"倒影池怎么样？明天上午九点呢？"

"可以。"

我顿了一下。"只有你和我，行吗？"

我的目光落到壁炉架上的一张照片上，马特和我在婚礼上的照片。我听到奥马尔喘息的声音。

"好的。"他说。

我比他早到，坐在池子中央的一条长椅上。公园很安静，树木静穆。空气有些凉，但温度里却带着一丝希望。游客在林肯纪念堂附近漫无目的地随意转着，给公园点缀了点点颜色，但是公园的这片区域是荒弃的，偶尔有几个跑步的人经过。水中有三只鸭子，游成一条直线，荡起层层水波。如果能陪孩子来这里该多好啊，他们可以往水里扔一些面包屑，看着鸭子游过去，贪婪地吃着。

直到奥马尔来到我身边，我才发现了他。他坐在长椅的另一头，没有立刻看过来，一时间我感觉自己就像在电影里，好像这一切都不是真的。然后他转头看来。"嘿。"

"嘿。"我匆匆直视了他的双眼。他眼中还有些怀疑，但已经不像几个月以前，我们第一次登到尤里的电脑时那样。我又转回头看向水里。有一只鸭子离了群，向反方向游去。

"发生了什么，薇薇安？我们为什么要在这里见面？"

我抚摸着手指上的结婚戒指。一次、两次、三次。我不想这么做。"我需要你的帮助。"

他沉默了。我吓到他了，这根本不行。

我咽了一口唾沫。"我需要你帮我追踪一个电话。告诉我关于这个号码的一切。"

他犹豫了一会儿。"好的。"

我清了清嗓子。这是在冒险。我不知道这样做对不对,但是我知道自己只能想出这个主意,只有通过这个方法才有可能找到尤里。而奥马尔是我唯一可以找的人。"昨晚打到我手机上的未知号码,连线过俄罗斯。"

他惊得张开了嘴,但又很快闭上了。"我可以和我的上司说——"

"不,你不能告诉任何人。"

他的脸色沉下来,眉头皱了起来。虽然他没有说话,但我也能看出他怀疑的神色。

我能感觉到眉头上已经渗出了汗水。"你记得你说过情报中心有内鬼吗?你们部门也有一个内鬼。中情局正在调查。"我尽力保持着真诚、坦率的表情。奥马尔知道怎样判断谎言,我不能露出任何蛛丝马迹。

他看向别处,在椅子上动来动去,明显有些不安。

"你是我唯一能信任的人。这件事只能你我知道。"

他直视着前方,看向水池。我也看向那里,那只鸭子已经回归队伍,离我们很远,游得很快。

"你要我做的事情——追踪你手机上的一个电话,但却不做记录——是违法的。"

"我需要帮助,我不知道还能找谁。"

他摇了摇头,说:"你必须告诉我更多信息。"

"我知道。"我意识到自己又在抚摸着手指上的结婚戒指,感觉我将要做的是错误的。我听到马特的声音，很久以前他说过的话——不论付出怎样的代价。你要忘记我，坚持下去。

"是潜伏间谍的手机，我想很快就能破解。"

"什么？"他低声说。

"有人牵涉其中，"我犹豫了一下，"对我很重要的一个人。"

"谁？"他观察着我的眼神。

我摇了摇头。"我得先确认，我暂时还没有准备好说出来。"销毁他们可以用来勒索我的东西之前不能说。

有个晨练的人跑到这条路上，粉色的短裤，耳朵上扣着耳机。我们看着她跑过，脚步在我们身前扬起尘土，渐渐远去。这时我才转身看向他。"我保证会告诉你一切，但是先容我弄清真相。"

他抬起一只手，捋了捋头发，胳膊抬起的时候，我看见他的衬衫下露出的枪套。我盯着枪套。

"我不能让你一个人做这件事。"他说。

我的目光转回到他的脸上，我真诚地看着他，竭力把内心的绝望都通过眼神表达出来。"求你了。"

"我不会告诉别人，就你我知道。薇薇，我们可以——"

"不。"我顿了顿，"我们是朋友，这也是我找你的原因。你说过如果我需要帮助……"

他又伸手捋了捋头发，看了我很久，目光冷峻又忧郁。他会照办的，是吧？他一定会照办的。

他看起来有些犹豫，非常犹豫，就好像要说不了。我还需要说些别的。足够让他为我放开规则的东西。我回忆起几个月前在电梯里的对话。

情报中心有内鬼。

如果遇到麻烦，你知道该到哪儿找我。

我感觉喉头一紧。"情报中心内鬼的事情，你是对的。"我要向他许诺一些东西。我需要争取一些时间。"如果你能帮我追踪这个号码，我就能了解更多。"

"那个号码和内鬼有关？它是潜伏间谍的手机？"

我点了点头。他观察着我的眼神，我能看出他的兴奋和渴望，我在他面前挂起了一根胡萝卜，他很想要，所以此时愿意做任何事。

"给我一点儿时间。"我说。

最后他叹了口气。"我去想想办法。"

他会自己去调查这个号码，我知道他会的，这一点毫无疑问。我已经行动了，预设了截止日期，要在很短的时间里找到尤里。很快联邦调查局就会介入，我只需要在他们之前找到那些证据。

或许去找奥马尔这件事做得不对，但是我身处绝境，那个电话是唯一可利用的线索，我需要充分利用。

我回到办公室，盯着电话，等着铃声响起。我觉察到自己的无所事事，于是强打精神继续调查潜伏间谍首脑文件夹，这个文件夹稍微薄了一些。每当我听到电话铃声，我都会一惊，但都不是打给我的。我猜测着奥马尔在做什么，祈祷着他不要报告上级，祈祷着他们不要和我的上级通话，这样就会有人找我谈话，就会有人独自追踪尤里，然后我会有怎样的结局？——监狱。

又有铃声响起，这一回终于是我的电话了。我伸手在铃声响到一半的时候拿起了听筒。"你好？"

"我找到你想要的了。"奥马尔说，"一小时后奥尼尔酒吧见？"

"到时见。"

六十分钟后，我准时走进奥尼尔酒吧。推开酒吧门，门上的小铃铛响起，但并没有人抬头看。酒保靠在吧台上，手指连续敲击着手机屏幕，发送消息；有个男人独自坐在酒吧中央，他弓着腰，眼前放着一杯琥珀色的饮品；前窗旁有一对情侣，亲密地聊着。

我往里走了一些，眼睛慢慢适应着昏暗的环境。我扫视了酒吧一周，里面装饰着十年前流行的霓虹啤酒标志、旧的车辆牌照和纪念品，然后发现他在酒吧最里面，占着一张双人桌，看着我。

我走过去，坐到他对面。他面前有一个杯子，里面是透明的液体，有些气泡。可能是汤力水，也可能是苏打水。他不爱喝酒，工作时更不会喝。

他面无表情地看着我，很难解读他。不过我想可能是对我有些怀疑吧。我的双手紧紧抓住膝盖。这不会是个陷阱吧？他把我们的对话告诉调查局里的其他人了吗？

"你有什么发现？"我问。

他安静地看了我很长时间，然后从脚边拿起一个包，从里面拿出一张对折的纸，放在我面前的桌上。我能看见上面有个电话号码，用钢笔手写的，是当地区号。

"一次性手机。"他说。虽然有些失望，但我一点儿也不惊奇。"没有其他通话记录。"

我点了点头。千万要有些发现，我可以利用的发现。

"就在这里买的，一周前，西北区的加大版移动电话。没有监控，最多有目击证人。在那里买的一次性手机从来都没有追踪到过。"

我一下就泄气了，用这些信息怎么能找到尤里呢？

奥马尔看着我，我看不懂他的表情。他把那张纸推过来，到我面前。我拿起那张纸，展开。上面有一张地图，一片区域被用红笔圈了出来。我抬头看着他。

"这是拨出电话的区域，根据基站发射的脉冲信号圈出来了。"

我又低头仔细地看着这张地图，华盛顿特区西北，方圆大概十二个街区，尤里就在附近。我抬头看着奥马尔。"谢谢。"

他盯着我，叹了口气。"你打算用这个干什么？能让我帮你吗？"

"你说过会给我时间。"我提醒他，"求你，给我些时间。"

他微微点了点头，目光一直没有离开我。"要小心，薇薇安。"

"我会的。"我把那张纸对折，再对折，塞进了脚旁边的包里，向后推了推椅子，起身准备离开。"再次感谢，真的。"

他依然坐在那里，看着我。我把包挂到肩膀上，转过身，正准备迈步离开，又听到他叫我。

"还有一件事。"他说，"关于那个电话。"我转身面对着他，他快速地摇了摇头，"并没有转接过俄罗斯。"

第 17 章

　　我恍恍惚惚地开车回家。我做着必要的事情——选正确的路，遇红灯停，打转向灯——但都是在机械地做，周围的一切都变得模糊。

　　没有转接。那就意味着马特不在莫斯科，他在华盛顿特区西北部，在红笔标出的那个区域，和尤里在一起。但是为什么呢？

　　可是他为什么要骗我呢？这里面一定有问题。一阵恐惧袭来，席卷我的全身。

　　回到家，妈妈在厨房的烤炉边上，马特平时就站在那里。她戴着围裙，我已经买了好几年的一条围裙，平时都放在抽屉里，从来没人碰过。厨房里弥漫的味道把我带回了童年——肉饼，从我小时候起她就一直在做的那一种肉饼。还有土豆泥——都是亲手做的，里面加了很多黄油。这些食物不是我买的那种预先煮熟只用微波炉一热就能吃的食物。到处都是熟悉的味道，令人倍感舒心。

　　我向她打了招呼，向孩子打了招呼。脸上挤出笑容，适当的时候点头，适当的时候问适当的问题。在学校怎么样？双胞胎今天还好吧？我人在那里，心却早就飞到了别处。我满脑子都想着红笔圈出来的那个区域——马特就在其中的某个地方。

晚饭时爸爸坐在马特的椅子上。他坐在那里有些古怪，似乎他不应该坐在那儿。妈妈挤在埃拉旁边，桌旁人太多，但还是勉强挤下了。

我脑中浮现出马特的样子：五花大绑，枪顶头上，逼他讲电话——告诉我他在莫斯科。应该这样想对吧？这也是唯一合理的画面，他撒谎只有这种可能。我低头看着肉饼，却没有了胃口。可是我为什么没有惊慌失措呢？我难道不应该很慌乱吗？

妈妈问孩子们一天过得怎么样，努力引导对话，不让饭桌冷场。爸爸把肉饼切成小块，分给双胞胎，刚切好一点儿，他们就用小手抓进了嘴里。

埃拉回答着她的问题，喋喋不休。但是卢克却很安静，他低头看着盘子，手里的叉子拨弄着盘里的食物，不聊天，也不吃饭。我希望能带走他的苦痛，我希望能把他的父亲带回来，让一切都回归正常，带回他的笑容。

埃拉讲起操场上发生的一件事，标签游戏。我看着她，在恰当的地方说一些恰当的话，一些敷衍之词，好让她以为我在听，好让她继续讲下去，但是我的眼神却不停地飘向卢克。有那么一刻，我抬头发现妈妈在看着我，脸上写满了担忧。是为卢克担忧，还是为我担忧，我也不清楚。四目相对，互相凝视了一会儿。我知道她也想带走我的痛苦，就像我对卢克一样。

那天晚上晚些时候，四个孩子中有三个已经睡下，我来到卢克的房间，坐在他的床头，注意到他的旧毛绒熊塞在身旁的被窝里。毛绒熊已经烂了，耳朵和头的连接处撕破了，填充物从里面冒出来。他过去常常抱着这个毛绒熊在屋子里四处走，还带去学校，午睡时抱着，晚上也要它陪着睡觉。我已经好几年没有见过它了。

"亲爱的，告诉我你在想什么。"我说道，尽力保持着恰当的语气——轻软、温柔。

他把毛绒熊抱得更紧了，黑暗中他睁着眼，棕色的大眼睛，明亮而聪慧，和马特的那么像。

"我知道爸爸离开后你很难过。"我说，我感觉自己说得很勉强。我都不知道该说什么，又怎能让他感觉好受些呢？但我肯定不能告诉卢克真相。

"爸爸离开不是因为你或弟弟妹妹。"我刚开口就后悔了。我为什么会这么说？可父母一方离开的时候不都是这么对孩子讲的吗？好让孩子放心不是他们的错。

他闭上眼，一滴眼泪流了出来。他的下巴颤抖着，极力想要忍住泪水。我抚摸着他的脸颊，多希望能将他的痛苦转移到我身上。

"你是怕这个吗？"我说，"担心是自己让爸爸离开的吗？你完全不用——"

他使劲儿摇了摇头，抽噎了起来。

"那到底是怎么回事，亲爱的？只是有些伤心吗？"

他微微张开嘴，下巴抖得更厉害了。"我想要他回来。"他低声说着，泪流不止。

"我知道，亲爱的。我知道。"我的心都要碎了。

"他说过要保护我。"他的声音很轻，我都怀疑自己听的对不对。

"保护你？"

"不受那个男人伤害。"

这些话使我一下就惊呆了。恐惧袭来，我吓得全身冰冷。"什么男人？"

"来我们学校的那个男人。"

"有个男人去了你们学校？"我的耳边嗡嗡直响，血气往上直涌。"他和你说过话吗？"

他点了点头。

"他说了什么？"

他快速地眨着眼睛，眼神有些游离，好像在回忆什么。一些不愉快的回忆。然后他摇了摇头。

"那个男人说了什么，亲爱的？"

"他知道我的名字。他说'向你妈妈问好'。"他抽噎了一声，"真是奇怪，他说话的声音也很怪。"

俄罗斯口音。毫无疑问。"你为什么不早点儿告诉我，宝贝？"

他看起来有些焦虑、害怕，像做错了事一样。"我告诉过爸爸。"

那一刻我的心跳都要停了。"这件事什么时候发生的？你什么时候告诉爸爸的？"

他想了一会儿。"他离开的前一天。"

双胞胎出生后五个月，马特和我才有机会一起出门，就我们两个人。我父母从夏洛茨维尔赶来过周末，我们的作息终于正常了。双胞胎在婴儿床里睡，晚上能睡很长时间，直到后半夜才醒来一次。晚上我的父母应该能看得住他们。

马特说他安排好了，我也乐于放松，期待一个惊喜。我以为他会预订那家新开的意大利饭馆，我一直都想去试试，但那里太安静，不适合带孩子。

他不告诉我要去哪儿，只让我跟着。我原本感觉这样很有魅力、很有趣，能给我留一些遐想空间。但是等到了我才意识到：他知道如果提前告诉我，我会拒绝。

"靶场？"我盯着一座巨大而丑陋的仓库前挂着的大牌子，泥土地的停车场停满了皮卡车。他开着卡罗拉，颠簸地开进一个空车位，却并没有回答我的问题。"这就是你所谓的惊喜？"

我讨厌枪。他知道我讨厌枪。我的生活一直伴随着枪。爸爸是一名警官，每天都要配枪——小时候我每天都会担心他被子弹击中。他退休之后，仍然习惯带枪。这是我们两人之间的痛点。我不想家里有枪，他却离不开枪。于是我们只能互相妥协。他来我这里住的时候可以带枪，但是必须是没有上膛的枪，而且要一直锁在旅行用枪支保险箱里。

"你需要练习。"马特说。

"不，我不需要。"我老早就擅长射击。进中情局的最初几年，我想样样在行，准备接受任何任务。但是我故意让持枪证过期，我很愿意做办公室工作，离家也近。我已经好多年没有碰过枪了。

他停好车，转头看向我。"你需要。"

我心底一股怒火油然而生。当时我最讨厌的莫过于射击。我可不想这样度过我的夜晚。他也应该知道我的想法。"我不要，我不想。"

“这对我很重要。”他一脸恳求的表情。

我听到楼里回荡着射击的声音，听得我毛骨悚然。“为什么？”

“你的工作。”

“我的工作？”我很困惑。“我是一名分析员。坐办公室的。”

“你需要准备好。”

那一刻我被彻底激怒了。“准备好什么？”

“俄罗斯人！”

他的情绪突然激动，使我沉默了。我完全不知道该说什么。

“听我说，你在俄罗斯部工作，对吧？”他的语气平和了一些，“如果某一天他们盯上了你怎么办？”

我看到他一脸的担忧。我以前从未意识到我的工作会令他害怕，不知道他会为我的安全担忧。“不是这样的。他们不会——”

“或者孩子。”他打断我，“如果他们盯上我们的孩子怎么办？”

我想争辩，告诉他这不会发生的，俄罗斯人不会“盯上”一名分析员的，不会的。所以他们肯定也不会盯上我们的孩子。他真的以为我会找一份陷孩子于危险的工作吗？但是他的神情却俘获了我，让我无法争辩。

“求你了，薇薇？”他说着，又露出恳求的神色。

这对他很重要。我思量着。这是他需要的。“好吧。”我说，“好吧。我会练习的。”

要说我最了解马特的地方，那就是他爱我们的孩子。

我从心底也相信他是爱我的，但我有些犹疑，毕竟我是他的目标。

但是孩子呢？在我看来，他毫无疑问是爱他们的。他看他们、与他们交流时的神态——都是真实的。这也是我为什么难以相信他会离开，留卢克一人从公交车站走回家，留其他三个孩子在日托中心等着。

这也是我不相信这一切的原因。因为，如果他知道有人把卢克牵扯进来，他不可能离开，留下我们独自面对。

他会追击那个接近我们儿子的人。

那天深夜，房子里安静下来之后，我蹑手蹑脚地下了楼梯，偷偷瞥了一眼客厅角落里我父母睡觉的折叠沙发。爸爸轻声打着鼾，妈妈的胸部起起伏伏。我轻轻走到爸爸睡的一侧，床头柜上有一串钥匙，我拿起那串钥匙。

呼噜声依然响着，没有丝毫变弱。我瞥了妈妈一眼，看到她的胸部仍然有节奏地起起伏伏。我走到墙角，他们的行李旁，打开大行李箱，拿出几件叠好的衣服，仔细翻找着，终于看到了。那个旅行用枪支保险箱，埋在最下面。

我小心翼翼地把它拿出来，找到一串钥匙里最小的一把，插进锁孔里，转动了一下，锁咔一声开了。我定身看向我的父母——依然睡着。然后我打开保险箱，拿出了枪，枪在我手里很轻，但同时又很重。我拿起杂志，一盒子弹。把所有东西都放在地毯上，合上保险箱，锁了上去。我把保险箱放回行李箱最底下，在上面放好衣服。我们的约定是，爸爸在我家里不能动枪。他根本不会发现枪不见了。

我把钥匙放回到床头柜，小心翼翼地避免发出叮当的声响。把杂志和一盒子弹塞进浴袍口袋里，然后像来时一样轻手轻脚地离开房间，手里紧紧地攥着那把枪。

第 18 章

那天晚上我躺在床上，一直醒着，枪放在床头柜上。我在黑暗中盯着它。这一切都太离奇，现在连孩子们也被牵扯进来了。或许不是直接威胁，但隐含的意义却很明确：他们在用我的孩子做筹码。这样一来，一切都变了。

我不断回想起在靶场的那天。马特想要我练习，他还特别提到了俄罗斯人，就好像他知道这一天会到来，所以让我做好准备。

我侧过身，背对着那支枪，面对着马特应该躺着的地方。今晚的床特别空，特别冷。

我终于从床上起来，脑子不停地在转，我睡不着。我走过安静的房子，偷偷查看了孩子们，检查了门窗的锁。这已经是今晚第三次了。我来到前厅，从工作包里掏出那张折叠起来的纸，然后带着那张纸来到家庭娱乐房。这里是孩子玩耍的地方，承载着我们很多的生活记忆。我坐到沙发里，展开纸，盯着那张地图，盯着红笔圈出的区域。

尤里就在其中的某个位置——那个接近我儿子的人，吓到他的人。马特也在那里——他出了什么事，遇到了什么麻烦。

我看着地图上的街道，看着每条街道的布局，发现有一条在我的旧公寓外，就是我与马特相遇的那条街。它恰好在红线内。我怎么会落到这个地步？十年前谁会想到有一天我们会被俄罗斯人要挟，就要失去一切？

我走进厨房，把地图放在操作台上。打开咖啡机，听着水煮沸的声音，咖啡煮好了。我伸出手从碗柜里拿马克杯，却看到那个双壁马克杯。我犹豫了一下，然后关上碗柜门。

我倒了杯咖啡，端在手里，回到操作台，又开始看那幅地图。很久以前我走过那些街道，马特和我都走过。他就在那里，我只是不知道该怎么找到他。

我完全不知道该做些什么。

喝完咖啡，我把马克杯放进水槽，然后从操作台上抓起婴儿监视器，带着上了楼。我把它放到浴室的台子上，打开花洒，闭上眼睛，任由热水拍打着身体，蒸汽在四周蒸腾，水汽越来越重，温度越来越高，我什么也看不见，几乎无法呼吸。

"除了紧急联系人，不许任何人来接我的孩子。"第二天一早我对日托中心主任如此说道。我一只手紧紧地抓着埃拉的小手，从停车场匆匆赶到楼里，一路上她都在抱怨我抓得太紧。另一只手抓着卢克的手。"我可以在车里等。"他嘟哝着。但是我不会听他的，今天早上不行。"紧急联系人只有我父母，和邻居简。"

　　她上下打量着我，看着我身上挂着的几个包，又看了看我的左手。"如果是抚养权问题，我们需要法院——"

　　"我丈夫和我，还有我们的紧急联系人。"我说，抓着孩子的手握得更紧了。"其他的任何人来接他们，都要检查身份证。并立即给我打电话。"我写下一次性手机的号码，冷冷地看了她一眼。"其他任何人都不行。"

　　我开车送卢克上学，他闷闷不乐，因为想坐公交车。我们一起走过护栏，走过树木成荫的街道，我催促他赶紧进了学校大楼，一路上我的胳膊一直搂着他的肩膀。来到教室门口，我俯下身，和他面对面。"如果再看见他，立刻给我打电话。"我说着在他手里塞了一张纸条，上面写着我的一次性手机的号码。我看到他露出一丝担忧，那一刻他好像又变小了几岁，又变成小婴孩，但是我却保护不了他。我看着他打开教室门，内心充满了绝望。

　　他身后的门关上之后，我来到校长办公室，告诉他有陌生人在校园里接近了卢克，语气极尽愤怒。我相信其他家长也经常这样。对此，他早已习惯了。他睁大双眼，脸色苍白，立刻保证在校园里加派安保，并承诺会另外安排人保护卢克。

　　我融进早高峰的车流中，像平时一样，行尸走肉般向城里开去。我讨厌这样，因为我应该陪着孩子。但是我不可能让他们永远待在家里，我也不可能同时出现在学校、日托中心，还有单位。

　　车慢慢地向前挪着，逐渐来到一个出口标志前。以前回我的旧公寓时，就从这个口出，开向城市的西北区。我盯着这个岔路口，那条车道上没有车。等来到路口附近，我转动方向盘，加速开了过去。尤里在那里，马特也在。

这条街道如此熟悉。我开车飞驰而过，脑中浮现出那个红色区域，驱车进到区域内。我搜寻着街道，寻找着马特的车和尤里的车。看到每一辆黑色轿车我都会查看车牌。没有一辆匹配。

最后，我把车停到一个安静的街区，开始步行。我把包挂在肩膀上，枪塞在一个带拉链的化妆盒里，放在包的最底层。上午的天气暖洋洋的，很舒服。住在这附近时，遇到这样的天气我们就会出门，步行去街角我们喜欢的那个小店，喝咖啡或吃早饭。

记忆如潮水般涌来，我想起马特和我最初在一起的日子——那些欢乐的日子，简单的日子。我步行从过去住过的公寓楼前经过，在当年撞到马特的街道上停了下来。已经过去这么多年了。回想起自己抱着那个箱子，两人撞在一起的情景，我还能记得混凝土地上的咖啡渍，还有他的微笑。如果能改变过去，我会吗？我宁愿从来没有遇见过他吗？我的心就像被人紧紧地抓住了。我摇了摇头，继续向前走去。

我来到第二次见到他的街角。那个书店早就倒闭了，现在开了一家精品服装店。尽管如此，我还是看向那家店，想象着那里还是书店，他在店门前，手里拿着一本书。那时，我的心头涌动着兴奋和慰藉之情。此刻却是悲痛，只有悲痛。

那家咖啡馆，我们坐在那家咖啡馆的角落，一直聊到咖啡变冷；那家意大利餐厅，我们在那里吃了第一餐饭，现在已经变成烤肉店。就好像我漫游在自己的人生经历中，但却有种陌生的感觉，因为这些时刻组成了此刻的我，但，这一切都不是真的。

然后我看到前面的银行，街角有穹顶的那家银行。穹顶在太阳下闪闪放光，我的心却有些沉重。我从未多看过这个地方一眼，从来没想过马特会经常来这里，和我在工作中每天都在追捕的那个人会面。

我走过去，找到了旁边的小院子，有带草坪的广场，树木围绕，有修剪整齐的花圃，还有两张椅子，由深色木头和熟铁做成。我看着右边的那一张椅子，它正对着银行大门。我想象着马特坐在这里，尤里也坐在这里。

我坐到椅子上，四处观望，看着马特看过的景象，尤里也一定看过。院子是空的，很安静。我突然想到椅子的底部，尤里给马特留下 U 盘的地方。我把手伸到椅子下面，到处摸了摸，但什么都没有。

我迅速来到椅子的另一头，也摸遍了下面，仍然什么都没有。我慢慢地把手收了回来，两只手搭在膝盖上。我眨着眼睛看着一片空旷，感觉有些麻木。我本来也没想过能找到什么。不是吗？马特和尤里是一伙的。

我只不过不知道该做什么。我完全不知道该怎样找到尤里，怎样找到马特，怎样让一切变好。

五点钟，我把车开进日托中心的停车场。正是接孩子的高峰时段，车位很紧张，车子已经停到了第三排，平时那里都是空的。我看到一辆商务车正从中间的一排停车位上往外开，于是我等待着，等他慢慢地后退，开走。我把车开进那个空位，停好。

我刚从车里出来就看见了他。在最远的一排停车位里，他的车子倒头停在车位里。他倚在引擎盖上，双臂交叉在胸前，正看着我。尤里。

我站在原地，一动不动。恐惧悄然席卷全身。他在这里。我该怎么办？忽略他？等我和埃拉出来时他堵住我？

我强迫自己动起来，向他走去。我们互相盯着。他穿着牛仔裤，换了一件纽扣衬衫，最上面的两个纽扣没有系上，也没有穿汗衫。他的项链反着光，金闪闪的。他神色严肃，不再假装像朋友一样。

"不要把我的孩子牵扯进来。"我口气坚硬，心里却很虚弱。

"如果你照我说的做，我也不会来这儿，一切也都会结束。"

我怒视着他。"不要牵扯到他们。"

"这是我最后一次来找你，薇薇安。最后一次警告。"他盯着我的眼睛，目光凌厉，像要穿透我。

我听到背后有脚步声，转过身，一位我不认识的母亲，一手抱一个幼童，一手拉一个学龄前孩子，手指紧扣在一起。她正在和稍大一些的孩子说话，根本没有注意到我们。他们走到距尤里的车几个空位的一辆越野车前。我们都沉默着，等着她把孩子放进车里，系好安全带，然后自己上了车。

等她关上车门，尤里又继续说道："显然光是坐牢的威胁还不够。"他露出一丝得意的笑，一只手扫过臀部，碰到衬衫下的手枪套。"但幸运的是，我还有其他四个筹码。"

我的身体像陷入了冰窖。四个。我的孩子，他是在威胁我的孩子。

越野车的引擎发动了起来，声音吓了我一跳。我又向他靠近了一步。"你敢。"

他笑得更得意了。"你能怎样？你看，我可以把子弹射到这儿。"他伸出大拇指抵着胸口，金色的吊坠随之碰撞着皮肤。"我来开枪。"

警察。我要去找当局。找奥马尔。管他什么勒索，管他是不是进监狱。我不在乎自己会怎样。只要孩子们能安全，我就算入狱也毫无怨言。

"我知道你在想什么。"他说。我眨了眨眼，看向他，不再多想，一心应对眼前的事。"答案是，不——行。"

我看着他，看着他的眼神，看着他的表情。他真的知道吗？他真的知道我是怎么想的吗？

"如果你去找当局自首。"他说。这时我才意识到他真的知道。"那么你就再也见不到卢克了。"

我一动也不能动，僵在那里，看着他转身进到车里，进到我一直在寻找的那辆车里。我看着他启动车子，离开停车位。周围都是家长，他们各自走进日托中心，出来时手里拉着孩子，小的孩子抱在怀里或放在推车里，大一些的蹦蹦跳跳，身后背着小书包。我呆呆地站在那里，看着他的车子启动，驶出车位，最后消失在视野里。

然后我喘了一口气，重重地喘息着。我的腿打了个弯，突然发软，撑不住身体了。我伸手扶住身旁的一辆车，勉强站住。卢克，我的卢克。怎么会发生这样的事？我的天啊。

我会照办，我会按他说的做。我想象着把那个 U 盘插进电脑里，让俄罗斯人进入系统，承担害死人的罪责，那些无名的人，正是有了他们提供的情报才有了我分析的报告，我的工作全依赖于他们。至少遇害的不是卢克。我回想着他微笑的样子，大笑的样子，还有他的天真烂漫。至少死的不是我的孩子。

但现在不行。

我感觉肺里的空气都要被榨干了。

因为最终我的孩子，他们中的任何一个还是会受到威胁。这件事不会就此结束。因为从此以后他就会知道只要威胁我的孩子，我就会束手就擒。他还会再用孩子威胁我，这不过是时间问题而已。

我抬腿动了起来，腿像灌了铅，我也不知道怎么动起来的。我的内心已乱成一团麻。一切都看似那么离奇，但又那么真实。我能看到学校的前门，却没有往那里走，而是走向了我的车。

我进到车里，系上安全带，手还在发抖。然后我把车从车位上开走。速度太快。我在尤里转弯的路口转了弯，拿出一次性手机，手忙脚乱地按下一个再熟悉不过的号码，把手机贴到耳朵上。

"妈？"接通后我说。我听到卢克的声音，他正和爸爸说话。得知他安全到家，我心中一阵慰藉。"你能去学校接一下埃拉吗？"

我们站在靶场最靠里的一排。我看着马特给租用的手枪装上子弹，动作非常流畅。周围回响着震耳欲聋的枪声，即使带着护耳。

"你上一次用枪是什么时候？"我问，基本就是在喊，因为什么都听不太清。他以前用过枪，我知道他会用枪，虽然我记不得是什么时候知道的这件事，也不知道个中细节，就好像知道他会钓鱼和打高尔夫一样平常。

"几年前了。"他回答。他朝我笑了笑。"就像骑自行车一样。"

我给另一把手枪装上子弹，他则调整好靶子，是人形的一张纸，有一个应该瞄准的小靶心——胸部或头部。他启动滑轮装置，把靶子送到滑道远端。"准备好了？"他问。

我点了点头，站好位置，像很久以前刚学射击时，我闭上了一只眼，举枪，瞄准，把手指放到扳机上，慢慢扣动扳机。那个教练的声音在我耳边响起——来，给我个惊喜。

砰。枪的后坐力很强，我的手和整条胳膊都随着这股力量向后弹去，就像骑自行车一样。一切都回来了，比我想象的更迅速，更简洁。

马特大笑起来。

"有什么好笑的？"我说，心底涌起一股抵触情绪。我已经好几年没用过枪了，他至少应该给我个机会热热身。

他指着靶子。"看。"

我循着他的目光看去。在靶子的胸口，有一个小圆洞。"是我打的？"

他咧开嘴笑得很开心。"我们再试一次。朝刚才那个洞打。"

我深吸了一口气，举起枪，瞄准。手指放到扳机上，慢慢扣动。砰。这一次我看着目标，看到又有一个洞，和刚才那个很近，我听到马特又大笑起来。

"你真的没练习过？"他咧开嘴笑着说。

这回轮到我笑了。"就当这是个教训。以后不要惹我。"

他收起脸上的笑，盯着我看了很久。"如果你受到威胁，会这么做吗？"

我看着靶子，试着想象击中的是一个真正的人。"不。"我老老实实回答，"我觉得不会。"

"如果有人威胁你，你都不会开枪？"

我摇了摇头。我无法想象自己在什么情况下才会开枪。我在身边的任何地方都不会放枪。如果我受到威胁，很可能最后被枪打中的是我。

他盯着我的眼睛，搜寻着什么，像要看穿我一样，令我很不舒服。于是我转开身，看着靶子，再次瞄准。我把手指放到扳机上，正准备扣动，却听到他的声音。"如果有人威胁孩子呢？"

靶子在我眼前变成了一个人的样子，一个真正的人，一个威胁到我的孩子的人，一个准备伤害他们的人。我扣动了扳机，听到砰的一声。我瞄准的那个洞，我第一枪打在胸口上的那个洞，变大了，稍微变大了一点儿。我真的开枪了，真的。我转向马特，表情和他一样严肃。"我会杀了他。"

我开过几个街区，追上了他。我看到了他的车子，那辆黑色的轿车，离我有几辆车的距离。他在一处红绿灯前停了下来，刹车灯亮了，闪着红光。我本能地缩起身子，盯着红色的亮点。

谢天谢地，我开着卡罗拉，和他的一样都是"大众脸"，但他还是有可能会留意我，从后视镜里观察是否被人跟踪，甚至可能只是一种习惯。

我几年前学过跟踪的技巧。工作时上过这门课，但我从未想过会用得上。我躲在后面，中间隔着几辆车，我藏在他的视线之外。我观察着两侧的车道，等着他变线、转弯，以及别的什么操作。

黑色轿车终于向右侧并了线。我还在原车道上，躲在远处，观察着。现在是个考验。他在观察是否有人跟踪吗？还是确信我并未告诉任何人，而且一个人在停车场蜷作一团，或者拖着恐惧和无助的身子回了家？

不一会儿他转弯了，我屏住了呼吸。他后面的一辆车也转弯了，紧接着又一辆。我也可以跟着拐弯。很多车走同一条路，不会引起警觉。我快开到转弯的地方，看到了那个标志，很显眼的蓝色 M 标志，一个右箭头。地铁在这个方向。

我一边开车，一边向右看去。拐弯之后直接就进了一个室内停车场。黑色轿车在入口处取停车票。我只有几秒的决定时间。我不能跟着他进停车场，空间太狭小，而且我也不可能独自一人步行跟踪他——他肯定会发现我的。

我踩下油门，加速通过岔路口。通过路口的时候，我看到停车场的门开了，他把车开了进去。这时我呼吸急促，踩了刹车，放慢车速，把车停了下来。我怅然若失，现在，他已经不在我眼前了。

但是我不能迷失，我不能放弃，我需要抗争。

我从包里摸索着那张纸，奥马尔给我的那一张。我抽了出来，展开纸页，比照着眼前的路和地图。我仔细地看着那张小地图，终于找到蓝色的 M 标志，一个地铁站，在红笔标记区域的中心位置。

然后，我的脚踩上油门。

其实这样做希望渺茫。我知道的。这可能只是反跟踪的套路——先把车开进停车场，再开出来继续上路。就算他真上了地铁，也可能去城里的任何地方。任何地方。

但我还是在这条街上找了个位置停了下来，地铁出口在我的视线之内。我等待着，观察着。车里安安静静，我想起了孩子们。我只想做个好妈妈。现在一切都危险了。

"求你了，老天啊。"我轻声说，"保护好他们。"我已经好多年没有祈祷了，到了这个时候再祈祷似乎是不对的。但是即便只有一点点作用，也值得一试。因为每过一秒钟，每过一秒我看不到尤里从那个地铁站口出来，我的计划就更不可能实现。如果这个计划不成功，接下来我也不知道该怎么办了。

我抬头看向车顶，好像这样上天就更可能听到我的祈祷似的。"我不担心自己，"我说，"请一定要保他们平安。"

而且我非常清醒地记得爸爸的枪就在我身旁，在包的最底下。

他从地铁里出来的时候，我差点儿没看到他。他戴了一顶棒球帽，掉色的华盛顿国民队红色棒球帽，还穿上了一件夹克——黑色的防风夹克。他向我的方向走来，来到我这一侧的街上，我的呼吸变得急促，整个身子都僵住了，但是他低着头，我只能看到他的棒球帽。我透过墨镜看着他，身子一动不动，默默祈求着他不要抬头看。他经过我身边时，我屏住呼吸，等从后视镜里看到他弓着身子径直走开后，才大口地喘起气来。

我紧紧地盯着他，看着他越走越远，身影越来越小，这才慌张起来。我要跟着他，我要看看他去哪儿了。但是如果我现在从车里出来，就看不到他了。我要原路返回，顺着街道跟上他，但到那时他可能就已经不见了，或者他可能已发现了我，那么一切就会前功尽弃。

我用颤抖的手扭动着车钥匙，眼睛仍然一动不动地盯着后视镜，看着他的背影，越来越远。我的目光只从他身上转开一小会儿，查看了路况，准备掉转车头。转瞬间我的目光又落到他身上，我正准备发动车子离开路边，却停了下来——他拐弯了。他走上楼梯，来到一间联排房屋前，进了门。

一股肾上腺素席卷我的全身，我的身子突然放松下来。我一直看着，直到他消失在视线内。我记住了那个门，蓝色的，上面有个拱门和白色的信箱，是消防栓下面第三个门。

我伸手从包里拿出一次性手机，拨通了最后拨的那个号码，把电话贴到耳边。目光又投向那扇蓝色的门。

"你好？"我妈妈应道。

"嘿。是我。孩子都还好吧？"

"噢，他们都好，亲爱的。他们都回家了，很安全，都很开心。"

"谢谢你帮忙接埃拉。"

"没关系。"她顿了一会儿。我听到后面有碗碟碰撞的声音。还有埃拉持久的尖叫声。

"我今天要很晚才能回。"我说。

"没事，"她说，"不着急，你爸爸和我能安顿他们睡觉。"

我点了点头，快速地眨着眼睛，期望心底筑起的墙能挡住汹涌的情绪，只要再坚持一会儿就行。我瞥了一眼旁边车位上的包，装着枪的那个包。"告诉他们我爱他们，好吗？"

然后我向下掰了掰后视镜，身子陷进座椅里，调整视线，盯住蓝色的门，等待着。

第 19 章

　　早上十点过几分，蓝色的门终于开了。我已经和父母通过电话，为整晚不归道歉。了解到孩子都很好，我在汽车座位里坐直了一些。尤里走了出去，他戴了一顶新帽子，一顶黑色的帽子，穿着运动裤和深色 T 恤衫。他转身锁上门，然后迈步下了台阶。他低下头，按了手中一把钥匙的一个按钮，对面街上的一辆车嘀嘀响了一声，灯闪了闪。是另外一辆轿车，这次是白色的。他钻进车里，开车上了路。

　　我立刻担心起几个孩子。但是上次我谈过之后，他会给我一些时间，给我时间完成他想要的。孩子暂时还安全。

　　我从包里拿出了枪，塞到裤腰带里。枪很硬，贴在我的皮肤上有些凉。然后我伸手拿起昨晚放在汽车仪表盘上的信用卡，还有旁边的波比大头针——我从包底翻出来的，是埃拉上芭蕾舞课时用来别发髻的。大头针已经扭成玛尔塔教我的样子了。我从车里出来的时候，手里紧紧握着两样东西，然后也像尤里一样低着头，快步向那座房子走去。

来到蓝色门前，我停了一下，听了听里面的声音。什么都没有听到。我轻轻敲了敲门，一次、两次。我屏住呼吸，倾听着——没有声音。我脑中闪过这样的场景——马特被绑在椅子上，嘴上贴着胶带。

我拿出那个波比大头针，塞进锁孔，转了几圈，直到碰到锁芯。另一只手把信用卡塞进门和门框之间的缝隙，用力挤压。我的手抖得太厉害，差点儿弄掉了卡片。我不敢四处看，只能祈祷不要被人发现，希望身体能够挡住手上的动作。

锁开了。我已经晕头转向，但又如释重负。我拧动门把手，给房门开了个缝，心里局促不安，害怕有警报响起，又害怕有别的什么意外，但什么事都没有。我把门又开大了一些，看到了里面：一间客厅，家具很少，只有一张沙发和一台大电视。再往里是一间厨房，一处铺了地毯的楼梯通往楼上，还有一处楼梯通到楼下。

我走进屋里，关上身后的门。马特不在，可能在屋子深处？如果他不在这里，我是否至少能找到些证据？——文件夹，尤里用来勒索我的那个。

忽然间我满心疑虑。如果马特不在这里，我又找不到那份证据呢？还有更糟糕的情况，如果尤里回来了呢？如果他找到我会怎么做？

但是我需要尝试。我迫使自己向前迈了一步，又迈了一步。

然后我听到了一些声音。

楼上。脚步声。

我的天啊。

我僵住了，从腰带里拔出枪，举到身前，瞄准楼梯。不可能是真的，对吧？

但确实是真的。脚步声，从楼梯上传下来。我在恐惧中完全僵住了。我看到有一双脚出现在视野中——光着的脚，男人的脚。我透过准星看着，视野里出现了两条腿，肌肉发达；运动短裤太大，有些松垮；白色的汗衫套在身上。我的枪一直对准着他，等着他的胸部出现，以便瞄准。

"可真快啊。"我听到他的声音。

马特的声音。

他出现在我面前。我同时也意识到这个现实。马特。我的眼睛从准星上挪开，越过手枪，看向他的脸。不可能。但这就是真的。这就是马特。

他看到我，当场僵住，脸色苍白，像见到了鬼。他的头发湿漉漉的，他刚冲完澡都是这个样子。他看起来……在这里很惬意。我的枪一直对着他，脑袋里一片混乱。

"天啊，薇薇，你在这里做什么？"他说着，冲下最后几级台阶，来到我身旁。他神情坦然，好似没事人一样。我希望他能停下来，慢下来，给我点儿时间来消化眼前的一切，因为这样不对。这一切都不对。我想象着他像个俘虏一样被绑在某个地方，而不是独自一人，毫无拘束地在尤里的房里冲澡。

他已经快到我身旁了，完全不顾枪正对着他。他笑着，好似见到我非常高兴。我放下手中的枪，因为我拿枪对着的，是我的丈夫，但是放下枪又很难。我的胳膊，抑或是大脑，或者别的什么一直在阻拦我。他拥住我，但我的身体却僵住了。

"你怎么找到我的？"他问道，似乎不敢相信。

我的胳膊依然一动不动，并没有反过来拥抱他。我不懂，我搞不懂眼前的一切。他脱开身，距我一臂的距离，拉住我，注视着我，眼睛搜索着我的目光。"薇薇，真对不起。他们去学校找到卢克，他和卢克说过话。我不能等，我必须去……"

我盯着他，他的神情那么坦率，那么真诚。疑惑似乎在消解，稍微有所消解。这正和我想象的一样。不是吗？他离开我们去保护卢克，好让尤里离我们的孩子远点儿。可是为什么我的大脑在尖叫着拒斥他的话？

因为他独自一人在这里。他不是囚犯，没有被绑在屋子某处的椅子上。一直困扰着我的情景不是真的。我上下打量着他，湿漉漉的头发，还有那一身衣服。我的胃里一阵恶心。"你为什么还在这里？你为什么不离开？"

"他说如果我离开，他就会杀了卢克。"

这句话让我心生寒意。

"或许我应该试一试……我不知道能不能拿下他……"他说这些话的时候有些羞愧，而我则感觉心头一紧。"我没有离开你，薇薇。我发誓。"他看起来快要哭了。

"我知道。"我说，其实更多是要说服自己。

"我不会那么做的。"

"我知道。我知道。"可是我真的知道吗？

他搜寻着我的目光，突然脸上闪过一丝惊慌，说："尤里很快就会回来。他去买咖啡了。薇薇，你得离开。"

"什么？"

他的语气很急迫："你得离开，你得离开这里。"

各种情绪交杂在一起，惊慌、困惑、绝望，在我心中翻动。"我需要那个文件夹，他们用来敲诈我的那个。"

他盯着我看了很久，那表情我读不懂。"这样做很危险。孩子——"

"文件夹在哪里？"我看着他，眼睛一眨不眨。你有时间去搜寻的。

他的眼神像是要刺透我，但目光又柔和了下来。"在楼上。"

他真的找过，他找到了。我如释重负。"你能——"

我的话说到一半，突然听到钥匙插进了锁孔的声音。我举起枪，瞄准那扇关着但随时都会打开的门。他回来了，尤里回来了。

我透过准星看着门。门开了，我看见了他。他低着头，手里拿着一个一次性托盘，上面放了两杯咖啡。他还没有看见我。我一直瞄准他。他向里迈了一步，准备关门。

这时，他看到了我。

"不许动。"我说。

他站住不动。

"关上门。"准星一直瞄准他的胸口。如果他稍有妄动，我就会向他开枪。我肯定会开枪的，就是这个人威胁我的儿子。

他小心翼翼地关上门。

"举起手。"我说。我惊讶于自己的声音竟能如此镇定，惊讶于在毫无准备的情况下，我也能够如此威严，如此自信。但其实我心里充满了恐惧。

他大概按我的话做了。双手举在身前，一只手拿着一次性托盘指向我，另一只手张开手掌给我看。

"不要有任何动作，否则我就开枪了。"我的语气非常严肃。我有些恍惚，好似在电影里。

他冷漠地看着我，然后又看向马特。他们都面无表情。

我要表现出胸有成竹的样子，我要掌控局面。我强迫大脑思考，想出一个解决方案。

"把他绑起来。"我对马特说。尤里的目光又转到我身上，他眯缝着眼，但是并没有动。

我没有回头看马特，但是听到他离开了房间。尤里和我盯着彼此。他脸上露出一丝得意的笑，令我愈发感到不安。可能是因为担心他的目的吧。

没过多久，马特回来了。我回头看了一眼，他搬来一把直背木椅和一卷牛皮胶布。尤里的目光又转到马特身上，用我看不懂的方式看着他。我希望他能说话，我希望他能说些什么，那总比沉默要好。我手里的枪抓得更紧了。

马特放下椅子，没有任何催促，尤里不慌不忙地慢慢坐到了椅子上。他看着我，双臂背到椅子后面。没有抵抗，没有回击。马特开始用胶布绑他的手腕，然后绑脚腕，最后是他的身体——从胸部到腿部。尤里一直盯着我，他的目光里透出自信，不应该有的自信，特别是在身处绝望之境，还被人用枪指着心脏时。

绑好之后，马特放下胶布，转身面对着我。他面无表情，没有恐惧，没有愤怒，什么表情都没有。我放下枪，但仍然放在身旁。"你能把那份文件拿来吗？"我对他说。他点了点头，上了楼梯。我看着他离开，内心产生一种奇怪的感觉，感觉不应该让他离开我的视线。

尤里也看着他离开，然后转头面向我。他的嘴角又闪过一丝得意的笑。"你以为这样能销毁文件夹？"

他的问题让我心头一紧。"是的，我认为可以。"

他摇了摇头，令我心生疑惑。至少证据销毁，我就不用进监狱了。他就不能勒索我了。剩下的可以慢慢再想办法。

我听到马特走上楼梯的声音，抬头看去。我的手指紧紧扣住身侧的枪，肌肉紧张，随时准备动起来。我满脑子只有不久前他从楼梯上走下来的画面，他当时的状态明显很放松。他出现在我的视野中，穿戴整齐，我的目光直接落到他的手上。他的手里只有薄薄的一摞纸。我的腿突然发软。

我在想什么？这是马特啊。我放松了手中的枪，看着他走近，什么话都没有说，把那几张纸递给了我。我用空着的手接过那几张纸，低头看了看第一张，上面是一张我熟悉的截屏照片，和尤里放进我邮箱的纸页完全一样。但是不对，他们手中不应该只有这些。

"余下的在哪里？"我说着抬起头。

"余下的？"

"电子版。"

马特面无表情地看着我。"我就找到这些。"

我的心一沉，把那些纸对折，塞进背后的裤腰带里，然后转身面向尤里。"我知道你还有另外的副本。放在哪里？"我的语气极尽强硬，但还是能听出声音中的惊慌。

他还是得意扬扬地笑着，盯着我。"当然还有其他副本。"

我会找到的。我可不管用什么手段。我向他走近一步，他歪着脑袋看着我。"但是不在这里，不在我手里。"

我浑身冰冷。

"噢，薇薇安。你以为你比我聪明。"此时他恣意狂笑，语气狂妄至极。"有人帮我们拿到的这份搜索结果，还记得吧？能够登录'雅典娜'的人——能够接触你们所有核心机密的人——内部的人。"

我心里一阵犯恶心。

"我的朋友有副本。如果我有任何不测，那几张纸会被直接送到联邦调查局。"

房间在旋转。"谁？"我的声音听起来很古怪，像是从别人嘴里发出来的声音。"谁有副本？"

尤里笑了，满足的笑，使我暴怒。销毁那份证据是我最后的希望。我原本已开始相信这个计划可行。

"有可能只是虚张声势。"马特说。我没有回头。不是虚张声势，我从尤里的表情里就能看出来。

"谁？"我又说了一遍，向前逼近，举起手中的枪。尤里毫无惧色。

我感觉有人碰了我一下，令我紧张的神经一下子绷断了。我挥舞着枪转过身，是马特，在我身后。他的手搭在了我的前臂上。这时他松开手，双手举到空中。"是我，薇薇。"他平静地说。

我的枪一直对着他。他低头看了看枪，又看着我的脸。"没事的薇薇。我是想让你冷静一下，不要冲动。"

我感觉脑袋要裂开了，我不能理解眼前发生的一切。不要冲动。"他威胁过卢克。"我说。我转向尤里，把枪对准他的方向。"我要杀了他。"

尤里的脸色没有丝毫变化。

"又能有什么用？"马特问。我盯着他。他不想让我开枪打尤里，因为他和尤里是一伙的？"如果这么做了，就什么也了解不到了。"

他为什么如此镇定？但是我还是权衡了一下他的想法。他是对的。

如果我射杀了尤里，就永远也拿不到另一份副本。现在或许还有一线生机，还有机会找到那一份证据。

马特同情地看着我，然后伸出一只手拉住我的胳膊，温柔地按下我的枪。"薇薇，我们抓住他了，"他轻声说，"他伤不到我们的孩子了。"

我打量着马特的脸，知道他是对的。尤里在这里，被控制住了，对孩子的威胁终于消除了。如果我现在打电话给当局，他就会坐一辈子牢。他是个俄罗斯间谍，指挥着一组深度潜伏的特工。他没有任何机会再靠近我的孩子。

我手中的枪突然变得很沉重。"那么我们现在怎么办？"打电话叫警察吗？尽管那样马特和我都要在铁窗后度过余生。

他脸上显出一丝犹疑。"或许你可以按他们要求的办，把那个 U 盘插进……"他提议说，脸上闪过一丝期望，我却感觉天崩地裂。又说这种话？他真的还坚持要这样吗？为什么这件事对他如此重要？

"这样保护不了他们。"

"尤里说过——"

"他们会提出别的要求。他们会再次威胁孩子。"

"谁也不能确定。而且这样终究能给我们赢得一些时间……"

我感觉喉咙紧得厉害。我们讨论过这么多次插入 U 盘的问题。他非常执着。为什么他如此在意，为什么他这么想要做成这件事，除非他们是一伙的。

"然后怎样？"我说，"马特，这个男人把我们的孩子当成目标。他对你说过会杀了卢克。你真的想要这样一个人逍遥法外吗？"

他的身体重心从一只脚转到另一只脚上，看起来很不自在。而我的眼睛一直没有从他身上挪开。我脑中浮现出之前的情景，他从楼梯上走下来，非常放松，准备和尤里聊天。

我想起他向我保证没有告诉俄罗斯人任何有关玛尔塔和特雷的事情——撒谎！而我却相信了他的谎言！我相信他说的是真的。

我第一次认清了他的真面目。

他的面色有些变化，我开始感到不安。他可能又知道我在想什么了。"你真的不信任我？"他说。

我说出了脑子里蹦出的第一个想法。"好吧，或许你不能离开。但是你不应该做些什么吗？"

他摆弄着手指上的结婚戒指。"我试着给你打过一次电话……你的手机关机了……"他费力地说出这些话。"尤里发现我给你打了电话，就带回了卢克的背包。说如果我再试图做别的什么事，下一次……"

卢克的背包。原来是这样丢的。他们离我儿子那么近。去他的学校，去他的教室，找到他放午餐的小储物柜。他们传递出的讯息再清晰不过：他们可以对他下手，何时何地都可以。我看向尤里，他正微笑着看着我们。

我感觉自己快要吐了。从那之后马特当然什么事都不能做。他怎么能做呢，卢克的生命都有了危险。

我强迫自己保持专注。问题不仅仅在于他在这里。有关玛尔塔和特雷的谎言。一再提议我插入 U 盘。

"不管我说什么都没有用，是吧？"他问。

"我不知道。"我盯着他的双眼，毫不让步，"我觉得你很想让我按他们说的做，但我想知道原因。"

"为什么？"他露出不可置信的表情。"因为我了解这些人。我知道根本没有出路。"他伸手想要拉住我，又放了下来。"还因为我不想我们的孩子出事。"

我们站在那里，盯着彼此。他最先打破沉默。"如果我和他们一伙，薇薇，如果我那么想要做成这件事，为什么一开始不这么做呢？"

"什么？"我说，但不过是为了拖延时间，他说得已经很清楚了。

"我给了你一个 U 盘，你插进了电脑。如果我想要那些数据，为什么还要经历这一切呢？为什么我一开始不直接把这个 U 盘给你呢？"

我不知该怎么回答他。他说得对，我的怀疑讲不通。

"或者我为什么不骗你？告诉你第二个 U 盘也没什么，只不过是再次重置服务器？"

如果他这样说，我就会照他们说的办了，我就会插入那个 U 盘了。

"我是站在你一边的，薇薇，"他温柔地说，"可是我不知道你是否和我站在一起。"

我脑子很乱。此时我不知道该去想什么，不知道该做什么。

这时我的手机振动起来，在口袋深处。我摸出手机，看了看号码。是卢克学校打来的。

他应该已经到学校了吧？他肯定已经到了。天啊，发生什么了？我应该给我爸妈打个电话，查看一下情况，确保他已经上了公交车，甚至可以让他们开车送他去上学。我点了绿色的按钮。

"有人吗？"我说。

"嘿，妈妈。"

说话的是卢克。我缓了一口气，都不知道刚才自己已经屏住了呼吸，此时感觉世界都在旋转。然后一阵惶恐袭来。为什么他从学校打来电话？

"卢克，宝贝，出什么事了？"

"你说过如果再看见他就给你打电话。"

"谁？"我机械地问道，但话刚出口，我就想到了。

"那个男人，在学校和我说过话的男人。"

不，这不可能。"你什么时候看见他的，卢克？"

"刚才。他就在外面，在栅栏旁。"

这不可能。我瞥了一眼尤里，他听见了我们的全部对话，脸上还保持着笑容。"卢克——你确信是他吗？"

"是的。他又和我说话了。"

我几乎再也说不出话来。"他说什么？"

他放低了声音，我听出他有些颤抖："他说让我告诉你时间已经不多了。这话是什么意思，妈妈？"

我彻底慌了。我看了看马特，我知道他也听到了这段对话。他脸上闪过愤怒的表情，像野兽一般，那一刻他又变成了我的丈夫，那个不惜一切保护我们、保护家庭的男人。

"快去。"我对他说，一手堵住了话筒。他瞥了尤里一眼，又回头看看我，好像有些犹豫。"我不会有事的。去保护卢克。"他永远不会让任何人伤害孩子，这一点我敢确信。我们交换了眼神，然后他从我手中拿过手机。

"卢克，你待在原地。"他说，"不要走动，伙计。我马上就到。爸爸来接你。"

第 20 章

马特走了出去，关上了身后的门，然后是一阵沉默。我颤抖着，心里混杂着恐惧、愤怒和绝望。就算尤里入狱，事情也不会了结。不管现在是谁在卢克的学校里，这一点显而易见——还有别的人在威胁我的孩子。

给当局打电话自首保护不了我的孩子。

还有什么能保护他们吗？

尤里一脸愉悦地看着我。我蹲了下来，看着他的眼睛。"谁在威胁我儿子？"我说话的语气很吓人，就连我自己也被吓到了。我怎么会如此冲动？我们在工作中反复训练——永远不要先入为主。然而我所做的不正是先入为主吗？听说有个男人，一个有口音的男人，就先入为主地认为是尤里。

有口音。这是卢克说的，对吧？我是不是因为这个才想到尤里？我努力回忆着当时的对话，回忆卢克说的话。他说话的声音很怪。天啊，我甚至无法确定是不是俄罗斯口音。

那个人是尤里所说的内部人士吗？我认识的能够登录"雅典娜"系统的人都没有口音。有没有可能是高层的某个人，来自 IT 部门的人？

或者可能是另外一个俄罗斯特工？

"谁在威胁我儿子？"我又说了一遍。他什么都没有说，只是用眼神嘲讽着我。我本能地抓起枪托，狠狠地砸向他的额头，他惊呆了，我也惊呆了。我一生从未打过人。"我会杀了你。"我说，我真的会的。如果能保护孩子，我会一眼不眨地杀掉他。

他讥笑着我，嘲讽着我，额头上留下一道伤痕。他的脖子随着刚才那次重击向后弯去，衬衫领子贴到了脖子上。金链子上挂的吊坠从衬衫底下掉了出来，金光闪闪。那是一个很夸张的十字架。"为什么不呢？"他说，"你也没什么可损失的了。"

我内心充满了怒火。"谁？"我把枪对准他的太阳穴。不管是谁，等马特到的时候也都离开了。我们到底怎样才能找到他？

"可能是好几个人。我有很多朋友可以帮忙。"尤里得意地笑着。他在捉弄我。我转身避开他，这样他就看不到我的脸，看不到我的绝望，看不到我内心的恐惧。

很多朋友。我脑中酝酿着一个想法，慢慢变得清晰起来。不管尤里认识的内部人士是谁，肯定知道马特的身份。如果潜伏间谍小组高度机密，那么他们不应该对所有人隐藏起他的身份吗？

还有我们婚礼上的那些特工呢？同时聚集在同一个地方。或许不像我们想象的那么机密，或许我们对这个项目的理解有误，或许……

双面间谍德米特雷。这个名字突然出现在我脑海中，把其他想法都挤走了。双面间谍德米特雷，他来自首，坦白说美国有数十个潜伏间谍小组。我们认为他是双面间谍，是俄罗斯人派来混淆视听的。但他是对的，不是吗？如果我的婚礼上有那么多间谍，他就是对的。

他说的是实话。

我绞尽脑汁，回想他还说过什么。还有哪些说法与我们已知的信息不符，所以我们都直接忽略，当作误导信息了？

他说潜伏间谍的名单由间谍管理者随身携带。随身携带，在他们的身体上。

我看了看尤里。脑子里乱糟糟的，我把自己都不知道是否存在的信息碎片拼接到一起——名字随时随地存在间谍管理者的身上。我们一直相信从其他渠道得到的情报是真的：名字是以电子形式存储的。我忽然领悟到一件事。

会是这样吗？我移开视线，看着他的脸，终于舒了一口气。是这样的，我从他的脸上能看出来。他意识到我知道了。他脸上写满了无助，就像过去几周我的感受一样。他被绑在椅子上，没法把它藏起来，也不能保护它。他脸上得意洋洋的笑容也消失了。

我向他身边迈了一步，又迈了一步，直到站到他身前，他别无选择，只能抬头盯着我，彻底暴露了，他脆弱不堪。我能看出他眼神中的恐惧愈来愈深。我抓住那个吊坠，看着它，看着金色十字架的外形，打量着它。我把它翻过来，看到四颗小螺丝。

我伸手抓住吊坠，一直看着他的眼睛，猛地用力从他脖子上拽下了吊坠。他的脖子猛地向前一弯，随着拉断的项链掉到我的手上，又向后一仰。

"就是这个，是不是？"我说，没等我再次说话，就听到身后咔嗒一声——有枪对准了我。

第 21 章

我彻底僵住了。有人进屋了，我却没有听到。马特走后我们没有锁门，是吧？

尤里歪着脑袋，从我身侧看向房门。看他的脸色应该是认识来人。他的嘴角慢慢露出一丝笑容，令我一阵惊慌。我要死在这儿了，就在这儿，现在。

我僵在那里，等着对方开枪。我不敢转身，不敢看那个将要杀死我的人。

尤里此时笑得更灿烂了。我看到他的牙齿，歪歪斜斜，有着黄色的牙渍。他张嘴说道："你好，彼得。很高兴见到你。"

彼得。

我听到这个名字，但不敢相信这是真的。不可能。可能吗？我慢慢地转过身——褶裥裤、休闲鞋、眼镜，还有一把左轮手枪对着我。彼得。

我本能地扔掉手中的枪，举起双手，向后躲开他。

奥马尔说情报中心有个内鬼，是我的同事；尤里说他们有人可以登录"雅典娜"。我本该把这些细节联系起来的。

但是彼得？彼得？

"薇薇安，我想你认识彼得？"尤里说着开始大笑起来，疯狂地笑。他很享受眼前的状况。

我依然看着彼得。他放下胳膊，把枪收到身体一侧，胳膊放下的角度很奇怪，好像不知该怎么办才好。

"你拿走的那些搜索结果，薇薇安，"尤里说，"我跟你说过都不重要。因为我们这位朋友彼得还有一份副本。是不是，彼得？"

"你怎么能这样？"我轻声质问，完全忽略了尤里，注意力完全放在了彼得身上。

他对我眨了眨眼，什么都没有说。

彼得就是那个内鬼。我不确定他对尤里说了些什么。"薇薇安，你今早没来上班，我就感觉你可能来了这里。"彼得说。

彼得就是那个内鬼。他一直为俄罗斯人工作，帮助他们勒索我。"你怎么能这样？"我又说了一遍。

他用空着的那只手的食指向上推了推眼镜，开口准备说话，但又咽了回去。他清了清嗓子。"凯瑟琳。"

凯瑟琳。当然是凯瑟琳。对彼得来说，凯瑟琳是唯一比他的工作和国家更重要的人。他摘下眼镜，用另外一只手的手背——拿着枪的那只手——擦了擦眼睛。枪在空中乱晃，枪口朝向各个方向。我都不知道他是否还记得手里拿着枪，而且他的手指还扣在扳机上。

"那个临床试验……"他说着，又把眼镜戴了回去，在鼻梁上调整了一下，"她没有进入名单。"

没有进入名单？我盯着他，想要他继续说下去。在我旁边的椅子上，尤里沉默了。

"她最多只剩下几个月的生命。我说不出当时听到这个消息时的感受……"他的声音有些颤抖，他摇摇头，清了清嗓子。"前一天她还好好的，我们筹划着未来的日子。可第二天，就传来了这个消息——只剩下两个月。"

我心头涌起一阵同情，但很快又消散了。眼前的不是彼得——我的导师，我的朋友。眼前的是拿枪指着我、准备杀我的人。

他眨了眨眼，重新看向我。"然后有人找到了我，他们中的一个人。"他向尤里努了努嘴，语气一直平淡。"承诺如果我为他们工作，就帮我拿到试验的药物。"

"所以你就替他们做事了。"我说。

他耸了耸肩，无助地耸了耸肩。他的表情显得很羞愧，至少他还知道羞耻。"我知道这样是错的，我当然知道。但是他提出的筹码对我而言是这世上最珍贵的东西。我又怎能说不呢？"

他好像在乞求，乞求我理解，乞求我原谅他。在某种程度上，我确实能够理解他。他们抓住了他最脆弱的地方，他们对我也是这么做的，不是吗？

"我从未告诉凯瑟琳，她不会让我这么做的。我告诉她，他们最终还是让她进入了临床试验名单。我发誓一切结束之后，我就去自首。我会告诉安保部门我都为俄罗斯人做了哪些事情，我会为自己做过的每一件错事承担责任。"

我心头涌起一阵莫名的情绪。希望？现在已经结束了，不是吗？凯瑟琳已经去世了。"药物起了作用，不过效力不长。"尤里全神贯注地听着，好像也是第一次听说这些。"然后他给了我那个 U 盘，要我把它加载到限制区域的电脑里。"彼得又推了推鼻梁上的眼镜。"我拒绝了。这是两码事：告诉他们玛尔塔好喝酒或特雷的男朋友是谁是一回事；让他们控制整个系统，发现我方的潜伏间谍——那些为我们工作的俄罗斯人——我怎么也不可能这么做。"

彼得的下巴绷得紧紧的。"他威胁要切断她的药，然后他真的这么做了。四周之后她去世了。"

我张大了嘴，一股怒气从胸中冲了出来。我想象着他那几周的痛苦，了解到他的决定给他们造成了怎样的后果，我又对他真心地同情起来。这时我的心头又涌起了对这些人的新仇。这些禽兽。

"他们以为我什么都不会说。"彼得继续说道，"他们以为现在我不可能去找当局自首，因为自首之后就要坐一辈子牢。但是他们没有想到我已经没有活下去的意义了。"

尤里好像遭到重击，他目瞪口呆，说不出话来。

彼得并不理睬他，他的眼中含着泪水。"我不想继续下去了，但是我必须要做下去，我要补救我所做的一切。"他的声音颤抖了，"特别是我对你做的一切。"

"对我？"我低声说。

"我告诉他们我们就要登入尤里的笔记本电脑了。我猜他们就是在那时把马特的照片放进去的，故意让你发现。"

　　这样讲就说得通了，这样就能解释为什么那些文件夹没有加密了，能够解释为什么只有照片，别的什么都没有。这是设好的一个局。

　　他们知道我会怎么做，知道我不会告发马特，知道能够操控我。他们从一开始就知道，只不过我不知道而已。

　　"是我害你被卷到这里来的。"彼得轻声说。

　　我应该说些什么，但却不知道该怎么说，也想不出合适的话来。信息太多，一时间难以消化。

　　这时我看到彼得的目光集中到我身后的某个东西上，他脸上露出恐惧的神色。

　　"放下枪。"我听到有人说。是马特的声音。

　　我转过身，看到了他，站在客厅的边上。在他身后，我能看到从厨房通往天井的门略微开了一点儿。他从后面潜入房间，一只手端着手枪，目光锁定在彼得身上。

　　我的头好似被一记重击，好像这些都不可能是真的，这一切都讲不通。他不应该在这儿，他应该在学校，接我们的儿子，保护他安全。"卢克呢？"我问。"你为什么这么快就回来了？"

　　他没有回答。我也不确定他到底有没有听到我说话。

　　"马特，卢克在哪儿？"

　　"我给你父母打了电话。他们去接卢克了。"

　　他怎么知道我父母在家里？他为什么不自己去接？这些都不对。"为什么？"我勉强问道。

　　"他们离得更近一些。能更快到。"他直视着我，神情令人宽慰。"他们很愿意帮忙。而且我也不能留你一个人独自在这儿。继续，彼得。

继续说。"

　　但是彼得沉默了。他的双手紧扣在身前，左轮手枪掉到地上，落在脚旁。我看向尤里，他把一切都听得真真切切的。他刚才一脸的恐惧都消失不见了，转而又扬扬得意起来，令我心惊肉跳，我很迷惑，搞不懂他为什么会这样。

　　马特又开口说。"继续说。"语气很生硬。

　　"尤里说得对，薇薇安。我在系统重启之前下载了搜索结果。我正是他们勒索你的原因。"彼得的表情变得坚毅起来。"但是他有一点错了——我没有留副本。"他把手伸进前面的口袋里，马特见势举起了枪。

　　"马特，别动。"我说。我都能听到自己声音里的惊慌。

　　"没事的。"彼得说。他已经从口袋里掏出了些什么东西，很小的东西。"只不过是这个。"他手里拿着一个 U 盘，悬在一个银色的钥匙环下面。我盯着那个 U 盘，看着它晃来晃去，等着他解释。一定会有个解释的。我信任他。他做我的导师很多年了。

　　"里面是你找到的那几张照片，马特的那一张删掉了，我只留下这些。"他把 U 盘递给了我。"没有你见过他们的任何证据，他们没有可勒索你的东西了。"

　　彼得又向我走近了一步，U 盘仍然拎在一只手里。"这个 U 盘任由你处置，还有第五个潜伏间谍的身份。"他匆匆瞥了马特一眼。"我相信你会做出正确的决定，薇薇安，不管你怎么决定。但是他们不可能像操纵我一样操纵你。"

　　我的目光从他身上转到 U 盘上，然后伸出手，从他手里接过来。马特看着我，他的表情难以捉摸。彼得的话一直在我脑中回响。我相信你会做出正确的决定，薇薇安，不管你怎么决定。

我低头看了看马特手里的枪，回想起我们家衣帽间的那个鞋盒，回想起我发现藏枪的地方变空了，我突然意识到一件事。

"从一开始你手里就有枪。"我脱口而出。

"什么？"

"你为什么不对尤里开枪？你为什么要留在这里？"

"老天啊，薇薇，你是说真的吗？"

"你说你不确定自己能不能拿下他。但是你有枪啊。"

"我又不是杀手。"他露出难以置信的表情，"而且打死他又有什么好处呢？"

"他威胁我们的儿子。他夺走卢克的背包给了你。"

我觉察到他脸上逐渐露出受到伤害的表情。"我的天啊，薇薇安，你到底要怎样才能信任我？"

我回答不了这个问题。我们互相盯着对方，眼睛一眨不眨，我看到他的下巴略绷紧了些，鼻孔微微张开。

我的注意力被某个声音打断了。尤里轻声笑了起来。"这比电影还精彩。"他笑着说。他认定马特是和他一边的。他突然揭露的真相像扇了我一个耳光，让我感觉很受伤。

尤里脸上的笑容就这样消失了。他变得面无表情。"男孩明天就要死。"他说道，怒视着我。这句话烧干了整个房间的空气，如此突然，如此可怕。"如果你不照办，卢克明天就要死。"

我毫不怀疑他没有虚言。突然间只剩下我与他的对峙，这个男人想要杀死我的孩子。我吓呆了，死死地盯着他的脸。

"然后是另外一个孩子，或许是埃拉。"这时他眼睛中流露出的神情令我作呕。"尽管她会长成一个很漂亮的姑娘。我或许会留她到最后，从双胞胎开始，容她先长大一些……"

我的视线模糊了，身体里的力量全都没了。我勉强转身看向马特，只有他才有可能理解我此刻的恐惧。我张开嘴要说话，但只能哽咽着痛苦地哀求。

他的脸色变了。令人难以捉摸的决绝的表情，我知道要发生什么了。我看着马特举起枪。

然后一声枪响。

我的耳朵震得嗡嗡响，我什么都听不清，周围全是模模糊糊的声音，枪声在我脑中回荡。我眨了眨眼，努力想要集中注意力。这不是真的，这不可能是真的。马特扔下了枪，双手举到眼前，有些不知所措。他脸上露出我从未见过的神色——嫌恶和疑惑，好像完全不知道自己能够做出刚才那样的事情。他大口大口地喘着气。

尤里瘫软在椅子上，垂下了头。血染红了衬衫中央的一片，待我去看的时候，血还在慢慢地向外扩散，沾染了衬衫的边边角角。

过了一会儿我才缓过神来。马特刚刚杀了人，我的丈夫刚刚夺走了别人的性命。一个禽兽的命，但同样是一条生命。

"你得离开了。"我听到彼得的声音。耳朵里嗡嗡作响，心怦怦地跳着，我只能勉强听着他在说什么。"联邦调查局在跟踪我，随时都会到。"

联邦调查局。在这里。我的天啊。

"你得离开了。"彼得又说了一遍，这一次语气更急迫。他俯身拾起马特的枪。

我得离开，但是我却动不了。

这时响起了吭吭撞门的声音。先是一次巨大的撞击声，然后又一次，门被撞开了。身穿黑色战术装备的人，屈膝弯腰冲了进来，手里举着自动步枪，瞄准。他们大声喊着："联邦调查局！举起手来！"

我举起双手。我看到了他们的背心，大大的字母。看到自动步枪的枪筒，对着彼得，对着我。

只剩下彼得和我。马特已经走了。

"放下武器！"

我看向几位特工，有一张面孔我认识。奥马尔。他的枪口对着彼得，高喊着。他们都高声喊着。

"放下枪！放下枪！"

马特的枪还在彼得手里，落在身体一侧，胳膊很不协调地打着弯。我看不懂他的表情。又有人高声喊着"放下枪，举起手"。然后我听到彼得对他们说："容我说几句话。容我说几句话。"

喊声停了下来。特工都站定，做出射击的姿势，胳膊向前伸着，枪都瞄准了——两支枪对着彼得，一支枪对着我。彼得也看到了。"她什么错都没有。"他说。他很平静，异乎寻常地平静。"她在这儿完全是因为我。我需要她听我解释。"

枪仍然对着我。

"没事了，她是我们的人。"奥马尔说。那支枪有些犹疑地晃了一下，不再指向我。

"彼得，放下武器。"他命令道。

"我需要说几句话。"彼得摇了摇头，"我要你们听我说。"他的眼镜又从鼻梁上滑了下来，但这次他没有扶回去，只是稍微低了低头，看向他们。"是我做的。"他继续说道，用空着的一只手指了指椅子。"是我杀了这个人，尤里·雅科夫，他是俄罗斯间谍。"他满眼的绝望。"我为他工作过，我就是那个内鬼。"

奥马尔目瞪口呆。我的目光又投向彼得的手。"我把同事的情况告诉了俄罗斯人，玛尔塔和特雷被人策反也是因为我，或许还有别的一些事。我告诉他们我们正在调查尤里，告诉他们我们正准备侵入他的电脑。"他的额头全是汗，灯光反射着汗水，闪闪发光。"后来我在限制区域的电脑里插入了一个 U 盘，清除了中情局服务器两天的历史活动记录。"

我倒吸了一口气。回想起前一天，在门口撞到他的时候，他就已经知道了。现在他自己承认做了那件事来保护我。

这时我突然意识到真相：他在此时此地承认一切是有原因的，他没有扔下枪是有原因的。"不！！！"我尖叫着。"抱歉。"他轻声说，仍然看着我。然后举起了枪。

我看到这一切发生，听到这一切发生。喊叫声。枪击声。彼得瘫倒在我面前，倒在血泊里。

最开始是混沌的声音，后来是尖叫声，等我的听觉恢复了之后声音更大了。这时我才意识到，声音是从我身体里发出的。

第 22 章

我坐在尤里卧室的沙发上，双手抓住两侧的垫子——又软又厚的垫子，浅褐色的布料。外面响起一阵警笛声，有几辆警车，警笛声此起彼伏，像刺耳的交响曲。还有闪光灯，灯光在墙上打上图案，像蓝色和绯红色的斑点在舞蹈。我看着这幅图案，因为不这样我就会看盖在彼得身体上的布。我做不到。

奥马尔在我身边，离得很近但又保持着一点儿距离。我能感觉到他正看着我，他和屋里其他特工的目光都落在我身上，这时有很多特工都挤了进来。他们有的做标记，有的拍照，漫无目标地乱转，交谈着，时不时偷偷看我。

我想奥马尔在等我先开口说话，而我也在等他先开口。等着他向我宣读疑犯的权利。我深切感觉到别在腰带里的折叠打印文件，可让我在牢狱中度过余生的证据。

"我给你拿点儿什么喝的吧？"他终于开口说，"水？"

　　我摇了摇头，眼睛仍盯着墙上的灯光。我正尝试着捋清发生的一切，想要想通前因后果。我有纸质的证据，彼得已经毁掉了备份。尤里死了，他也无法指控我。而且彼得承担了我的罪责——插入 U 盘。

　　"你知道，我们得谈谈这件事。"奥马尔说，他的声音很温柔。

　　我点了点头，脑子开始转了起来。他是以朋友或同事的身份问我这个问题，还是把我看成嫌犯？我可以假装刚发现马特是潜伏间谍，假装是尤里告诉我的，让联邦调查局调查这件事。这样有机会矫正之前的错，告发马特，做我最开始就应该做的事。他会理解的，从一开始他就要我这么做的。

　　卢克明天就会死。但是如果我不插入那个 U 盘，他们就会对卢克下手。我完全不知道谁在威胁他，也不能告诉联邦调查局，那样就只能将所有事和盘托出，我自己也难幸免。卢克深处这样的险境，我不能进监狱。我不信任调查局能够找到威胁他的人，不可能及时找到。

　　"能先告诉我你为什么在这儿吗？"奥马尔追问道。

　　我扭头看向别处，下意识地看向彼得。奥马尔顺着我的目光看去，然后点了点头，好似我已经回答了他的问题。"之前那一天打来电话的是他吗？"

　　我一直盯着彼得，不知道该如何回答。我需要一个逻辑严密的故事，能讲清楚发生的一切。我需要时间思量，但是我已经没有时间了。

　　"还是尤里？"

　　我眨了眨眼睛。怎样说才合情合理？那个电话的事情该怎么和他讲？我挣扎着回忆起来。有人牵涉其中……对我很重要的一个人。

　　"薇薇安。"奥马尔说，他的声音很温柔，甚至有些甜腻。"我就不该给你那些信息，至少应该先了解发生的事情。"

"没事的。"我结结巴巴地说。他都知道些什么？那天我都告诉过他什么？

"我应该相信自己的直觉，应该能想到你需要那些信息的原因。"他摇了摇头。

"你帮了我一个忙。"

他扭开头，看向彼得。他的面容扭曲，透着悲伤。彼得也是他的朋友，不是吗？"你试图帮助他。"他说。他是在陈述，而不是疑问。

我咽了口唾沫。现在。我需要说点儿什么。"他是我的导师。我的朋友。"

"我知道。但同时也是个叛徒。"

我点了点头，眼泪即将流下来，情绪已经难以自抑。

"我们早就开始监控他，怀疑他是内鬼。我们看着他进了屋，然后听到枪声……我们进来之前，他都说了些什么？他解释过为什么要这么做吗？"

"凯瑟琳。"我说，"他们利用凯瑟琳。"我只哽咽着说出这几个字。以后有的是时间解释。这是我想要解释的，需要解释的。彼得不是个坏人。他们利用了他，操控了他，利用了世上对他最重要的东西。

"他们总能抓住你最脆弱的点。"他嘟哝着。

我听着警笛的呜咽。"他从一开始就想把事情弄好。他确实也一直努力地在做。"我打了个冷战。他确实把事情弄好了，不是吗？至少为我铺好了路。他担下了我最大的罪责，重启服务器的罪责；隐藏起马特的身份；甚至找回我删除的四张照片，那些使我很愧疚的隐藏起来的照片。

　　那四张照片，那个U盘，我在口袋外面拍了拍，感觉U盘还在口袋里。我伸手从里面拿了出来，递给奥马尔。"他给了我这个，说尤里手下的潜伏间谍就在里面。"

　　奥马尔死死地盯着U盘。他有些犹豫，然后从我手中接了过去，转身叫来一位同事。几分钟之后，我们身前的桌上就摆了一台笔记本电脑，奥马尔把U盘插了进去。我看着照片出现在屏幕上——红色头发的女人，戴圆框眼镜的男人，还有其他两个人。我删除的四张照片都在这里。马特的不在。

　　"四个？"我听到另外一位特工说："只有四个？"

　　"奇怪。"奥马尔嘟哝着，"应该是五个才对啊？"他看了看我。

　　我对着屏幕眨了眨眼，心不在焉地点了点头。我隐约听到特工的对话，谈着四个还是五个的重要意义，探讨着为什么是四个的理论——一个潜伏间谍死了。或者退休了。这个项目并不像我们想象的那样充满活力。

　　我能感觉到奥马尔正看着我，久久地注视着我，令我高度警惕。

　　其他人还在聊着，讨论着，最后一名特工走过来，拿起笔记本电脑，带着离开了。其他特工也都纷纷离去。

　　"今天你就先回家吧。"奥马尔说。他压低了声音，"明天，薇薇安，你得把一切都告诉我。一切。你明白了吗？"

　　明天。卢克明天就会死。我点了点头，因为这时已经发不出声音了。

　　他又靠近了些，仔细观察着我的眼神。"我知道你还有些事情没有说出来。"

我回到家的时候依然颤抖得厉害，脑中不停地回荡着枪声。我还回想着彼得的面容，他道歉的时候，举起枪的时候，瘫倒在地的时候。但最重要的是，我耳边一直回荡着尤里的话，威胁我儿子的话。

我走进房门的时候，马特正在前厅，看到他在我们的家我觉得很突兀。这样的感觉很不对，就好似他不属于这里一样。我停了下来，我们互相盯着对方，都没有说话，都没有任何动作。

"彼得让你走的时候，你为什么不走？"他终于开口说。

"我不能。"我回想起当时的场景，特工冲了进去，我转身看到他已经不见了。我四处搜寻着他。为什么他独自离开了，没有等我。

"我以为你就在我身后。我逃出门外之后，才意识到你还在里面……我吓坏了。"他说的是真话，但眼神里却没有太多情绪，"里面发生了什么？"

我摇了摇头。此时此地，有太多要告诉你的。

"你还好吗？"他的语气平静，好像根本不在乎似的。我忽然明白过来：他在怪我。他杀了人，因此怪我。他对我怒火中烧。

"是的。"

他的表情没有任何变化，我正准备说些什么，却听到埃拉的声音。"妈咪回家啦！"她高声喊着，蹦蹦跳跳地来到门厅，跑过来，抱住我的腿。我伸出一只手摸了摸她的头，然后蹲下去，给了她一个吻。我抬头看到卢克有些犹豫，于是放开埃拉，走了过去，给了他一个拥抱。我内心倍感宽慰，谢天谢地他还好。

这时尤里的话在我脑中闪过，我把他抱得更紧了。

我走进家庭娱乐房。爸爸坐在沙发上，妈妈坐在地上，挣扎着准备站起来。她面前摆着一座庞杂的乐高玩具城。"噢,宝贝,你回家啦。"
她一脸关切地说, "真不敢相信你工作了一夜。他们经常让你这样工作
吗? 这可不健康,像这样整夜工作。"

"不经常。"我说。

"而且卢克生病还有各种事情。"她一边继续说着,一边摇着头。
我瞥了卢克一眼,他垂着头。然后又看向厨房里的马特,他微微耸了耸
肩,躲开了我的目光。我猜他们应该是撒了谎,应该的吧? 他们总要跟
我父母说些理由,比如卢克为什么提前放学。这一刻略显尴尬,我们都
站在那里,互相看着。

"好吧。"我妈妈最后开口说, "现在马特也回来了,我们就不用
再打扰你们了。"她对着马特笑了笑,我爸爸坐在沙发上看着他,脸上
自然没有什么笑容。如果他认为有人伤害了我,他从来都不会轻易原谅。

我看向马特,但是他还没有看我。他们不能离开,暂时还不能离开。
"其实,"我说, "如果你们能再待一段时间……"妈妈脸上的笑容消
失了,爸爸的表情更加难看。两人都看着马特,好像他随时会跑掉一样。
"如果你们不能的话,我也理解。我知道你们有工作要做——"

"我们当然可以留下。" 妈妈说, "随你要求,宝贝。"我又看
向马特。没事的,这件事可以解决。所有这一切都会好起来的。"不过,
爸爸和我需要多拿几件干净衣服。要不我们今晚一起回夏洛茨维尔,明
早再回来。"

"你们可以在这儿洗衣服。"我说。

她没有理会我的话。"还有家里的房子。我们得回去检查一下房子。"
她想给我一些个人空间,是不是?

"如果你想回的话，就回吧。"我说。我没有力气去争辩。而且，如果他们离开的话，马特和我交流起来也更方便一些。

过了一会儿，他们就离开了，家里又只剩下我们六个人。他们走后我锁上门，查看了其他门窗的锁。我拉上百叶窗的时候，听到厨房里马特的声音。"我们今晚吃什么，小公主？"他的语调轻快，但我能听出来他声音很空洞。

"芝士通心粉。"传来埃拉的声音。

"晚饭？"马特说。一阵沉默之后，我抬头看向厨房。她正使劲儿点着头，咧着嘴笑起来。

马特又看向卢克。"伙计，你觉得呢？"

卢克抬头看向我，好像在等我说不。看我一直没说话，他立刻转向马特，耸了耸肩，嘴角向上一扬。"当然可以。"

"那就吃芝士通心粉啦。"马特说着，伸手从碗柜里拿出了一口锅。他的声音里透着不悦，我希望孩子们没有注意到，他说："为什么不呢？"

"加豆子吗？"埃拉欢快地说，像在讨价还价。我们午饭吃芝士通心粉的时候总要配一份豆子。

"我们不要豆子。"卢克责备说，他刻意压低了声音，"他都已经答应了。"

埃拉的小眉头一皱。"哦。"

凯莱布闹腾起来，我把他放在高脚婴儿椅上，在他的盘子里放了几片薄饼干。蔡斯看见了，也闹了起来，朝我伸出了胳膊，胖胖的手指张开。我把他抱起，放到他的椅子上，身前也放下几片饼干。

卢克和埃拉去了家庭娱乐房，我看着马特站在烤炉旁。他背对着我，安静地站着。我又不是杀手。我回想着他的这句话。可是他变成了一个杀手，而且要怪我逼他落到这样的境地。

"你有什么想说的吗？"我问。我看到他站住了，但并没有转身，也没有说一个字。

看他这个样子，我更加绝望，更加无助了。如果马特根本不愿看到我，不愿和我说话，我该怎样解决对卢克的威胁？我怎么会离失去一切如此之近？

"我没有要你这么做。"我轻声说。

他突然转过身，手里拿着一把木勺。"对于你想要的结果，你不是表达得很清楚了吗？"

"我想要什么？"这不公平，他不能把这一切都怪到我身上。他听到尤里是怎么说埃拉的了。

他又放低了声音。"如果我不这么做，你就不会信任我。"

"我为什么应该信任你？"我爆发了。声音很大，孩子们都听到了。卢克和埃拉在家庭娱乐房里安静了下来，停下了手中的游戏。

"妈咪？"埃拉用试探的口气说道，"爸爸？不要吵架好不好？"

马特和我交换了眼神。然后他摇了摇头，转身对着烤炉。我们都没有再说话。

第 23 章

我们给孩子们吃饭，洗澡，然后安顿他们上床，一切又回归正常——马特清理厨房，我收拾家庭娱乐房里的玩具——但是这一点儿都不正常，因为我们刚刚经历了地狱，而且孩子还受到威胁，马特都不愿看我。

我看着他，看到他的头顶，有一小块头发变得稀疏，只有一点点。他在洗着水槽里的什么东西。我直了直身子，跪坐在地上，对他说："我们需要谈谈。"

他没有转身，继续洗刷着。

"马特。"

"干什么？"他猛地转过头，看了我一眼，尖刻又悲伤。然后又低下了头。

"我们需要谈谈卢克的事。"我坚持着，能听到自己声音里的绝望。我需要和他谈谈，这件事上我需要有个伙伴。

他的双手停住了，但是并没有抬头看。我能看到他每一次呼吸时肩膀的起伏。我的目光落在他头发变稀疏的那一块，和十年前我们第一次相见时如此不同。现在有太多的不同。

"可以。"他关上了水龙头。水流停了下来，只慢慢地滴着水，直到最后一滴水也落到了水槽里。

我呼了一口气，庆幸有了突破口，然后强迫自己专注起来。"关于在学校里和卢克说话的那个人，卢克还说过别的吗？"

他把擦碗布搭在肩膀上，走进家庭娱乐房。他坐在沙发的扶手上，身体绷得紧紧的。"我追问过他，让他把记得的一切都告诉了我。当然有俄罗斯口音，我在手机上播放了几种不同的音频片段，不同的口音。这一点他记得很清楚。"他说话的时候很冷淡。我努力忽略这些，努力集中精力。

"好的。"俄罗斯口音，另外一个俄罗斯特工。这个想法在我脑中闪过。间谍首脑。可能是他吗？尤里会找到他的上级管理者请求帮助吗？

"还有样貌。他说深褐色的头发，褐色眼睛，身高和体重都是大众水平……"

这也合情合理，几乎再合理不过了。尤里不应该和任何其他俄罗斯特工有联系，除了间谍首脑。

"……上一次穿着牛仔裤，这次穿着黑裤子，两次都是纽扣衬衫，戴着项链……"

项链。他继续说着，但我却听得模模糊糊。我脑子又一转。"项链？"

我也不知道他现在说的是什么，反正说到一半就停了下来。"是的，一条金项链。"

我想都没想，把手放到前裤兜外，感觉到那个坚硬的吊坠在兜里。

然后迅速地把那只手抽回到身前，和另外一只手握到一起。我的目光落到马特的双眼上——我的表情是不是和内心的感受一样愧疚？——看到他眼中满是迷惑、伤心，好像知道我有些事情没告诉他一样，知道我不够信任他才这样做的。

他站起来，转身准备走开。"等等。"我说。他停了下来，过了好一会儿，我也不知道他准备做什么。然后他又转过身来。

"我对你撒了谎，薇薇。我真的很抱歉，我从心底里感到对不起你。"他的下巴微微颤抖了一下。"但是你已经恨了我几周了，我不能永远这样下去。"

"这么说是什么意思？"我感觉他好像是在道别，但当我需要摆脱这样的危险时，需要保护卢克免受威胁时，他怎么能这样说呢？

"我以为我们的感情够深，能够挺过去。但是现在我不太确定了。"他摇了摇头，说："我不确定你到底还会不会相信我了。"

我内心一阵困惑。我应该信任他吗？他对我撒了谎，很多年。但是我能理解他为什么这么做。他身陷其中。而且自从我发现真相，他就一直很诚实。

我回想起他从尤里的公寓里走下楼，刚刚冲完澡。但是他留在那里是因为不能离开。因为卢克身陷危险。最开始他之所以会去那里也全是为了保护卢克。

他没有像我担心的那样离开我们，他离开是为了保护孩子们。

而且他也没有把玛尔塔和特雷的事情告诉俄罗斯人。彼得承认是他做的。

"我杀了他，薇薇。我杀了他，但是你仍然不信任我。"

我记得他杀死尤里时脸上的恐惧。不是因为那是尤里，而是因为他杀了人。

他做了一件余生都将后悔的事情。他是为我做的。

"对不起。"我低声说。我向他伸出一只胳膊，他只是看着。我们之间的鸿沟从未如此之深。

他看着我，眼神中的伤痛那么强烈，吓到了我。

我以为我信任他，因那些不信任他的理由已经随风而散。我需要他站在我一边，这样对卢克是最好的，对我们所有人都是最好的。

我的手指伸进口袋，抓住那个吊坠，从口袋里拉出来，递到他面前，好似献祭。这证明我信任他。"彼得到之前，我从尤里身上取下来的。"

他什么都没有说，仍然有些警觉。

我把吊坠翻过来，看到后面的四颗小螺丝。"你能拿一把螺丝刀来吗？"

他犹豫了一下，然后点了点头。他离开房间，回来时拿了一个工具箱来。我从工具箱里拿出一把最小的螺丝刀。恰好合适。我拧开所有的螺丝，放到一旁，用指甲撬开吊坠的边。吊坠在我手里分成两半，其中一面嵌入了一个小小的 U 盘。我晃了晃，U 盘从里面掉了出来，掉到我手里。我把 U 盘放到灯光下，然后看了看马特。"我想名单就在里面。"

"名单？"

"尤里手下的五个潜伏间谍。"

他茫然地看着我。这时我才想到：我知道的事情他还不知道。我犹豫了，但只犹豫了一秒钟。

"每一个间谍管理者都有其辖下的五个潜伏间谍的名字。如果他们遇到不测，替代者就应该找到这些名字，联系莫斯科获取解密密码，接手这个潜伏间谍小组。他们就是这样保护潜伏间谍身份的。"

他皱起了眉头。"他们为什么不直接向莫斯科索要这些名字？"

"莫斯科没有这些名字，名字都是隐藏在间谍驻地的。"

他沉默了，我几乎能看到他的头脑在转。"他们不在莫斯科？"

我摇了摇头。我能看出来他慢慢了解了真相。

"因此，有人告诉我们会有新的间谍管理者联系我们……"

"只有他们找到这些名字才行。"我说。

"正是因为这个原因才有了一年过去之后，我们要重新取得联系的计划。"

我点了点头。"因为如果替代人找不到这些名字，他们与你们重新取得联系的唯一途径也将堵死。"

"我完全不知道。"他低声说。他小心翼翼地从我手中接过 U 盘，用拇指和食指夹着，研究着，就好似里面包含了所有信息。然后他抬头看了看我。我知道我们在想同样的事情——如果这就是那个名单，马特就不用坐牢了。

尤里死了，威胁也不存在了，五个间谍的名字也不见了。不管莫斯科方面派谁来接替尤里，都不可能找到这些名字，而只能等待潜伏间谍联系他。如果马特不主动联络，他就能获得自由了，永远的自由。

这样就能保证我们两个人都安全，就不会有人发现他的身份和我的所作所为。如果不是眼前的愁云，这将是无比甜蜜的胜利。马特安不安全，或者我安不安全都不重要。有人计划伤害我们的儿子，我们的孩子。可是我根本不知道是谁。

这时我突然想到了一点，如此重要的一点，惊喜得我差点儿喘不过气来。但是卢克或许知道。

我来的时候，除了闸机附近有个看起来有些眼熟的安检警员，大厅里空无一人。我在空旷的大厅里走过，脚步声回响。我刷卡通过闸机的时候，向她点头致意。她也向我点了点头，面无表情地看着我经过。

我走过安静的大厅，来到我们部门的安全门前，把胸卡放到读卡机上，输入了密码。先是哔的一声，然后咔一声，门锁解开了。我推开重重的大门，里面很暗，非常安静。我打开灯，荧光灯的光亮充满了整个空间，然后我走进自己的工位。

我打开办公桌抽屉的锁，取出文件夹，放到桌上，工位隔断的墙上挂着我们一家的画像，都是孩子们画的。文件夹比我印象中的还要厚，里面全是潜在间谍首脑的调查资料，潜在人选的照片。

我坐了下来，把文件夹放在面前。开始迅速地分类，筛选了大概一半的文件出来。卢克或许能够认出其中的某个人。如果我能辨别出这个人的身份，就能保护孩子。那将不再是一个无名、无相的威胁，而是一个人，一个可以追踪、可以摧毁的人。

但是这一大摞——还是太多。我怎样才能把这些都藏起来？放在包里太危险了。只要安检警员拦住我，在包里翻看一下就够麻烦的了，我还没有到偷盗机密文件出办公室的地步。我的目光从文件夹转移到工位隔墙上固定的尤里的照片上，思绪也随之飘远。那条项链，随时都在他的身体上，就像双面间谍德米特雷说的一样。在他的身体上。

我站起身，抓起那堆纸，向安全门后的打印复印桌走去。那里有一厚卷胶带，一个大信封。我把两样东西都抓了起来。然后把纸放进了信封里。掀起运动衫，把信封按在后背上，然后用胶带缠到身上。

如果有人这样逮到我，那一切就都结束了，一切都将会是徒劳。但也唯有这种办法，我才能弄清到底谁才是威胁。联邦调查局永远也不可能让卢克看一堆机密照片的。所以这样冒险是值得的，不是吗？当然值得。而且，他们不会检查带纸出去的人。他们搜查的是电子设备，他们发现我身上携带文件的概率很小，不是吗？

我又把运动衫穿上了。这样或许可以。我回到座位取了包，挂在肩膀上，正准备离开，突然看到了那些图画。卢克画的那一幅，我披着披风，胸口一个字母"S"。我慢慢地坐到椅子里，盯着这幅画——超级妈咪——卢克是这样看我的，是吧？我作为母亲犯了那么多的错，他依然把我看作是超级英雄。可以解决任何问题，能照料他。

我想象着那个在学校里接近他的男人，威胁他的男人。我的小男孩该多么害怕啊！他一定渴望立刻从天而降一位超级英雄，可以保护他，摧毁邪恶，打败坏人。"我正在努力，伙计。"我轻声地自言自语。

我的目光转移到埃拉的画上，她画的是我们一家人，六张快乐的面孔。我不正是为了这个家才陷入这一团乱麻的吗？我脑中的齿轮转动了起来，努力地想要弄清这一切可能的出口，我如何才能既保证孩子安全，又保全家庭。

然后我有了一个想法。

我弯腰到桌底下的抽屉前，很重的金属抽屉，用螺栓固定在地板上。我先正向转动密码盘，然后又反向转动，找到密码的数字，打开了锁，拉出了抽屉，在一堆竖排文件夹里翻找出想要的那份。在这个文件夹里有一份报告，红色的封面，上面写着长长的分类编码。我又从更里面找到一个类似的文件夹。

我先后打开两个文件夹，翻查了一番，找到了想要的文件。先是一长串数字和字母，然后是更多的数字和字母。我在便利贴上记下了这些字符，折叠起来，塞进口袋。然后向出口走去。

我出门的时候还是同一位安保警员。她坐在闸机旁的桌前，面前是一台小电视，播放着二十四小时新闻。我走来时，她抬头看了看。

"这么早就走？"她一脸严肃。

"是的，警官。"我朝她笑了笑，努力在头脑中把她对上号。我感觉以前早上经常在这里看到她。

"半夜来就为了看看？"

"我睡不着。"

"有人把电视打开了。"

我的心怦怦直跳。"我知道，这里都是些呆子分析员。"我自嘲着，举起双手做投降状。

她没有笑，没有露出笑容。"我得检查一下你的包。"

"当然。"

她走了过来，我敢保证她能听到我的心跳声，能看到我的手在颤抖。我竭力保持平静的神色，把包敞开递给了她。她朝包里打量了一番，然后伸手挪动了几样东西，以便更好地检查。包里面有个安抚奶嘴，还有一份婴儿袋装食品。

然后她从腰带上取下手持探测器，开始扫描我的包。"你现在值夜班了？"我说道，想要把她的注意力转移到我身上，想要让自己看起来不那么可疑。

她把手持探测器从包旁拿开，靠到我的头部，从上到下扫描着我的身体。探测器靠得很近，都快接触我的身体了。我惊慌了起来。我背后的一包纸很厚，太厚了。

"晚班工资高。"她说："我最大的一个孩子明年要上大学。"

她把手持探测器转到另一边，开始从我的双腿后部扫描。我屏住了呼吸，身子颤抖了一下。越来越高，就快要扫到我的后背下部了，就要扫到那些纸了。就在探测器要碰到的时候，我迈开一步，转身面向她。

"你喜欢值夜班吗？"我说道，尽可能摆出聊天应有的样子，这时我已经吓坏了，只希望自己的表情自然。

我等着她命令我转身。手持探测器还在她手中，但她并没有向我走来。

"为了孩子，我们什么都能做，不是吗？"她一脸愁容。

我屏住了呼吸，期望她能忘掉还没检查完我，或是根本不在乎。这时她把手持探测器收回，别到腰带上，我顿时感到了解脱，大脑一阵眩晕。

我的身子都软了，缠在背后的纸突然变得特别沉重。"我们真的是什么都能做。"

而后我拿起包，头也没回地走向了出口。

卢克坐在床头，坐在马特和我中间。我们靠得很近，好像要给他力量，让他明白自己是安全的，知道他并不是孤身一人。

他穿着棒球睡裤，裤子已经有些短了，只能盖到脚踝。他又长高了。他的头发向后面竖了起来，就和马特刚起床时一样。他还不太清醒，睡眼惺忪。

"我要你看看这些照片。"我温柔地说。

他揉了揉眼睛，在灯光下眯缝着眼，一脸疑惑地看着我，好像不确定自己是醒了还是在做梦。

我轻轻地抚摸着他的后背。"我知道这很奇怪，伙计。但是我在想办法搞清谁在学校和你说话。这样我们就能找到他，让他停下来。"

他脸上闪过一丝阴云，好像意识到自己醒着，眼前的一切都是真的，但他想要这个事实不存在。我也这样希望。"好的。"他说。

我从身旁拿起那一堆纸，放在腿上。最上面是一张照片，一个表情严肃的男人的头部特写。我观察着卢克看照片的表情，不停地抚着他的后背，心里渴望着不必这样做，不必让他坐在这里，再次面对被陌生人威胁的恐惧。

他摇了摇头，没有出声。我翻开这一页，反扣到床上，又一张照片映入眼帘。我内心一阵愧疚，让他看这些面孔很可能会一直困扰着他，就像这些照片困扰着我一样。

他安静地看着，看了同样多的时间。越过他的头顶，我捕捉到马特的目光，看到他脸上也有如我一样的愧色，他脑中应该也有和我一样的问题。我们都做了些什么？

卢克又摇了摇头，我就继续翻到下一张。我看着他，他的面部轮廓。他看起来很严肃，有这个年纪孩子不应有的成熟，我忽然感觉一阵难以自已的悲伤。

我一张又一张地翻过。每一张他都看得很仔细，很有条理，每一张看的时间都差不多，然后摇摇头。很快我们就有了一定的节奏。一秒、两秒、三秒，摇头，翻页。

我们已经翻到一堆文件的最末，我开始感到绝望。如果这样不行，接下来我该怎么办？我该怎样才能找到威胁他的那个男人？

一秒、两秒、三秒，摇头，翻页。一秒、两秒、三秒……

没有动。没有摇头。

我僵住了。卢克死死地盯着眼前的照片。我很担忧，不敢呼吸。

"这就是他。"他说，声音很小，我差点儿都没有听到他说话。然后他抬头看向我，眼睛睁得很大，像两个圆碟子。"这就是那个男人。"

"你确定？"我问道，虽然心里知道他就是。我能看出他很自信，能看到他脸上确定的神色，还有恐惧。

"我确定。"

第 24 章

我站在厨房里，背靠着操作台，一只手里的咖啡杯冒着热气，另一只手拿着那张照片——阿纳托利·瓦什申科。我盯着他的照片，长脸，发际线很高。我看着这个间谍首脑的面庞，这个威胁卢克的男人，他是我所有孩子的威胁。

我翻过照片，又看了看另一面的文字介绍。这是他的个人数据，是我能搜寻到的关于瓦什申科的，可以用来追踪他的所有信息。文字介绍很少，是整堆文件里最少的一份，几乎没有任何文字。我特别注意到其中一行——访问美国记录：已知无。

已知无。

我对着这行字眨了眨眼，希望能出现些变化。但是这些字当然不会有什么变化。它们也像在看着我，嘲笑着我。他显然来过美国：他现在就在美国。如果我们没有他来美的记录，说明他用的是假身份。

这就意味着我们没有办法追踪他。

卢克睡着了，房里安安静静的，只有偶尔从家庭娱乐房传来一些敲击键盘的声音。马特在笔记本电脑上做解密工作。他敲击一会儿，然后停顿很久，再敲击一会儿，又停顿更久。

我呷了一口咖啡，回味了舌尖的苦涩。我感觉自己已经泄了气。我找到了间谍首脑，我真的找到了，可又有什么分别呢？我没有足够的线索追踪他，什么都做不了，肯定不能及时做到。卢克明天就要死。这句话一直在我脑中盘旋。他就在那里，威胁着卢克，我却无力拦阻。

我一个人无力拦阻。

这个想法蹦到我脑中，控制了我的思路。我想把这个想法压回去，赶走它，不让它成形。但是我不能。这是唯一的出路。

我把照片留在操作台上，来到家庭娱乐房，将马克杯捧在两手里，想暖暖手。马特在沙发上，身体前倾，笔记本电脑放在身前的咖啡桌上，打开着。电脑上插了一个U盘，小小的橙色灯闪着。我走进去的时候，他抬头瞥了一眼，神色严肃紧张。我坐到他身旁，看着屏幕，上面是一堆字符，我完全看不懂的字符，他敲进电脑里的一串字符。

"有发现吗？"我说。

他叹了口气，摇了摇头。"还不行。这是多重加密文件，非常复杂。"

"你觉得我们能破解吗？"

他看着屏幕，然后回头看了看我，一脸沮丧的表情。"我觉得不行。"

我点了点头。我一点儿也不奇怪。俄罗斯人很厉害，他们设计出这个程序就是不想让我们破解，除非有另外一个解密密码。

"我们现在怎么办？"他问。

我打量着他的神色，我要看看他对这一切的反应到底是怎样的。因为我认为自己信任他，我认为一切都有合理的解释。但是我要先确认一下。"我们向当局自首。"

他微微睁大了眼。我能看出他很吃惊，但他表情中还有些别的情绪。"什么？"

"只有这样才能保卢克安全。"

"可是我们已经知道他是谁——"

"我们只知道这些。但什么线索都没有，没法找到他。什么都没有。但是当局会有的。"

他的目光一直落在我的身上，我看到了无助、绝望。"肯定有什么别的出路——"

我摇了摇头。"我们手里有个名字，有个俄罗斯人名。即使不知道他的化名，他的地址。如果我们有更多时间，或许……"

我看着他思量着眼前的状况，就像我之前不得已而思考的过程一样。这是唯一的出路。我们靠自己没法捕获他，不能及时找到他。

"卢克明天就要死。"我轻声说，"他如果冲卢克来，我们又不能阻止他该怎么办？"

他额头上的皱纹变得更深了，他还在思考。我能看出来。

"你说得对。"他说，"我们需要帮助。"

我等了等，下一个问题，我知道迟早要问的。因为这才是真正重要的——他的反应，我要观察他在我说出那些话时的反应。

"那我们怎么告诉他们呢？"他终于开口问道。我听出这个问题的隐含内容，在脑中也回想过很多遍。我们怎样才能让他们帮忙，但同时也不把自己卷进去？

我抬头，遇到他的目光，看到他此时的表情，等着他的表情变化。"说实话。"

"什么？"他一脸困惑地看着我。

我仔细观察着他。"我们把一切都告诉他们。"

他的眼中闪过一丝异样，我想应该是怀疑。"我们会进监狱的，薇薇。我们两个都会进去的。"

我能感觉到胸口的起伏，有巨大的压力。进了监狱就等于向过去的生活说再见：我不能陪孩子长大，我会错过他们的童年，他们的生活。他们会恨我离开他们，恨我使他们陷入媒体的轰炸中。

他朝我眨了眨眼，怀疑变成沮丧。"你就这样放弃了？这个时候，我们就要解决问题的时候？"

"我不会放弃的。"我不会的，这一点我非常确信。我只不过是终于站了出来，要做正确的事情，很久以前就该做的事情。

"经历了这么多之后——"

"经历了这么多都是为了孩子。"我打断他，"而现在这么做也是为了孩子。"

"肯定还有别的出路。编个故事——"

我摇了摇头。这一点我要坚持。因为他是对的，或许还有别的出路。我们还可以再编一个别的谎。我可以找奥马尔坐坐，编一段故事，他或许会相信，或许能让我避免牢狱之灾，可以保卢克和其他孩子的安全。

"我不想再编故事了。"

我不想要任何别的东西使我们陷得更深，在谎言中越走越远；我不想余生都提心吊胆，害怕自己做过的错误决定，害怕孩子仍然身处危险中；我想要他们能够得到公开的保护；我想要他们安全。

"而且我不想再冒险。他们不会理解我们的孩子身处怎样的危险，也不会知道瓦什申科是多么危险的一个人，除非我们自首，他们甚至都不知道他为什么要威胁我们的孩子。"我说，"他们需要保护，这对他们是最好的方式。"

"父母都入狱？这样对他们是最好的？"

我心头疑云密布，具体什么原因我也不清楚。但我本能地认为这样是正确的，这样能保他们安全。而且，如果我的余生都生活在谎言中，我又怎能成为理想中的母亲呢？我该怎样教孩子辨别是非？他们撒谎我就惩罚他们，我一直教育他们明辨是非对错，过往的片段在我脑中像电影一样播放着。还有彼得的话——我相信你会做出正确的决定，薇薇安，不管你怎么决定。

"或许这样做就是最好的。"我说。我仍然抱着一线希望，希望我们俩不要都入狱，但是现在还不能告诉他。

内心深处，我知道我们可能都会入狱，或许这样能彻底保全他们的安全。虽然这样做很难，但我们也教会了他们怎样做才是正确的。或许某一天他们回头看我所做的一切，看马特所做的一切，他们就能理解。但是如果我们继续生活在谎言中，再过十年、二十年，或者当局逮到我们的时候，我们该怎么办？我们还怎么直视他们的眼睛？

我拿出手机，小心地放在身前的软垫椅子上，发现马特也在看着这部手机。

我深吸了一口气。"我相信你，我希望你现在也能想明白，但是你还是可以离开。你上飞机之前我不会打电话告发你。"

他又看了那个手机一会儿，然后目光转到我身上。"永远不会。"他轻声说，"我永远不会离开你。"他伸手去抓我的手，我感觉到他抓住我的手指，温暖而熟悉的感觉。"如果你觉得需要这样做，那么我们就去做。"

眼前的是马特，我的丈夫，我了解的男人，我爱的男人。从一开始我就不该怀疑他，一点儿也不该怀疑。

我松开他的手，伸手进口袋，抽出一小张纸，展开，放到软垫椅子上，两行长长的字符展现在我们眼前。"还有一件事需要你去做。"

我要奥马尔独自一人来我们家，他来到的时候天已破晓。我在门口迎上他，招呼他进门。他警惕地走进来，小心翼翼地迈一步，再迈一步，扫视着房间四处，把一切都看到眼里。他一句话也没有说。

我关上门，两人尴尬地站在门厅。我有点儿后悔打电话叫他来，有些想要退缩，还有些时间避免这一切发生。这时我张开嘴，这样做是正确的，只有这样才能保护我的孩子安全。

"我们坐下吧。"我说，朝着厨房的方向努了努嘴。看到奥马尔没有动，我就走到前面引路。我听到后面的脚步声跟上了我。

马特已经坐在厨房桌前。奥马尔看见马特之后站住了，打量了他一下，向他点了点头，仍然一句话也没有说。我把蔡斯的高脚婴儿餐椅搬到一旁，从餐桌另一头把卢克的椅子拉过来，示意让奥马尔坐下。他犹豫了一下，然后身子一低坐了下去。我坐在惯常的位置，马特对面。我抬头看向他，忽然想起几周前我们坐在桌前的模样，那一天我了解到将改变我的人生和我们全家人命运的消息。

我身前的桌上放着一个文件夹，里面整齐地装着我需要的文件。我注意到奥马尔的目光也落在文件夹上，然后看向我。"发生了什么，薇薇安？"他说。

我的声音，我的身体，突然都麻痹了。这样做真的是对孩子最好的吗？

"薇薇安？"他又说了一遍，有些疑惑。

是的，这样能保护孩子。我一个人无法完成，我不能保证他们安全。

我把文件夹推到奥马尔面前，手颤抖着。他一只手搭在文件夹上，看着我，一脸疑惑。他犹豫了一下，小心翼翼地打开文件夹。我看到那张面部特写，卢克认出来的那一张。

"阿纳托利·瓦什申科。"我轻声说，"尤里的上级，间谍首脑。"

他盯着照片，过了很久才抬头看向我，满脸的疑惑。

"需要立即逮捕他。在他被捕之前，我要求为我所有的孩子提供保护。"

他的目光在我和马特身上来回转着，依然一句话也没有说。

"他威胁卢克。"我说，声音有些哽咽，"他对我的孩子是个威胁。"

他轻轻呼了一口气，眼睛紧紧盯着我。他摇了摇头，问："到底发生了什么，薇薇安？"

我需要把一切都讲出来。"他有一个项链，一个吊坠。我想应该是个十字架，里面应该嵌入了一个U盘，里面有他手下五个间谍管理者的信息。"

奥马尔眨了眨眼，看起来很震惊。

"马特可以给你演示解密的过程。"我轻声补充说，"他的密码是我们从莫斯科拿到的，双面间谍德米特雷给的那一个。"

我瞥了马特一眼，他面无表情地点了点头。我给了他另一个密钥之后，没用多久他就打开了文件夹，找出了五张照片。和我在工作时发现的那五张照片一样，那段经历恍如隔世一般，只不过这一次里面有文字介绍：地址、职位和联系方式，以及如何发信号会面。

我其实并没有想到会看到其他四张面孔。我意识到这些照片是刻意存放的之后，就确信其他几个人是假的。但是或许我也不该惊讶，这或许恰恰证明了他们的傲慢，他们自信一切都会按他们预想的展开。

"每一个间谍管理者手中都有这个，里面有手下五名特工的姓名。"我说着把尤里那个沉甸甸的金色十字架项链放了下来。U盘塞在背面，螺丝钉拧得很紧。"第五个名字在里面。"

奥马尔瞪大了眼睛。嘴巴张大，惊得下巴都快要掉了，我令他震惊。他的目光转向马特，马特点了点头。"薇薇不知道。"他说。他的声音有些断断续续，听到他说这些话，我的心也碎了。"我一直瞒着她。"

奥马尔转身面向我。

我感觉自己应该向他解释一下，但却不知道该说些什么。"他们总能抓住你最脆弱的点。"我终于开口说，"而对我们，最脆弱的点就是我们的家庭。"

他露出不可置信的眼神。

我感觉应该向他做些解释，但却不知道该说什么。"他几年前就想走出'孤苦的境况'来自首。"

奥马尔看向别处，脸上的神色有些变化。"恰恰是我认为我们可以找到的那类人。"

他没有伸手去拿尤里的项链。我的食指放在吊坠上，向他推了推。下一步会怎样？那一丝的希望还在，但是太微弱，太微弱了。

不管怎样，这样做都是对的。这样才能保证孩子免受伤害。

更可能的情况是，他会打电话请求后援，逮捕我们。我父母应该很快就能回来，可此时我真希望能坚持要他们在这里过夜。还有孩子，可怜的孩子。如果他们醒来时发现我们已经不见了会怎样？

他依然盯着项链。我心底涌动着某种奇怪的感觉，那一丝希望越来越强。或许这样可行。或许这样就够了。

终于他伸出食指放在项链上，但是并没有拿过项链，反而推回到我的眼前。"那么你将需要证人保护。"他说。

一阵刺痛感像电流一样划过我的全身。真的成功了吗？我低头看着项链，又放回到我面前。他不想要这条项链，他不想查看第五个名字——马特的名字。

我努力地想要组织语言，想要弄清眼前发生的一切。我看了看马特，看出他的迷惑。我们没有谈过这样的情况，看起来那么不可能的一种情况，但是如果真有一丝成功的机会，我可不想搞砸。

"证人保护？"我说，除此之外不知该说什么好。

奥马尔等了一会儿才回应。"你刚刚给我的信息足够瓦解整个间谍组织。俄罗斯人当然不会善罢甘休。如果他们已经威胁过卢克……"

我低头看了看 U 盘。我不应该抱太大的希望，暂时还不行。或许他还没有理解，马特就是第五个潜伏间谍。而且我也知道。我们两个都应该进监狱。

"我做了一些错事。我会向你坦白一切——"

"我们调查的所有事情，"奥马尔抬手拦住我说，"我们认为内鬼或侵入信息中心的俄罗斯特工做的所有事情，彼得都认下来了。"他放下手，看了看我，又看了看马特，目光又转回到我身上。"我相信第五个潜伏间谍没有做过任何危害国家安全的事情。"

我的天啊，真的成功了。奥马尔打算放我们一马，这正是我期望的。我也想过这样或许能够避免牢狱之灾，保全家庭。只要给他们足够多的情报，用情报换自由。

但是只有他能保证孩子的安全才行。"几个孩子——"

"将会得到保护。"

"我们唯一关心的就是这件事。"

"我知道。"

我静了一会儿，还在消化着发生的一切。"具体怎么办？"我终于开口问。

"我会带着这些能够瓦解整个间谍组织的情报，到局长办公室。他会答应我的要求。"

"但是——"

"我会说马特承认是潜伏间谍，会说他告诉了我间谍首脑的名字，给了我解密码，告诉了我项链的信息。而作为交换，我们要保护他和他的家庭。"

"但是如果有人发现——"

"我们会通过保密渠道处理。最高保密级别。"

"你能——"我刚开口，他就又打断了我。

"关于俄罗斯的所有情报都是保密的。"我听到他说出我也说过很多次的话，我知道这是真的。这或许，也只是或许，意味着整个计划可行。

"局长会同意吗？"我说，声音就像是耳语。即便是奥马尔愿意帮我们，也不可能保证就能做成，对吧？

他点了点头。"我知道局里是怎么做事的，我很有信心。"

希望照亮了我。我们或许是安全的，或许能继续一起生活。我看了看马特，他脸上也洋溢着和我一样的幸福。

"现在该做什么？"我开口问。

奥马尔对我笑了笑，说："收拾行李。"

第 25 章

我坐在新月形海滩的沙地上，看着孩子。蔡斯在海浪边奔跑，胖乎乎的小腿划过结实的沙地，一只海鸥从他身旁飞过。凯莱布站在他身后，金色的鬈发在太阳下闪闪发光。他看着海鸥从身前飞到空中，欢快地叫起来。埃拉在更远处的海滩上，往城堡形状的水桶里装着沙子，神情专注，眼前已经有一座庞大的沙堡。卢克在远处的海里，俯卧在一张冲浪板上，等待着下一波浪的到来。海水从他背上滑落，闪烁着光，那双腿看似每天都在变长，他每天晒几个小时的太阳并在这里冲浪，身子已晒成了古铜色。

一阵温暖的微风吹过，点缀在小海滩上的棕榈树叶子随风摆动起来。我闭上眼睛，倾听了一会儿。海浪温柔地拍打着海岸，棕榈树随风沙沙作响，孩子满足欢快的叫声，恐怕是世间最美妙动人的交响曲了。

马特来到我身后，坐在我身旁的沙地上，紧紧地靠在我身旁，腿碰着我的腿。我看着我俩的腿，晒得比以前都要黑，在细细的白色沙地上几乎成了棕色。他对我笑了笑，我也向他笑了笑，然后回头看向孩子，满足地坐着享受这宜人的宁静。卢克跟上一波大浪，冲了上去，一直冲到沙地上。凯莱布蹒跚地走了一步，又一步，然后蹲到沙地里，捡起一个大贝壳，仔细地看着。

距离奥马尔坐在我们家厨房桌前二十四小时之后，我们登上了一架私人飞机，飞往南太平洋。最初奥马尔说收拾行李的时候，我有些恐惧。将我们生活的一部分装进行李箱，而其他落下的东西都可能再也见不到了。因此我专注于对我最重要的东西，那些无可替代的东西：照片和婴儿成长记录这一类东西。结果，我确实也只需要带这些东西就够了。我们屋里的其他东西——装满衣服和鞋子的衣帽间、电子产品、家具——直到现在我也丝毫不怀念。我们很快就在这里开始了新生活，并买了生活必需品。我们有彼此，有记忆，就够了。

我父母也随我们一起来了。奥马尔提出可以这样做，于是我就去找他们，虽然我心里认为他们不愿意抛开熟悉的生活环境。但是当他们听到一年甚至更久都无法与我们通信时，就没有丝毫犹豫了。"我们当然会去。"我妈妈说，"你是我们的孩子。你是我们的一切。"于是就这样决定了。我完全能够理解他们的决定。

马特和我又和好如初。"我原谅你。"来到新房子的第一个晚上，我们躺在一张不熟悉的床上时，他说。如果他能原谅我对他的怀疑使他感觉必须杀人才能赢得我的信任，那么我也可以不计前嫌。我蜷到他的臂膀间，我内心的归属。"我也原谅你。"

我隐约听到远处有直升机的声音，螺旋桨转动着。我看着直升机飞入眼帘，越飞越近，声音越来越大，轻柔的转动声变成有节奏的"呼呼——呼呼——呼呼"的巨响。孩子们都停下来看着。直升机从我们身边经过，声音太大，埃拉和卢克都捂住了耳朵，蔡斯和凯莱布则惊奇地盯着看。

这里不太常见直升机。他们把我们安置在岛屿上一处偏远的地方，断崖上建了两套房子，可以俯瞰大海，下面有一小片月牙形状的海滩。我抬头看向父母的房子，妈妈已来到房外。她拉上身后的玻璃门，向沙滩走来，微风吹动她的长裙，包住了双腿。我转过身，看到直升机在我们身后的断崖上方盘旋，慢慢地降落，垂直落到地上。

马特和我交换了眼神。两人不发一言地站起来，掸掉身上的沙子。我们等着妈妈过来。"去吧。"她说，"我看着孩子。"

我们穿过白色的沙丘，每踩一步都在往下滑。然后走上铺满沙子的木头台阶，回到山上的家中。螺旋桨的声音在这时消失了。我们一直往山上走，来到山顶，斑驳的草地是我们家的草坪，方方正正的两层房子有尖斜顶，四周都是露台。我看见奥马尔从直升机旁往房子走去，他穿着卡其色工装裤、一件花饰夏威夷 T 恤衫。看到我们，他露出了笑容。

我们同时来到房前。我拥抱了他，抱得很紧，马特和他握了握手。在这里看到他我有些莫名的兴奋。他是一年来我们见到的第一个从家乡来的人。他提醒过我们，告诉我们可能要独自生活一年，或许更长的时间，但是我们还是没有准备好完全与以往的生活隔绝——我们远离了认识的人，抛弃了以往的习惯，甚至连电子邮件和社交媒体都不再使用。他给了我们一部手机，但有严格的通话要求，而且只有紧急情况才能使用。除此之外，我们只能等待，等着他联系我们。如今，他来了，而距那一天已经过去了一年。

"快进来。"我对他说着，打开了房门，走在前面引路。房间通风很好，很敞亮，白蓝的色调，比我们的房子更有家的感觉。房里装饰着贝壳，都是我们在海滩上散步时捡的。还有照片，很多黑白的照片：孩子的、棕榈树的、任何能抓住我眼球的东西。我能再有时间发展兴趣爱好使我感觉很好，更重要的是能有时间陪孩子。

我引他来到家庭娱乐房，坐到沙发上，这是一张老旧的蓝色组合沙发，夜里看电影或玩游戏的时候我们全家都会挤到上面。奥马尔此刻正坐到我对面，过了一会儿马特也进了屋，手里端着一大罐柠檬水和两个杯子，放到了咖啡桌上。他冲我笑了笑："你们两个聊。"他说着转身就要离开房间。我没有拦他，奥马尔也没有。

他走出房间之后，我听到楼上房门关上的声音，奥马尔向前探了探身子。"在这里生活得怎么样？"

"好极了。"我说。我的话完全是真心的。我比以往生活得都要开心，我不再受困于生活，不再身陷过往。我感觉能够掌控自己的人生，而且内心安宁，我终于能够享受自己的生活了。

我端起大罐子，给两个杯子都倒上柠檬水，冰块撞击着杯壁，发出叮当的声响。

"学校呢？我知道你一直在担忧这件事。"

我给他递了一杯柠檬水。"我们一直在家教学。这不是长远之计，但现在还行。孩子们都学了不少知识。"

"凯莱布呢？"

"非常好。能走路了，甚至还能说上几句话了，而且他很健康。你是对的，内陆的心脏医生医术高超。"

"很高兴。你都不知道我有多想你们，我早就想来看看你们了。"

"我也是。"我说，"我想知道的事情太多了。"我顿了顿。"你过得怎么样？"

"相当好。"他喝了一口柠檬水，"你知道吧，我刚升任副局长。"他努力地克制着，但还是咧开嘴笑了笑。

"太棒了。"

他笑得更放松了。

"这是你应得的。真的。"

"嗯，这个案子起到很大的帮助。这一点我也不用掩饰。"

我等着他继续说下去，但是他却沉默了，脸上的笑容渐渐消失了。我回想起彼得，不知道他有没有在想。终于我开口说："能给我讲讲那个间谍组织的事情吗？"过去一年里我一直都想问这个问题，我迫切地想要听听他怎么说。

他点了点头。"你对瓦什申科的解读都是正确的，他是间谍首脑。我们照你说的找到吊坠里镶嵌的U盘，用你给的密码解了密，很快就追查到了他。"

我的双手紧紧抓住膝盖，等着他继续讲下去。

"按这里面给出的信息，我们逮捕了其他四个间谍管理者。三天之后，我们启动了一次大规模抓捕行动，将该组织的二十四名成员全部逮捕。"

"我们听说了。"我说。即使在这里也是个大新闻，不过我们看到新闻里说逮捕了二十五人。亚历山大·连科夫也在被捕人名单中，尽管关于他的详细情况很少，唯一公开的照片像素也很低。幸运的是我觉得没人能够认出他是我丈夫。"他们的结果会怎样？"

他耸了耸肩。"坐牢，囚犯交换，谁知道呢。"他看了我一会儿。"我相信你看过新闻，他们大多数都称自己是被陷害的，称他们是政治异议分子，国家的敌人之类的。"

我点了点头，露出微笑。"至少他们从一而终。"

他咧嘴笑了笑，然后又严肃起来。"调查局终于批准了'摆脱孤苦的境况'行动。现在已经通过这项行动招募了两人自首。我们正利用他们瓦解另外一个组织。而且我们还在使用你的算法，尝试找出另外一个间谍管理者。联邦调查局和中情局都在里面投入了大量的资源。"

我沉默了一会儿，思考着他刚才说的一切。他们摧毁了一整个间谍组织，而且在寻找另一个组织的工作中也有所进展。我感到不可思议，摇了摇头，然后问出了一个思考很久的问题，这个问题更加迫切，更令我担忧。"那么马特呢？他们怀疑他吗？"

他摇了摇头。"没有任何迹象表明俄罗斯人知道他仍未被捕，或与逮捕行动相关。"

我闭上了眼，肩上的重担突然消失了，我自由了。这正是我希望的。新闻将这些行动归因于彼得，将他描述成一个资深中情局分析员，因妻子的病情被策反勒索。另外还有一位联邦调查局特工，简称为"O"。

"至于你，"他继续说，"你被列入暂离工作名单里。情报中心和联邦调查局的人都知道你和这个案子有关，有传言说俄罗斯人勒索你，但是你没有就范。但就工作层面而言，没有人知道细节。"

"谁知道真相？"

"我，联邦调查局和中情局局长。就这些人。"

　　我能感觉到心里的紧张感渐渐散去。就算让我自己编个故事，也不可能这么完美。但对于生活在这里的我们，这又意味着什么呢？我感到一阵悲伤，好似周围的一切都如此脆弱，瞬间就会被夺走。我甚至有些害怕问下一个问题。"那么接下来呢？"

　　"从我们目前掌握的情况来看，已经可以安全返回了。我们送你们回到原住处，你可以恢复原来的工作……"

　　我的思绪不由自主地飘到别处：孩子又要送到日托中心，只有早晚的间隙时段才能看到他们——如果运气好的话。我努力地赶走这些想法。

　　"未来一周我们会处理好一切局部事件。我们会为马特准备一些新的档案——出生证明和护照等，能够经得起任何审查。"他顿了顿，充满期待地看着我，我于是对他淡淡一笑。

　　"我们会尽可能保证过渡期的顺利。薇薇安，不用担心，而且我们俩一起肯定能有了不起的成就，能瓦解更多……"

　　他的声音越来越小，表情怪异地看着我。"这也是你想要的吧？"

　　我没有立刻回答，情况很奇怪。因为第一次由我选择自己的人生。我有机会不再受困于一份难以抉择的工作，也没有人控制我、迫使我做任何事情，我可随心所愿地选择。

　　"薇薇安？"他追问道，"你要回来吗？"

　　我对着他眨了眨眼，然后做出了回答。

　　马特和我在海滩庆祝了结婚十周年纪念日，就像我们期望的那样。我们坐在新月形海滩的沙地上，看着孩子们玩耍，用塑料杯斟满廉价的气泡红酒，伴着落日举杯，沐浴在粉红色的世界里。

"我们终于还是到了沙滩。"他说。

"是一起。我们全家人。"

我听着海浪拍打的声音，孩子们的尖叫和欢笑声，回想上一次谈起结婚纪念日计划时，我们已准备好去一个有异域风情的海滩。就在那天早上我发现了马特的照片，自那以后一切都破碎了。我回到自己的工位，灰色的隔断高墙，从未有过的挣扎，从未有过的挫败感，在两件对我最重要的东西之间挣扎，这两样都需要我奉献更多的时间。单是回头想一想那段经历，我的喉头就紧了起来。

我把脚趾往沙子深处探了探，眼睛看向地平线，太阳正在慢慢下沉。当时我的脑中只想着一件事，便脱口而出。"我不想回去工作了。"这话真的说得没头没脑，因为我们一直没有谈过工作，自从我们离开美国就没有谈过。"我的意思是说，如果有的选。"说出我想要说的话，能够做选择，能够掌控自己的生活，感觉很好。

"好的。"马特说。就说了这么两个字。好的。

"我想卖掉房子。"我又逼近一步。

"好的。"

我转过头面对着他。"真的？我知道你很喜欢那套房子——"

他大笑着摇了摇头。"我不喜欢那套房子。我恨它，从一开始就恨它。我后悔自己说服你买那套房，目的就是让你无法辞掉中情局的工作。"

这些话给我迎头痛击，我本应该想到的。我的脚趾往沙里探得更深了，我回头看向大海的方向。

"我爱我们曾经拥有的。"他又说，"但是那座房子？还是算了。"

我尝试着消化这种想法、这种领悟——又一次——我所认为的事实并非事实，而是谎言。

"我爱你，薇薇。我想要你幸福。真的，真正的幸福，就好像我们最初相遇的时候。"

"我很幸福。"我说，但说出这些话却有些言不由衷。我真的幸福吗？和孩子、和马特在一起，我很幸福。但是生活中有太多让我不幸福的事情。

"但是你本应得到更多。"他轻声说，"我没有像自己希望的那样成为个好丈夫。"

我应该说些什么，应该争辩，但是并没有。我想或许我希望听听他准备说什么吧。

"卢克出生之后你回去上班……那一天你回家说不想再做下去了，不想再离开他。我真的很想说那就不要去了。想说我们卖掉房子，我再去找一份工作之类的。当我让你忍耐一下，坚持住时，我简直要难受死了。我知道那样你很不开心。我知道，我也真的难受得要死。"

回想起那一天，我感觉眼中涌出了泪水，那是我情绪最低落的一天。我用模糊的双眼看着孩子。他们正在玩追拍游戏，卢克跑得很快，埃拉在后面紧紧追赶。蔡斯在后面蹒跚地走着，非常努力。而凯莱布，可爱的凯莱布站在那里，犹豫地迈了几步，开怀地大笑着。

"我让你失望了太多次。当我说服你到俄罗斯部工作的时候，当我发现你怀的是双胞胎时。我太想让家人团聚在一起，太害怕他们会命令我离开。我把这些看得比你还重要。我很对不起你，打心底里。"

我看着太阳落到地平线下，那一团火球消失了。天边的晚霞由亮红色和橙色变成深粉色和蓝色。

"我一直不喜欢自己过去的做法。但是我想再造自己，我想重新开始，成为你本应该拥有的那种丈夫，我想我能行。"

孩子们还在沙地上奔跑，不在意落日，不在意我们的对话，不在意我们需要做的选择。他们的尖叫声混着波浪的声音，经久不息。

"你想要什么，薇薇？"马特问。

我看向他，他的面容模糊在暮霭里。"新的开始。"

他点了点头，等着我继续说下去。

"我想有时间陪孩子。"

"我也想你这样。我们会有办法的。"

"我不想再有任何谎言。"

他摇了摇头。"我也不想。"

我伸出一根手指在沙中画了波浪线。"还有什么应该让我知道的吗？你还隐瞒了别的什么事情吗？"

他又摇了摇头，这一次更坚定。"所有事情都在台面上了。你都知道了。"

我们沉默了一会儿，然后他张开嘴要说些什么，但又闭上了。我能感觉到他有些犹豫。

"你要说什么？"

"只不过……"

"只不过什么？"

"呃，这份工作。你那么努力才有了今天的成就，而且你做的事情如此重要……"他迅速地摇了摇头，说，"现在不是谈这个的时候。我只是想要你做正确的选择，能让自己感觉幸福的选择。"

然后他转过身，面对着我。他抓住我的手，站起身，拉着我也和他一起站起来。他的话在我脑中回荡，多年来一直存在的矛盾又悄然回来。然后他把我温柔地拉到他身边，双手环住我的腰。我意识到至少他说的有一点是对的，现在不是谈这个的时候。我有一年的时间思考。我也张开双臂，抱住了他。

"还记得我们第一次跳舞吗？"他轻声说。

"我记得。"我说。那一刻，我又回到了过去：我们两个人，在舞池里，随着音乐摇摆。他的双手抱住我的腰，感觉那么温暖、幸福，我们沐浴在深深的爱意中。周围是满桌的人和一张张熟悉的面孔。

"看看周围。"那时我对他说。我稍微向后仰了仰，要看到他的脸。"这是不是很神奇吗？我们爱的人都在这里。我的家人，你的家人，我们的朋友。这样的美好什么时候能再来？"

他没有往四周看，只是紧紧地盯着我。

"看看周围。"我又对他说。

他没有。"你和我，"他说，"我只看到了你和我。我只关心这些。你和我。"

我盯着他，很疑惑他的声音为何那么紧张，那么急促。他把我拉得更近了些，我的头靠在他的胸膛上，不安地躲避着他的目光。

"我对你许下的誓言，每一句都是真心的。"他对我说，"不论未来发生什么，都不要忘记。如果未来变得……困苦……只要记住，一切都是为了我们。我余生所做的一切，都是为了我们。"

"我不会忘记的。"我低声说，我知道自己肯定不会忘记，但同时又不知道这些话到底会不会在某一天得到印证。

我们在沙滩上随着海浪的音乐舞蹈着，我的头又靠在他的胸膛上，就像多年之前那次一样。我感觉到他的温暖，听到他的心跳。"我没有忘记。"我轻声耳语。

"我所做的一切，都是为了我们。"他说，"为了我们的家。"

我转过头，看向我们的孩子。此时，暗沉沉的天空下只是一团团的人影。"我也是。"我把他抱得更紧些，说，"我也是。"

"我打算回去。"我说。

这句话说出来感觉是正确的，这个决定听起来是正确的。

实际上，我已经有些想念工作了。我想念打开一份新的谍报时的兴奋，那种期望，那种就要取得某种重大突破的感觉。说不定什么时候我就可能拼接起整个谜团，能够帮助我的国家。

我确实很努力地工作才取得了现在的成就。而且这也是我身份的一部分，是我成为"我"的部分原因。

"我刚才还真担心了一下呢。"奥马尔说。我看出他如释重负的表情。"你知道吗？他们给了你更多的权限。我们一起将取得更大的成就。建立起我们自己的秘密渠道，在两局之间共享信息，共享所有非保密数据。我们真的能改变世界。"

这不正是我想要的吗？从我加入中情局就一直想要这样。但是我没有想象中的那种感受。没有兴奋，没有太多的感受。

"我虽然已经升任副局长，但心里一直关注着俄罗斯部。"

我点了点头，心底涌起一阵不安。我的决定对吗？现在改变主意还来得及。

"而且，你欠我的。"他说这句话的方式很特别，微笑着，但眼神中却没有笑意，我不太确定他是不是在开玩笑。但事实上我确实欠他的，他保护了我那么多次，为我破坏规定，与我共享了不该透露的信息。如果不是他，我现在已经进了监狱。马特和我都会进监狱的。

我们尴尬地在那里坐了一会儿，然后他歪了歪头，盯着我看了很久。"你确定这真的是你想要的吗，薇薇安？"

尽管心底不想，但我还是想到了孩子。不过我的孩子已经不是小孩子了。我在家里陪了他们一年，我一直向往能有这样的时间。我努力地把他们从脑中赶走。

一年前，我可能会说"不"。但随着时间的流逝，我越来越确信，这就是正确的选择，因为有那么多理由支持。

"我确定。"

奥马尔离开了房间，我关上了门，静静地站了一会儿。一股悲伤的情绪在身体里蔓延，我隐隐地有些后悔。这种情绪不合情理，因为我有很多时间想通这件事。

我听到马特走进房间，但我没有转身。他来到我身后，抱住我的腰。"怎么样？"他问，"你做好决定了吗？"

我点了点头。心里还有些不确定，感觉自己或许做了错误的选择，但是他早就提醒过我可能会有这种感觉，上一次我们谈起这件事的时候他就这么说过。"我准备回去工作。"

他把头靠在我的脖子和肩膀间，每次碰到这里都能让我浑身一激灵，这时我能感觉到他的微笑。"我觉得你做了正确的选择。"

尾声

　　奥马尔在高高的山脊上走着，大海在他的左侧，直升机在正前方，落在一片泥土贫瘠的斑驳的草地上。他从口袋里掏出一部手机，按了一个键，贴到耳旁。

　　"здравствуйте（你好）。"他用俄语打了招呼。然后听着电话对面的回应。

　　"да（是的）。"他边走边说。然后又顿了一下，用英语说起来，"她准备回去工作了，我会做必要的安排。"他听到对方的回应："或许几个月，但是值得等待。"

　　他向身后瞥了一眼，匆匆的一瞥，只为了确保周围没有人。

　　"我回头看看能做些什么。"他说，过了一会儿又接着说，"真是长线游戏啊。"他的嘴角露出一丝微笑。"до свидания（再见）。"

　　他把手机从耳边拿开，按了一个键。此时他已经来到直升机旁，飞行员已经发动了螺旋桨。螺旋桨转动起来，最开始很慢，越来越快，直到最后发出震耳欲聋的"呼呼——呼呼——呼呼"声。

他迈开大步，随手将手机扔到下面广阔的海里，手机快速地落到犬牙交错的岩石间。最后他小跑了几步，来到直升机旁，登了上去。然后飞机起飞，升到高高的空中。

直升机向大海方向飞去的时候，他往下看了看，看到新月形的海滩，薇薇安和四个孩子。她抱着双胞胎里的一个，头靠向他，指着直升机。另外三个孩子围在她周围，都看着天空，暂停了游戏。

他看到了他们的房子，斜顶的小小立方体。马特在房后的天台上，看着直升机飞近，前臂倚靠在栏杆上，衬衫在微风中飘起。

马特在天台上，目光锁定在直升机上，直升机越来越近，螺旋桨的声音越来越响。他看着直升机经过房前，声音震耳欲聋，当直升机恰好飞到他身前时，他肯定看到了奥马尔，两人做了短暂的眼神交流。

他的目光一直跟着直升机，看着它沿着海岸线飞远，隆隆的声音渐渐消退。他又能听到海浪拍打沙滩的声音了，笑容爬上他的嘴角，不是他的家人经常看到的那种让人放下戒心的真诚笑容，而是完全不同的一种笑容。如果认识他的人看到他这样的表情，一定会以为他是个陌生人。

他看着直升机消失在远方，嘴里冒出一个词，像是耳语，像是在诉说秘密。"**до свидания**（再见）。"

致谢

感谢戴维·格纳特帮助我将最初的手稿打磨成现在这本书，感谢格纳特公司的整个团队，特别是安娜·沃洛、艾伦·卡福特雷、丽贝卡·加德纳、威尔·罗伯茨、莉比·麦圭尔和杰克·格纳特，如果没有他们就不会有这本书。

真心感谢聪慧又无比和蔼的凯特·米夏科以及巴兰坦出版社的各位。感谢凯利·钱恩和朱利亚·马圭尔，极大地提升了本书的水准。我很幸运能与金姆·霍维、苏珊·柯克伦、米歇尔·贾斯明共事，对吉娜·森特洛和卡拉·威尔士的感激无以言表，感谢他们使我梦想成真。

诚挚感谢西尔维·拉比诺在电影版权方面的努力，感谢本书所有的外国编辑和出版商，特别要感谢环球出版社的萨拉·亚当斯早期很有见地的想法。

非常感谢我的家人，特别感谢我妈妈能支持我，感谢克里斯汀的建议，感谢戴夫的支持，感谢我爸爸的热情。

最重要的是要感谢我的儿子，我永远爱你们。还有我的丈夫，此生最好的决定就是嫁给你。

关于作者

卡伦·克利夫兰做了八年中情局分析员，主要负责反恐，并在联邦调查局短期轮岗。曾获得都柏林大学三一学院和哈佛大学的硕士学位，目前与丈夫和两个儿子生活在弗吉尼亚州。